平原驰骋

李 翔 ○ 著

新时代出版社

图书在版编目（CIP）数据

平原驰骋 / 李翔著. -- 北京：新时代出版社，2016.5

ISBN 978-7-5042-2579-5

Ⅰ. ①平… Ⅱ. ①李… Ⅲ. ①传记文学－中国－当代 Ⅳ. ①I25

中国版本图书馆CIP数据核字（2016）第089533号

※

新时代出版社出版发行

（北京市海淀区紫竹院南路23号　邮政编码100048）
北京嘉恒彩色印刷有限公司印刷
新华书店经售

*

| 开本710×1000　1/16 | 印张17½ | 字数212千字 |
| 2016年5月第1版第1次印刷 | 印数1－4000册 | 定价42.00元 |

（本书如有印装错误，我社负责调换）

国防书店：（010）88540777　　发行邮购：（010）88540776
发行传真：（010）88540755　　发行业务：（010）88540717

序言 Preface

  这是一个真实的抗日传奇故事。人是真人，地是实地，书中所叙述的故事都曾经在中国大地上发生过。

  故事的主人公已经离开我们多年了。早在上世纪六十年代，他在某炮兵学校工作，是训练部的一位副部长。文化大革命期间，我们曾经同住一座牛棚。起初，牛棚管得很严，每天上下午只放风十五分钟，在院里各自散步，不准交谈。后来渐渐松了，大家可以在一起晒晒太阳，唠唠家常。就是在这段时间里，我断断续续从他的口里了解了他的过去，并对他产生了极大的兴趣。文革以后，我们都到了北京，而且离得不远，我便请他详细谈谈这段经历，他欣然同意了。于是，一连好多天，一杯清茗，两个闲人，便沉浸在当年波澜壮阔的抗日战争的回忆中。回首往事，我们兴奋，激动，也无限感慨，我甚至为他的坎坷遭遇而愤愤不平。但是，这些谈话的唯一结果，也只是一本写满密密麻麻小字的记录而已。但是，这些都是珍贵的史料。随着时间的推移，知道那段历史的人越来越少了，当年的一件小事，甚至是一个细节，也都是非常珍贵的。如书中提到的陈赓夫人王根英同志的牺牲，我在别处看到的是另一种说法，但这里讲的却是近在咫尺的亲见目睹，我相信会更接近真实的情况。关于抗日战争的资料、作品，可以说是浩如烟海，然而，和日本侵略者罄竹难书的滔天罪行相比，和中国人民反抗侵略、英勇战斗的伟大业绩相比，这些资料、作品是永远不会嫌多的。如今，故人已去，我也进入了耄耋之年，时不我待，所以我参阅了一些其他史料，把这些事迹整理出来，作为珍贵的资料保留下来，以纪念这位生前默默无闻的英雄，也为揭露当年日本军国主义者在中国犯下的罪行增加一点铁证。

目录 Contents

第一章　事变以后 / 001

第二章　沧海横流 / 015

第三章　收编民军 / 032

第四章　抢占临清 / 051

第五章　开辟平原 / 065

第六章　南宫之行 / 082

第七章　豫北侦察 / 097

第八章　争夺南宫 / 110

第九章　粉碎扫荡 / 125

第十章　讨逆战斗 / 144

第十一章　重返冀南 / 159

第十二章　二次讨逆 / 171

第十三章　鲁西苦战 / 184

第十四章　增援华中 / 200

第十五章　三返冀南 / 216

第十六章　特别参议 / 232

第十七章　突破合围 / 245

第十八章　严惩敌寇 / 260

第一章　事变以后

一

夜幕刚刚降临，马路上昏黄的电灯全都亮了。保定火车站车来人往，比白天显得更加嘈杂、喧嚣、繁忙。

王建国肩扛一个小行李卷，挤到又高又小的售票窗口买了一张去高邑的火车票，才喘一口气，掏出手绢擦去额头上的汗水，到候车室找个空座位坐下来。天气异常闷热。候车室里挤满了旅客，男男女女，老老少少，人声鼎沸，汗气熏人。一些兜售香烟、瓜桃、糖果的小贩，在人群中穿梭来往，拖长声调吆喝叫卖，更加使人一阵阵地心烦。

一个异乎寻常的现象引起了许多人的注意。往南开的火车进站前半个多小时，一群衣着颇为讲究的男女，携带大包小箱，急急忙忙地赶到车站来，他们此呼彼唤，神情紧张，汗流满面也顾不得擦拭，那种狼狈相和他们的"上等人"身份很不相称。因此，很容易使人猜想：发生了什么大事呢？莫不是他们开始跑反了？

近几个月来，华北的时局一直非常严峻，战争的气氛越来越浓。谣言和传闻，一日多起，像野火似的在人群中迅速蔓延，闹得人心惶惶，惊魂不定。两个月前，王建国从山东来到北平，火车停在丰台站，抬头见日本飞机从空中飞过，发出震耳欲聋的巨响；出站口有荷枪实弹的日本兵，几乎和二十九军的士兵面对面地站岗，使他吃惊得简直难以相信自己的眼睛。进了北平城，更是到处都可以遇见穿和服、拖木屐的日本妇女，着皮靴、挂洋刀的日本军人，那种神气活现、目中无人的样子，似乎他们才是这里的主人。他找到西河沿的山东旅馆住下来，见旅馆的墙壁上、廊柱上，到处贴着"莫谈国事"、"各扫自家门前雪，休管他人瓦上霜"之类的纸条，人们说话都非常谨慎，向茶房打听事情，除了吃喝睡觉一类生活琐事外，其他一概摇头，一问三不知。沉闷，暴风雨来临之前令人窒息的沉闷，就是北平给他这个外省的青年人留下的最为突出的印象。

王建国是怀着一腔热血，同时又带着极大的盲目性到北平来投奔一个在军界做事的朋友的。在此以前，他在山东泰安铁路局的警察所当文书，成天抄抄写写，收收发发，每月可以领到十二元薪水，日子还算过得去，但是，目睹铁路上贪污腐化、尔虞我诈的种种黑暗现状，他逐渐失望，干不下去了，最后决定到大城市来追求进步，寻找光明。当然，他这时心目中的"进步"与"光明"，还比较抽象，有些模糊，但已经和抗日救亡、报效祖国紧紧地联系在一起了。早在一九三一年"九一八"事变时，十六七岁的他，在山东齐河县立高等学校（相当于完全小学）读书，老师魏凡吾是中国共产党的地下党员，他带领大家进行抗日救亡活动，在县城的街头演剧、唱歌、演讲，激昂慷慨地高呼"决不当亡国奴""宁为玉碎，不为瓦全""打倒日本帝国主义"等口号。那时的革命热情是多么高啊，然而，现实情况怎样呢？五六年过去了，日本侵略者又把魔爪伸向了热河，伸向了河北，伸向了古都北平，局势日趋严峻，可政府当局却一味妥协、退让，不作坚决抵抗的准备。这次来到北平城，他发现偌大的城市万马齐喑，死一般的沉寂，只有日本人在那里趾高气扬，耀武扬威，怎么不感到极大的失落和失望呢？

王建国在北平没有找到那个在军界做事的朋友，连生活都发生了问题，便不得不南下保定，投靠一位在河北省政府建设厅当秘书的同学，在他机关的宿舍里暂时栖身。两个月后的一天上午，那同学对他说："建国，我已为你谋到一个职位。最近河北省各县要成立武装民众的组织——守望队，我托建设厅总务科的周科长介绍你到枣强县担任守望队教练，因为周科长和枣强县的朱县长是老朋友，所以对方满口答应了。你想不想去？"王建国回答说："太好了，我马上就动身。"想到不久后自己会有一个正式的职业，还能为抗日救亡尽一份力量，他又抓住对方的手说："老同学，太感谢你了。"当天下午，同学交给他一封周科长写的介绍信，他见还能赶上晚间这趟火车，便马上收拾行装，叫辆黄包车，在苍茫的暮色中赶到保定火车站来。

随着一声震耳的汽笛声，列车终于进站。熙熙攘攘的人群涌进月台，挤进车厢。车厢里出乎意外地拥挤，连一向比较宽松的头等包房、二等车厢，也都挤满了旅客。许多人携带箱包物件，神色疲惫不堪，仔细端详，这些人既不像举家迁居，又不像外出旅行，使王建国感到纳闷。直到第二天清晨，火车到了石家庄车站，传来一个令人震惊的爆炸式的新闻，他心上的谜团才得以解开。

经过一夜折腾，天不亮王建国的肚子就饿得咕咕直叫，列车刚在石家庄站停稳，他就跳下车，想去买些火烧、点心等食品充饥。刚走几步，忽听得一个穿制服的铁路员工，对他认识的一个旅客说：

"你知道吗？日本兵和二十九军打起来了。"

"真的吗？在什么地方？"

"都说是在北平南的宛平城，在卢沟桥附近。"

"啥时候开的火？"

"可能是前天夜里。仗打得可激烈呢！"

"他妈的！小日本终于动手啦。"

……

列车离开石家庄站，中日军队开战的消息便不胫而走，迅速传遍了各个车厢。在王建国乘坐的那节车厢里,一阵扰动和热议之后,又渐渐归于平静,但仍有少数旅客在窃窃私语,有的虽默不作声,也是愁云满面,或者焦急万分。向南奔驰的列车发出巨大而有节奏的轰鸣,王建国的思绪也随之上下翻腾,难以宁静:日本帝国主义真的又对中国发动侵略战争了吗?如果爆发战争,这守望队还训练不训练呢?要是守望队不训练了,自己该到何处去?到哪里去参加抗日救亡工作?

下午一点多钟,车到高邑。王建国下车出站,一眼就看见在七月的骄阳下,一群东北军冯占海骑兵部队的士兵穿着白衬衣,光着脑袋,有在树荫下刷马的,有在小河边放马的,还有在大路上溜马的……一个个不急不忙,悠闲自在,一派和平景象,根本看不出要打仗的征候。他不禁疑惑起来,难道在石家庄车站听到的消息是谣言,刚才不过又是一场虚惊?

第二天一大早,王建国乘一辆拉脚的大车,继续向目的地——枣强县赶去。

太阳刚跳出地平线,就明亮耀眼,火辣辣地烤人,田野里露珠闪烁,庄稼正窸窸窣窣地拔节生长。放眼望去,郁郁葱葱,无边无际,牲口拉着大车在平原上走,如同一叶扁舟在碧波千顷的大海里航行。赶车的老汉是个沉默寡言的人,没嘴葫芦似的坐在那里,除了吆喝牲口,一句话也不多说。王建国向他打听枣强县的情况,以及当地的守望队办得怎样了,他总是淡漠地看看对方,摇摇头说:"俺不知道。"或者说:"俺也说不上。"第三天下午,大车终于来到枣强城里,在县政府的大门口停下车,王建国付过车钱,他说声"先生再会",就一扬鞭子,头也不回地赶车走了。

县政府的传达室向里面通报了不久,朱县长就在他的办公室接见了王建国。这位县长约摸四十多岁,中等身材,已经开始发胖,白净的圆脸上有点髭须,穿一身白杭纺的中式裤褂,看上去不像是县太爷,

倒像是商号里的老板、经理。他隔着办公桌伸出一只白胖的手,和王建国轻轻地握了握,便接过他的信,边看边说:

"欢迎欢迎!一路上辛苦了。"

"哪里哪里。"王建国赶紧客气地说。

"请坐!"他看完了信,抬头见对方还站在那里,便做了个示意坐下的手势,随即又问:"周科长他好吗?"

"好,很好,他……很好。"

"他公务可忙?"

"总也闲不着,不过,也还可以……"王建国含糊地答道。

"王先生是什么时候认识周科长的?"

"周科长是我的老上级了,我一直在他的手下做事,有些时候了。"王建国自己也闹不清怎么顺口编起了谎话。

"好,好,好。"朱县长不停地点着头,微笑着说,"你先在这里吃晚饭,饭后到文庙警察教练所去找一个叫连冠三的人,他是教练所主任,你就暂时住在他那里,协助他做些事情。至于你将来的工作,等我们研究以后再定。你放心,周科长介绍来的人,我会很好安排的。"

"谢谢朱县长关心!"王建国站起身说。

朱县长也站起身子,笑道:"不必客气,都是自己人!"说到这里,他在室内走了几步,突然又神色黯淡地说:"王先生可能已经知道了吧?日本军队和二十九军在北平卢沟桥附近发生冲突,打起来了,战斗现在还在进行中。看来,中国和日本这一战,恐怕是很难避免的了。唉!"

他重重地叹一口气,又苦恼地摇摇头。

二

入秋以来,连绵的秋雨,大一阵,小一阵,紧一阵,慢一阵,一连下了几十天。平原成了一片泽国,高粱、玉米等秋庄稼都泡在水里。

老百姓不得不赤着脚,挽起裤腿,趟着没膝盖深的水,推着木盆、笸箩,在水里摘取半成熟的庄稼。但是,这样又能收回来多少粮食呢?

常言道:福无双至,祸不单行。秋收的时候,平原上又发生了一场大地震,震中虽然不在枣强县,但影响所及,房倒屋塌,路断桥坍,灾民在凄风冷雨中流离失所,啼饥号寒,惨状更是不忍闻睹。有些老百姓抱怨说:天塌地陷,兵荒马乱,老天爷不叫咱们活啦?

九月间,中央军潮水般从前方败退下来。那些当兵的淋得像落汤鸡,战马滚得浑身泥,辎重部队像蜗牛似的在泥泞的公路上爬行,沿途都丢弃一些笨重的器材和物资。离开队伍的散兵游勇,三人一帮,五人一伙,倒背着大枪,歪戴着军帽,腰间缠着花花绿绿的包袱,像一群群害人的蝗虫,一路吞噬、掠夺而去,在苦难的平原上制造着新的苦难。

为了对付可能随时来到的日本侵略军,枣强县八个区的守望队都集中到城里来了,加上城里原有的县保安中队,编成了有十二个中队一千余人的县大队,朱县长亲自兼任大队长。他下令全县所有的裁缝铺连夜赶制灰布军装,把新编的县大队装备起来,并把县库里的枪支、弹药搬出来,补发给那些没有武器的队员。他雄心勃勃,劲头十足,大有振军备战,要和日寇决一雌雄的架势!

负责这支部队军事指挥的是副大队长宋鹤鸣。此人有三十五六岁,行伍出身,据他自己说,曾经当过西北军将领鹿钟麟的副官。高大结实的身躯,穿着整洁合体的军装,仪表堂堂,很有点军官的气派。他当时另有自己的打算,想把枣强的守望队编为一个团,再联合邻县武邑、阜城、交河、冀县等地的保安队,成立保安旅、师,然后跟随二十九军撤退。二十九军退到哪,保安队就跟到哪,最后编入正规部队。这样,他们这些带队的人就不愁没有团长、旅长的官儿当了。

有一次部队操练,宋鹤鸣拍着王建国的肩膀说:"老弟,好好干!

这支队伍就是咱们的本钱,把它带出去,增加国防力量,上司不会亏待咱们的。"

王建国却笑笑:"你要把它带出去?难!"

"为什么?"宋鹤鸣问。

"常言道:穷家难舍,故土难离。这支部队都是本地人,是一些刚穿上军装的农民,你怎能带得走?除非日本军队在屁股后头撑着,它不得不跟着你走。"

宋鹤鸣惊奇地看看这个年轻人,又点点头说:"你讲的也有道理。"

一天下午,县大队突然召集中队长开会,宋鹤鸣在会上说:"据可靠情报,日本鬼子快要来了!日军乘坐的汽艇,沿着滏阳河开过来,到了衡水,先头部队已经占领了我们枣强县的肖樟!敌军压境,形势紧急,二十九军有命令,要我们立即撤离县城,向南开拔,越快越好。"中队长们面面相觑,一言不发。宋鹤鸣又说:"部队今夜就出发。朱县长带县政府机关和公安局人员出西门,咱们县大队出南门,兵分两路,将来再会合。"散会后,他又命令一中队队长,临走时务必把南关一个姓王的大地主带走,并给他的家里留下话,说县大队要借开拔费,募抗日捐,十天之内带了钱到县大队来保人。王建国在一旁听了,不禁心想:抗日捐的名义虽然冠冕堂皇,但是手段却类乎绑肉票的做法,这样做合适吗?但是他没有征求别人的意见,当然不便当面表示不同意见。

下着淅淅沥沥的小雨,天黑得像一口倒叩的黑锅,伸手不见五指。队伍在泥里水里挣扎了一夜,慢得像蜗牛,只走出三十多里,可是人员已经精疲力竭,狼狈不堪。天大亮的时候,来到一座大村庄,队伍停在村头的禾场上休息,一部分人进村烧水做饭,打算吃了早饭继续赶路。

王建国正坐在一家老乡的门口,猛一抬头,见枣强方向有十几个人骑了马朝这里飞奔而来。是不是敌人？他赶紧站起身，仔细一看，不像是敌人，穿的都是便衣，应是当地的老百姓。只见他们一边狂奔，一边扯着嗓子高喊："乡亲们！你们——别走！乡亲们！别——走！"

广场上的人纷纷站起身，惊愕地看着来人，只见他们赶到村头禾场，便翻身下马，一个连鬓胡子的黑脸汉子仍坐在马上，大着嗓门说："乡亲们！你们不要走，日本人没有来，别上人家的当。他们当官的是外乡人，拍拍屁股就走人，你们能走吗？你们的家在枣强，你们的父母、妻子、儿女在枣强，你们能丢下他们走吗？"

"鬼子打来了呀！"人群里有人说。

"鬼子在哪里？我们刚从城里出来，要是鬼子来了，我们出得了城吗？"黑脸汉子笑着说，"现在，枣强城里已经成立了维持会，杨继皋的少爷杨哲如担任维持会长，他叫我们来劝弟兄们回去的。他说了，弟兄们回去以后，愿当兵的继续当兵，不愿当兵的可以回家种地。"

围着他的人群起初鸦雀无声，听他这样一讲，立即议论纷纷，甚至大声叫嚷起来。王建国心想情况不好，经这些人一煽动，这个队伍有瓦解的危险，应该有人出来制止才好。但是晚了，群众的情绪越来越激动，这种场合谁敢站出来说话？只听得一些人骂骂咧咧地叫嚷：

"他妈的！当官的骗人，骗俺们出去当兵，当炮灰！"

"俺们不离开枣强，俺们要回家！"

"俺们听杨大少爷的，不听那些外乡佬的！"

"俺们找当官的算账，他们为啥要骗人？"

"打死骗人的外乡佬！外乡佬！滚出来！快滚出来！"

……

这时，保安队有一个班长看不下去了，跳到场边的碌碡上，举起两只手说："弟兄们，安静！弟兄们，安静！他妈的，不许你们跑来扰乱军心，快给我滚开，不然老子就要对你们不客气了！"

可是，那伙人是有备而来的，那黑脸汉子手指着班长说："你是什么人？你不就是外乡佬吗？你们把大伙骗出去当兵，自己好当大官，发大财，你们的心太黑啦！"

砰！人群里有人开枪了。那班长应声而倒，没有吭一声，就像口袋似的从碌碡上栽了下去。

人群中一阵惊呼，队伍立即大乱。刚才禾场上还是一支有组织、守纪律的军队，顷刻之间乱成一团麻，成了一群谁也不听招呼、谁也招呼不了的乌合之众。人们随意行动，跑来跑去，上蹿下跳。有的寻找自己的老乡，有的进村去打算发横财，也有的寻衅滋事，企图报私仇、泄私愤。一个过去好打骂士兵的班长，就在这时被打死了。还有一些人杀气腾腾地端着枪，在人群中搜寻宋鹤鸣、连冠三的踪影，说要找他们算账。旧军队里常说的一句话：带兵如带虎，真是一点也不错。可怕，太可怕了！王建国虽然来这里不久，和别人没有多少瓜葛，不会有谁来找他的麻烦，但是看到这支失去控制的队伍，这些失去理智的士兵，也不免胆颤心惊，不寒而栗，更为宋鹤鸣、连冠三他们捏一把汗。他悄悄地离开禾场，躲进一户老乡家，脱去军装，换上便衣，从村后的一条小路溜走了。

王建国出村向南，一口气走了二十多里，来到明化镇，在一家小饭馆里遇见了先他一步到这里的宋鹤鸣、连冠三和张树勋三人。原来他们发觉部队失去控制，就脚底板擦油——溜之大吉了。宋鹤鸣见到在店门口张望的王建国，赶紧招呼："快来快来，我们在这儿哩。"

王建国坐下后，和他们相视而笑，好像刚才经历了一场恶梦，到现在犹心有余悸。

"你们都咋啦？留得青山在，还怕没柴烧？人没有出事就是万幸，应该高兴才对。来，干一杯！"张树勋倒很乐观，首先举起酒杯。

"唉！都怨我没有听王贤弟的话，操之过急。"宋鹤鸣情绪十分低落，自责地说，"真是天大的笑话，还没有走出枣强县，就队伍散伙马崩群，鸡飞蛋也打了。多时的心血毁于一旦，能不丧气吗！"

"玩枪杆子玩脱了手，这是常有的事。"张树勋劝慰道。

"带兵的人没有了部队，就像叫化子丢掉了打狗棍，无依无靠，连自身的安全也没有保障了。"连冠三皱着眉说。

"后悔药吃不得。事情已经这样，懊悔也没有用，咱们还是商量一下，下一步棋怎么走，上哪儿去。"王建国说。

宋鹤鸣说："刚才我们已经商量过，决定去贺钊，先住到李继孔的家里，然后再打听朱县长他们的下落，最后去他们那里，这样好不好？"

没有别的办法，也只能这样了。四个人喝完酒，吃了饭，就从饭铺子出来，朝贺钊走去。

三

天傍黑，他们来到贺钊李继孔的家。

李继孔是宋鹤鸣的朋友。宋在丘县当公安局长时，李是丘县的警备队长，关系比较密切；现李闲居在家。他是个大高个子，体格魁伟，黑黑的圆长脸，笑时嘴里露出几颗闪光的金牙。他热情，豪爽，乐观，健谈，在他慷慨而周到的招待下，宋鹤鸣等人绷得紧紧的神经得以松弛下来。

几天以后，他们听到一个消息，说二十九军为了策应山西太原方面的作战，决定北上反攻，所以电令河北省各县县长立即返回各自县境，维持地方治安。宋鹤鸣说："这下好了，咱们不必再去找朱县长他们了，回枣强去向维持会要部队！"可是，李继孔带来的一个情况，又使他凉了半截。李继孔说，最近朱县长向二十九军、河北省保安司令部发了电报，控告宋鹤鸣"纵兵抢掠，自行离队"，致使一千余人的县大队全都散了，因此，建议对宋鹤鸣进行严惩。宋鹤鸣听了，气得脸色

第一章 事变以后

铁青,咬牙切齿地骂朱县长是怕死鬼,兔子的胆,听说敌人来了跑得比谁都快,出了事把责任推到别人头上,还胡说八道地告黑状。他决定立即返回枣强去,尽最大努力收拢部队,一旦把部队收齐,兵权重新在握,"看你朱县长有何脸面见我!到时候我把城门一关,你就休想进枣强县城,老子那时再和你算账!"他恨恨地说。李继孔听了笑笑,说:"老宋,别想那么多了,关键是尽快回枣强去恢复部队。"

第二天清晨,李继孔为宋鹤鸣等借到两辆自行车,让他们四人倒替着骑,向枣强进发。走到离县城三十余里的卷镇,宋鹤鸣又有了新的主意,忽然说:"我和冠三两人先骑车进城,你俩在这里暂住一宿,明天再进城来找我们。"张树勋和王建国知道他急于赶在朱县长的前头,抢先一步把兵权抓到手,所以才如此急不可耐,便同意了。他们站在大路边,目送宋、连两人骑着自行车,消失在暮色苍茫的原野里。

张树勋和王建国住在卷镇一家骡马大车店里。次日早晨,有个二十多岁的小伙子跑来找他俩,说自己是刚从枣强城里赶来的。他说:"昨天夜晚,宋大队副和连主任进城以后,就被维持会抓起来了,还带上手铐,下了大狱,罪名是他们带县大队离开时,抢了金库,绑了肉票,和土匪没有两样。维持会还要派人来捉你们两个,你们赶快离开这里。"

"你怎么知道我们在这里?"张树勋疑惑地问。

"宋大队副从牢里捎出话来,叫我来给你们送信的,他叫你们赶紧想法子搭救他们!"青年人说。

张树勋和王建国得此消息,顾不上吃早饭,便急急忙忙地离开了卷镇。上路以后,才商量到哪里去。张树勋想了想说:"连冠三有个叔叔在保安司令部当办公室主任,我们去找他想办法营救。如果有机会见到保安司令高树勋,向他当面报告枣强县大队兵变的真实情况,说清宋鹤鸣的责任,岂不更好?"王建国完全赞成。于是,两个人便直奔河北省保安司令部的驻地大名县的小滩龙王庙。

到龙王庙以后，张树勋先找到他的一个朋友，名叫高德林，在保安第一旅当少校副官长。张树勋向他说明来意，高德林笑道："好啊！张树勋要见高树勋，叫我来引荐。"说着就带他们朝一所小学校走去。刚走到校门口，见有个中年男子从里面出来，身后跟了两个护兵，高德林小声说："这就是高司令。"他上前敬了个军礼，并把他俩作了介绍。张树勋简要地向高树勋汇报了枣强县大队兵变的经过，是维持会捣的乱，宋鹤鸣等带兵的人没有多大的责任。高树勋耐心地听了汇报，最后说："队伍垮了，也不是你们一个县，你们放心，不会凭县长的一份电报就处罚你们的。你们能够回去把部队收拢起来，当然更好。"

"高司令，你给我们一个番号吧！我们回去收拢部队，最好能够有个名义！"张树勋马上提出要求。

"行啊，给你们一个番号，就叫河北省保安游击第四团吧！"高树勋想了想说。"高副官长，你带他们到办公室找连主任，发给他们正式关防。"

"感谢高司令！"张树勋和王建国同声说。

"好好干吧！常言道：寒门出孝子，乱世出英雄，现在正是你们大显身手的时候，祝你们走运！"高树勋挥一下手，带两个护兵走了。

领取关防的时候，张树勋趁机向连冠三的叔父讲了连冠三被枣强县维持会扣押的情况，建议尽快把他营救出来。可是对方紧皱双眉，半天没有说话，最后说："不大好办。枣强没有咱们的部队，维持会不听咱们的。等等再说吧！"他俩无可奈何，只得领取了关防，离开龙王庙。

他俩仍然回到离枣强三十余里的卷镇，但不敢贸然进城。想到宋鹤鸣和连冠三还在城里蹲大牢，既着急又发愁。那天晚上，张树勋拿出那枚崭新的关防，端详了半天，叹口气说："唉！保安游击第四团，兵无一个，枪无一支，咱们演的是哪一出呀？"

"要演，就假戏真做。"王建国说。

"怎么假戏真做？"

"你看我的。"王建国找来信纸，拿起笔，起草了一封公函。张树勋接过去慢慢念道：

枣强县维持会杨会长钧鉴：

我河北省保安游击第四团即将北上反攻，打击日寇，借道贵县，望贵会及早为我部安排住房，筹备给养为盼！

团长　张树勋

他念了两遍，一骨碌从炕上坐起，拍手笑道："妙，妙！亏你想出了这出空城计。盖上关防，马上送去。"

这一招果然立见功效。信托人送出去两天以后，枣强县维持会派人送回信来了，大意是说：据闻贵部要北上反攻，进驻敝县，民众奔走相告，翘首以待，只因敝县城小池浅，房屋简陋，难以满足贵部之需要，望贵部不要进城，暂住乡村，一切粮食给养，敝会当竭尽全力予以保证供应。更为有意思的是，信后又特意说明，宋鹤鸣、连冠三两位先生十分安全，很快就送他们回去，不必牵挂。

第二天，宋鹤鸣、连冠三果然回来了。张树勋向他俩讲了事情的经过，宋鹤鸣感激地说："多亏两位贤弟想此妙计，用木头疙瘩降服了维持会。"说得大家都笑了。

四个人重新聚在一起，又面临着何去何从的问题。这时河北省的形势发生了很大的变化。二十九军没有北上反攻，日寇却大举南犯。丘县守军一个营的官兵奋起抵抗，给敌人以重挫，终因寡不敌众，只得弃城撤退。日寇恼羞成怒，疯狂报复，肆意屠杀手无寸铁的老百姓，从南关杀到城里十字街口，见男杀男，逢女杀女，老人儿童无一幸免，街道上血流成河，尸体狼藉，有的被投入井中，井都填满了。这一惨案的消息迅速传遍了冀南平原。平原上的群众人人战栗，个个担心，一方面对中央军表示极度的失望，另一方面深深感受到有拿起武器进行自卫的必要。于是，各地的守望队、保安队、壮丁队、二十九军的散兵以及打家劫舍的土匪，都纷纷扯起"抗日救国义勇军"的旗号，头目们自封为司令、指挥，一时间泥沙俱下，鱼龙混杂，遍地义勇军，司令如牛毛，都要在这伟大时代的壮阔舞台上尽情地表演一番。丘县的马头镇上，有个地主名叫李景隆，和宋鹤鸣是旧交，这时也拉起一帮人马，把司令部设在郭固。宋鹤鸣得知这个消息，喜出望外地说："哈哈！活人还能叫尿憋死？找李景隆去。咱们没有人，他手下有人呀！就借用他的力量，到枣强县去收拢部队。"

"李景隆会干吗？"有人问。

"这个人我了解，是门大炮，头脑简单肠子直，容易对付，我们去了好好给他说说，会听我们的。"李景隆信心满满地说。

于是，他们又研究了到李景隆那里以后，要注意的具体事项，到半夜才睡。第二天，初冬的红日从平原上升起，村子里雄鸡乱唱的时候，四个人就离开卷镇，朝郭固走去。

第二章　沧海横流

一

　　一个身材瘦长、黑黑脸上长满胳腮胡子的中年汉子，点头哈腰地把宋鹤鸣等人让进客厅，等大家落座以后，他就眉开眼笑地说："什么风把你们吹来的呀？哈哈，想不到吧，我李景隆也拉起杆子来了，还是个不小的杆子头呢！"

　　"国家兴亡，匹夫有责，此时不干，更待何时？二哥干得对，干得好啊！"宋鹤鸣恭维地说。

　　李景隆有四十多岁，粗眉毛，肿泡眼，高鼻梁，大嘴巴，面色黝黑，牙齿焦黄，从他嘶哑的声音里可以看出他是个烟瘾颇大的"瘾君子"。他穿一件藏青哔叽棉袍，外罩黑呢夹大衣，这是当时乡间士绅的流行装束。宋鹤鸣的突然到来，可能出乎他的意外，所以谈吐之间隐隐地流露出一种不安和戒备的神情。

　　"二哥现在有多少人马？"宋鹤鸣装作毫不在意地问。

　　"我的人马不多，一两千人，编了三个团，一个打旗棚。我不像你带过兵，打过仗，我缺乏经验，队伍刚拉起来，啥都没有走上轨道，你们来得正好，要多多帮愚兄的忙啊！"

　　"好说好说。"宋鹤鸣又问："二哥有什么打算？"

　　"贤弟有何赐教？"

"二哥，抗日救国义勇军，顾名思义，要抗日救国。然则要抗日，要救国，手中非得有人、有枪，一句话，要有一定的实力。现在二十九军已经撤退，日本鬼子还停在铁路线上，这一带成了天地人三不管的地方，散失在民间的枪支很多，光枣强县少说也有一千多支，二哥一定要抓紧时间搜罗武器，招募人员，扩大队伍。人们常说，有枪就是草头王。你手里兵多武器好，说话就有力量，人家就会听从你的号令，相反，如果你人少枪少，人家不仅不听你的，甚至会把你吃掉，这不是秃脑门上的虱子——明摆着的吗？"宋鹤鸣胸有成竹，侃侃而谈。

李景隆很认真地听着，点点头说："贤弟说得有理，我也想多扩充队伍，不过咱们总得有个名义，叫个啥军才好。"

"二哥，叫河北民军怎样？"张树勋突然提议。

"好哇！"李景隆说。

"照我看，干脆，咱们气魄再大一点，"宋鹤鸣挨个看看大家，一挥手说："就叫华北民军。"

"好，好！"李景隆高兴得几乎跳起来，大着嗓门说，"从今以后，咱们正式叫华北民军，我就是民军司令。鹤鸣贤弟，你来给我当参议，怎么样？"

宋鹤鸣一愣，未置可否，过了一阵才笑道："二哥看得起兄弟，兄弟一定尽力效劳。"

"咱们要干，就得干出个样子来。"李景隆兴致勃勃地说，"我家有一两顷地，也算得上薄有田产，一不愁吃，二不愁穿，我拉队伍不是为了打家劫舍。乡亲们推举我来带这支武装，是看得起我，我李景隆不能装孬，要对得起乡亲们。"

这时，宋鹤鸣又向他建议，最好把周围的各路义勇军联合起来，都聚在华北民军的旗帜下，统一行动，一致对外，共同抗日。李景隆听后大喜，说："行啊，这是个好主意。四周的义勇军，除了土匪头子王兰贤,我和他没有来往,其他的我都熟,都是我的朋友。我马上给他们写信,叫他们到郭固来聚会,大伙儿在一起合计合计,成立咱们的华北民军司令部好不好?"

"太好了!"大家一致赞成。

两天后的上午,李景隆的司令部里呈现出紧张、忙碌的景象。一些人忙着宰猪杀鸡,筹办筵席;另一些人忙于买烟买糖,烧水沏茶,准备接待客人。九点多钟,各路义勇军的头领骑着马,带着护兵马弁,陆续赶来了。身材魁伟的李继孔从一匹马上跳下,拉住宋鹤鸣的手说:"啊呀,原来你们在这里呀!听说枣强县的维持会和你过不去,兄弟手里现在也有几百号人,正打算去救你呢。"宋鹤鸣连忙表示感谢,说:"谢谢贤弟的关心,事情已经过去了。"他俩正说着话,那边又过来一个人,五十开外年纪,穿件玄色暗花绸长袍,戴顶水獭皮帽子,瘦削的脸颊,有两撇灰白的小胡须,王建国不认识他,张树勋说:"他是长屯的邵云臣,外号邵二摆打。"不久,又来了一个叫于德本的人,此人原是土匪头子,所以刚从马背跳下,把缰绳往马弁手里一扔,开口就讲黑话:"大虎头子,把蜂子拉去!"(勤务兵,把牲口拉去)

王建国走进屋去,见客厅里已坐满了人,烟雾迷漫,笑语喧哗,还夹杂着庸俗的玩笑和粗野的叫骂。这哪里是什么司令们聚会,倒像是集镇上茶坊酒肆里的闲汉们聊天。

"二哥,今天把大伙儿叫来,有啥好吃好喝的招待兄弟们呀?"于德本大声叫道。

"吃,吃,你就知道吃呀?你小子是饿死鬼投胎?"邵云臣笑着说。

"邵二哥,你别来这一套。人生在世,吃穿二字。你年轻时不爱吃爱穿,人家会叫你邵二摆打?"于德本说。

人们爆发出一阵哄笑。

"诸位……"李景隆站起身来,向大家打个招呼,人们才静下来,他继续说道:"今天把诸位贤弟和云臣二哥请来,是想商量个事儿。咱们先商量事儿,然后吃饭,没有好的吃,粗茶淡饭管饱。商量什么事儿呢?咱们都是老弟兄了,现在手上都有一把子人马,应该有个互相照应。有几位贤弟提议咱们成立华北民军,联合起来,一起行动,打小日本鬼儿,保护父老乡亲,你们说行不行?要是行,咱们就行动,要是大家不乐意,觉着这样不合适,咱们就聋子放炮仗——散了,各奔自己的前程。"

开始静默了一阵,突然那些司令们七嘴八舌地嚷起来:

"俺们听二哥的,二哥说咋办就咋办!"

"二哥人多枪多,是俺们的头儿,你就领着大伙干吧!"

"行啊,俺赞成,俺拥护!"

面对一片赞成之声,李景隆咧着大嘴,呵呵地笑着,又回身对宋鹤鸣说:"贤弟,你说说吧!"

宋鹤鸣却捅捅王建国。自从来到这里,宋鹤鸣发觉李景隆对他存有戒心,所以昨天晚上四个人商量今天开会的事儿,宋鹤鸣就决定自己不出头露面,让王建国站到第一线。此时王建国只得站起身来,把昨天商量的意见对大家讲了。要点是:第一要健全组织,成立华北民军司令部,景隆二哥担任司令,下属七个支队,都设立支队司令部,各位是华北民军副司令兼支队司令;第二要守纪律,民军要像军队的样子,要有组织纪律性,大家都服从命令,听李司令的号令,不抢不夺,不烧不杀,不奸不淫,要是不打鬼子光祸害老百姓,那就不是民军;第三,当前的任务是要扩充队伍,把各县维持会的枪都收缴过来,还要筹集经费,具体计划是:先到枣强县,起枪两千支,白洋两万块,再到衡水起枪一千五,搞一部分资财,然后到冀县……最后到南宫,在那里整训咱们的部队。

对这样的设想,大家没有提出什么不同意见,算是一致通过。接着讨论成立司令部参谋处，李景隆根据事先宋鹤鸣的建议，提议由王建国担任参谋处主任。王建国站起身推辞说："各位二哥，我年纪轻，阅历浅，办事缺乏经验，实在难以胜任。"

宋鹤鸣听了非常着急，马上说："二哥叫你干你就干，别推三阻四的。有啥干不了的，事在人为嘛。我当参议，协助你。"

"干吧！有我给你扛着大旗呢。天塌下来有大个子顶着，你怕个啥？年轻人要敢闯，天下不就是闯出来的？"

李景隆这样一说，其他人也都说"干吧，干吧"，算是一致通过。

"咱们啥时候出水？"于德本突然问。

"出什么水？"王建国没有听懂。

"噢！他是问咱们啥时候出发。"李景隆解释说，"要是诸位贤弟没有别的意见，咱们后天就开拔，好不好？"

"好！"大家异口同声地回答，会议就这样一哄而散。

可是，第一天的行动就乱了套，好几个支队根本不听招呼，不按照参谋处指定的行军路线行走，而是自由行动，想走哪就走哪，晚上，一齐挤到有两千多户的大寺庄宿营。队伍进村以后，有的捉鸡打狗，有的砸门抢劫，你下我的枪，我劫你的营，闹得乌烟瘴气，不成体统。新上任的参谋处主任王建国看在眼里，急在心头，赶紧找李景隆说："这算啥呀！这不是和土匪一样了？这样搞下去，咱们华北民军的名声很快就会臭了。"

"你叫我有啥办法？"他紧皱双眉，无可奈何地说，"贤弟，你知道吗？这些人出来是要发财的，不让他们捞点行吗？睁只眼闭只眼算了，就当没看见。"

"二哥你是民军司令，怎么能这样说？"王建国吃惊地说，"难道咱们开会宣布的纪律不作数了？"

"讲纪律得慢慢来。这些家伙野惯了，能一下子让你套上笼头？"

王建国建议召集各支队司令开会。会上，再次强调要严明军纪，不得骚扰群众，不得互相摩擦；同时宣布了第二天继续向枣强进发的行军路线。谁知次日清晨，于德本不打任何招呼，带了他的支队掉头向南宫方向开去。其他支队见于德本去了南宫，也都跟随响应，甚至有的已经行进在去枣强的路上，也临时改变主意，争前恐后地朝南宫拥去。

"银枣强，金南宫，谁都知道南宫是块宝地，削尖脑袋要往那里钻啊！"李景隆叹着气说。

"二哥，咱们还是去枣强。"宋鹤鸣说。

"不，他们都上南宫，咱们也去南宫。这些人精明，我李景隆也不是傻子，放着肉不吃，要去啃骨头。"

宋鹤鸣打算到枣强县收拢旧部、重振旗鼓的计划完全破灭了。他对王建国说："兄弟，你暂且留在这里，我们到别处再想想法子。"在部队向南宫进军的路上，宋鹤鸣、连冠三、张树勋等三人一起离开了。王建国感到有点恋恋不舍；李景隆只是敷衍了几句，便吩咐设宴欢送。

二

南宫黑魆魆的城墙隐隐在望。城外空旷的田野上不见一个人影。寒风中不时传来一阵阵清脆的枪声和手榴弹爆炸声，似乎在提醒人们，这一带正处于两军交战状态。

李景隆的部队驻在离南宫不远的大屯，没有参加于德本他们的攻城战斗。李景隆认为，南宫城里的临时县长孟绍先，手下也有好几百人，凭着坚固的城垣死守，可不容易攻下来哩！他吩咐手下的几个团长，别轻举妄动，先看看风向再说。如果于德本把城打开，好处当然也有咱的份，攻不下来，也不会损咱的兵，折咱的将。坐山观虎斗，坐收渔人之利，何乐而不为呢？

一天下午,二团团部的廖中符跑到王建国的住处,说:"王主任,小屯有人想找你去见见面,你愿意去吗?"

"小屯?什么人?"

"你去了就会知道的。当然都是积极主张抗日的人,都是自己人。"廖中符带着几分神秘的神情说。

廖中符是王建国不久前认识的。开始,他发现二团有个青年人,眉清目秀,穿件棉袍,带着"义勇军"的臂章,像个文质彬彬的知识分子;也许廖中符对王建国也有同感。所以两人就很自然地接近起来。从见面时点点头,打个招呼,到后来一起散步、聊天,很快就无话不谈,成了十分投机的朋友。这次又说要带他到小屯去见见"自己人",王建国没有过多的怀疑,就答应了。

傍晚,王建国和廖中符来到小屯,走进一家农民的土屋。屋里点了油灯,四五个人围坐在一起,见他俩进门,都站起身表示欢迎。经过介绍,王建国才知道他们是当地中国共产党地下组织的负责人,名字叫马国瑞、冯玉英、罗八弟等,另一人是小屯游击队的队长杨绍先。介绍以后,坐在中间的冯玉英便说:"今天晚上,咱们商量两件事情:第一件事是怎样争取义勇军抗日,劝他们不要自相残杀,不要打南宫,因为南宫城里的队伍也是抗日力量;第二件事就是怎样保护小屯这支游击队。杨队长带的这支队伍虽然人不多,枪也少,力量有限,但它是咱们自己的武装,决不能让它遭受损失。这几天,义勇军头目于德本、王荣亭、孙明远等人,都放话要吃掉这支部队,我们要提高警惕,不能麻痹大意!"

冯玉英讲完以后,大家发言,王建国坐在一旁静听,没有吭声。最后,廖中符要他讲点意见,他想了想说:"感谢各位信任我,让我参加讨论。据我了解,打南宫最积极的是于德本。打了几次没有打下来,仍不死心,怂恿李景隆统一指挥各路人马,齐心协力打。不过,李景隆不干,他和于德本有矛盾,认为于德本不听招呼,自由行动,所以一直按兵不动,在旁边看热闹。如果集中力量打击于德本部队,它肯定吃不消要逃跑,于德本一动摇,南宫的围困马上可以解除。"

大家很赞成王建国的意见,并要他谈谈对第二件事的看法。王建国说:"这事好办。干脆把这支队伍暂时编为李景隆的特务队,别人就不敢动它了。"

"李景隆会同意吗?"冯玉英问。

"这事我来办,我去同他说。"王建国回答。

散会后,冯玉英把王建国和廖中符送到村口,勉励他俩在李景隆部队里多做宣传抗日的工作,及时和党组织联系。

除了小学老师魏凡吾外,这是王建国又一次接触到真正的共产党人。冯玉英等人给他留下了深刻的印象。在返回大屯的路上,廖中符问王建国对参加今晚会议的感想,王建国深有感触地说:"太好了,真是一心抗日的自己人。我早就寻找中国共产党,不知党在哪里,原来党就在身边。"

廖中符欣喜地问:"你愿意加入中国共产党?"

"当然愿意。"

"我来介绍你参加。"

廖中符后来到小屯向冯玉英作了汇报,并很快得到党组织的批准。冯玉英和王建国谈了话,勉励他为党的事业奋斗到底。握别时,冯玉英从衣袋里拿出一枝粗杆钢笔,塞到王建国的手里,说是"留作纪念"。谁知这竟成了冯玉英留给这位新党员的珍贵遗物。此后不久,他受命到新区去开辟工作,在何姑庙附近,被当地的红枪会当作义勇军捉住,野蛮地杀害了。他为中国的抗日事业献出了年轻的生命,这支钢笔也成了永恒的纪念。

王建国从小屯开会回来,就去找李景隆,他正在抽大烟,斜躺着身子问："有事情吗？"

"二哥，报告你一个好消息，我给你招了一支人马。"王建国说。

"真的？有多少人？"

"有一百多人，队长叫杨绍先，现在就住在小屯。"

"有队伍投奔咱，好事呀！"李景隆高兴得突然坐起身，唾沫飞溅地说："常言道，韩信用兵，多多益善。这个年头，兵不嫌多，枪只嫌少。他们愿意投奔咱们，不知有什么困难，要不要我亲自去看看？"

"不用了，给他们一个番号，叫他们的杨队长来见你。"

"那好，就照你的意见办。"

"二哥，我再想问你一件事，你真想打南宫，把它拿下来？"

"怎么啦？"

"你想过没有，要是把南宫城打下了，会出现什么情况？"

"要是打开南宫，非乱套不可，会大抢特抢，洗劫一空。你不看见吗，于德本这些家伙眼都红了！"

"如果打开南宫，进城抢的抢，夺的夺，他们发财，你背黑锅，二哥你干这种傻事？到那时咱们对不起南宫的父老乡亲，要成为千古罪人，从此再也别想有人带着队伍来投奔咱们了。南宫千万打不得，谁想打谁打，咱们决不动手，更不去挑这个头！"

"贤弟说的对，我听你的。"

一天深夜，激烈的枪声把人们从睡梦中惊醒。从枪声的方向和距离判断，战斗发生在于德本住的村子附近。王建国心中有数，便对李景隆说："二哥，没有咱们的事，回去睡觉吧！"第二天上午，侦察人员报告说，昨天夜里南宫城里派人袭击了于德本的部队，于部毫无精神准备，受了些损失，很快就向南撤退了。其他部队见于部撤走，也不知出了什么事，纷纷跟着撤离，现在，只有我们和邵云臣司令的部队还没有动。李景隆听后说："俺们明天也走。通知小屯的杨绍先，叫他作好准备，明天跟俺们一起开拔。"

王建国立即派人送信给杨绍先。但是，是叫他尽快带部队离开小屯，转移到安全的地方去。

三

离开大屯以后，向东南方向走不远，李景隆的部队在焦家王村驻扎下来。

司令部设在一家地主的院子里。正房是四间三层楼房，李景隆住在楼下的西套间里。参谋处占了前院的四间北房，室内靠墙放了一排排书柜，摆满了书籍、报纸和杂志，地上有一架钢琴，一架风琴。参谋申文俊对王建国说："主任，这家人真阔！"

一天上午，李景隆把王建国叫去，询问了部队宿营的情况，以及附近村镇送给养的情况，随后，他从口袋里掏出一封信，递给了王建国。信是于德本写的，大意是说：二哥，我想成家了，要娶焦家的两个姑娘，碍着二哥你的面子，不便派部队去接人，希望二哥叫焦家把人送来，成全兄弟的终身大事，我一定不忘二哥的恩德，来日当尽力报答！看了信，王建国不禁勃然大怒，骂道："混账东西，无耻！"

原来，房东姓焦，名杰三，五十多岁，早年曾经留学日本，是个有学问的人。他有两个女儿，大姑娘叫焦其树，在天津师范学院攻读教育行政；二姑娘叫焦其兰，是山东齐鲁大学医学系的学生。因为战争，学校停课，她们都回到乡下，和父亲焦杰三住在一起。于德本不知什么时候看上了这两个姑娘，围攻南宫时，竟派人登门求亲，要娶两姊妹做他的"压寨夫人"，焦家当然断然拒绝了。他仍不死心，打算派兵来强娶，恰巧李景隆部队来到这里，司令部就设在焦家，于德本觉得不好办，所以才送来了这样一封信。

"二哥，你打算咋处理？"王建国问。

"你说呢？"

"于德本这小子不像话，咱们可不能做这种伤天害理的事，那样不等于把人家姑娘往火坑里推吗？"

"我也寻思这事办不得。焦家是有身份、有名望的人家，岂能由他胡来？"

"正是这个理儿。不过，于德本那里你怎么打发呢？"

"你给我写封回信，说我们住在这里，人家不愿意。劝劝他，要找女人还不容易，别偏往钉子上碰呀！"

信送走以后，王建国晚上来到焦杰三住的东套房。室内很暖和，点了一盏煤油灯，显得十分明亮。焦杰三给他泡了一杯茶，客气地说："王先生军务繁忙，怎么今晚有空到我这里坐坐？"

"部队住下以后，事情就不多了，早想来看望焦老先生。"

"谢谢。听王先生的口音，好像不是本地人，府上是……"

"我是山东济南府人，事变前出来的，兵荒马乱回不去家，因为和李司令有一面之缘，所以暂时在他手下避风吃饭。"

"原来是这样。"王建国的几句话引起焦杰三的极大感慨，他有点激动地说："都是因为战争啊！战争给多少人带来苦难，多少老百姓背井离乡，流离失所！这固然是日本帝国加害给我们的，但政府当局一味退让，不坚决抵抗，恐怕也难辞其咎！"

"焦先生说得很对。日本帝国要灭亡咱们中国，变为它的殖民地，有些人却开门揖盗，引狼入室。现在确实到了中华民族生死存亡的最后关头了。"

"不过我相信，中华民族不会那么容易灭亡的！事变以来，中央军一败如水，但各地民众抗日热情高涨，迅速汇成一股抗日的洪流，倒是出人意料的。"

"时代的潮流汹涌澎湃，但也是泥沙俱下，鱼龙混杂啊！"

"你说得太对了！"焦杰三突然凑近身子，小声说："王先生，我看你不像是义勇军？""这是啥？"王建国指指衣袖上的臂章，笑问道。

夜渐渐深了，王建国欲起身告辞，他却苦苦挽留，似乎有什么事情要说，却又难以启齿。王建国便问道："焦先生，你有什么事吧？"

唉！他长叹一声，摇摇头，后又鼓足勇气说："为我的小女的事。你们来后，我把她们两人藏在楼上，已经两天没有下楼吃饭了，长此下去，如何是好？"

"你赶快叫她们下楼呀！"王建国说。

"李司令知道了不会怪罪？"他却顾虑重重。

"李司令那里，我去和他说，他不会见怪的。"

"会不会出什么事儿？"

王建国见他仍不放心，便把白天接到于德本的信，李景隆怎样答复的情况告诉了他，并嘱咐姑娘下楼以后，在家呆着，别到外面去，是不会出什么事的。焦杰三听了喜出望外，连声感谢，把王建国送出房门。

几天以后，队伍要离开焦家王村。由于忙于布置、检查部队的开拔事宜，王建国也顾不上去同焦杰三辞行。出发那天早晨，见焦杰三套了一挂骡马轿车，车上装了几件行李，说是要跟队伍一起走。王建国吃了一惊，上前问道："你这是干吗？"

"我也参加义勇军了。"焦杰三笑道。

"你这么大的年纪，还要跟我们东奔西跑？"

"抗日救国，人人有责，不分男女老幼嘛。"

王建国觉得事情蹊跷，内中必有隐情，便去找李景隆问："怎么把焦杰三也带走？"

"不是我要带他们走，是他们自己要求的。咱们也正缺这方面的人材。焦老先生会看病，他的二女儿在大学里学医，咱们没有像样的医生，他们岂不是来得正好？其实，他们咋想的我也知道，他们是怕咱们走后，于德本再来抢人，所以要跟我们一起走。"

李景隆这样解释，王建国倒无话可说了。

离开焦家王村以后，部队在长屯以北住了几天。长屯是邵云臣部的驻地，李景隆和王建国骑马去拜访他。邵热情招待，摆了好酒好菜，李景隆喝得烂醉，几乎回不了家。

一天上午，王建国在驻地遇见焦杰三，见他愁眉不展，情绪有点异常，以为他一时适应不了这种环境，或者仍为两个女儿的安全担心，正要上前安慰，焦杰三却主动走到跟前，向他提出："王先生，能不能借我一支手枪？"

"你要手枪何用？"

"自己用。"

"自己用？"王建国吃惊地反问。

"对！活着没有什么意思。"

王建国连忙问他出了什么事，他开始不愿意说，再三追问，才说出了实情。原来李景隆要他把两个姑娘嫁人，一个嫁给李景隆的参谋长李敬民，另一个嫁给他的随从副官。王建国听了感到十分意外，因为李景隆骂于德本的话言犹在耳，怎么一转身自己也办起这样的缺德事情呢？他想去当面责问，继而一想，李敬民是李景隆的心腹，如果他听不进不同意见，决意孤行，岂不反而要坏事？还是先忍下这口气，帮他父女解决危难再说，所以便对焦杰三说："你们离开这里。"

"村子四周都有岗哨，出不去呀！"

"我给你们开路条。"

当时，李景隆的大印放在参谋处，由参谋申文俊随身带着。王建国回去和申文俊说了，他也很气愤，马上给焦家父女开了一张通行证，当天晚上，两人悄悄地把他们送出了村。

次日清晨,李景隆突然问王建国:"焦老先生怎么不吭声就走了?"

"二哥,难道你真的不知道?人家起先要自杀,这可是三条人命啊!"

"事情也没有最后定嘛。"李景隆黑瘦的长脸胀得通红,含糊地说了一句,没有再追问下去。可是,他的参谋长李敬民却恨死了王建国。

四

丘县马头镇的东大街上,耸立着一座高大的门楼,这几天来这里车水马龙,门庭若市。

古人说过,富贵不还乡,如锦衣夜行。李景隆带了部队在外地转了一圈,又耀武扬威地回到他起事的地点马头镇,回到马头镇东大街他的老家来了。他一到家,来客就川流不息。有的是为了巴结、讨好而来;有的是有求于他而来;更多的是怀有一定的目的,要对他施加影响,争取他的这支武装。有人鼓动他去投奔中央军,弄个正规军的团长、旅长当当;有人怂恿他和土匪头子王兰贤携起手来,合成一股,可以在地方上称王称霸;还有人拉他投降日寇,找个可靠的后台,并介绍说原高树勋的保安第一旅少校副官长高德林最近降了鬼子,住在临清,派人和他一说准成。

有一次,王建国去找李景隆,他正和参谋长李敬民、军需处长王献堂在商量事儿,见他去就都不说话了。王建国一眼就发现桌子上有一面鬼子的膏药旗,上面还写了"皇协民军,武运长久"几个大字。王建国心中一惊,表面却不动声色地问:"皇协军的旗帜,从哪里缴来的?"李景隆连忙掩饰道:"老李拿来的,我还从来没有见过这玩艺儿呢。"李敬民在一旁低头吸烟,一声不吭。

自从这次发现皇协军的旗帜,王建国警觉起来,感到情况十分严重。联想到回马头镇前李景隆对待焦家父女的态度,不得不认为此人表里不一,言而无信,是个完全靠不住的人。他和二团的廖中符交谈,他也反映近来亲日分子十分活跃，散布了不少汉奸言论，部队的前途确实令人担忧。他俩都很着急，但一时又想不出妥善的对策来。

一天，王建国正在他的住处天泰店铺里，忽然外面有人叫他。出去一看，见是一个陌生人，二十四五岁，穿件蓝布棉袍，戴顶旧毡帽，像是当地的农民。

"你找谁？"

"我找王主任王建国先生。"

"你找他有什么事？"

"马国瑞叫我来找他的……"

提起马国瑞，王建国马上想起在南宫小屯开会见到的地下党负责人，加上对方一口南方蛮子腔，就断定他是八路军那边的人，便说："我就是王建国，请进！"

他叫王金林，八路军东进纵队的干部，是组织上派他来做争取李景隆部队的工作的。王建国向他详详细细地介绍了李景隆本人及其部队的情况，以及当前一些值得注意的动向。他听得很认真，并不时提出一些疑问，最后又共同研究了争取工作的具体方案。他认为王建国应该充分利用在李景隆身边工作的有利条件，多做思想工作，晓以民族大义，动以个人利害，启发他自觉自愿参加抗日；廖中符要多做中下层干部的工作，以巩固这支抗日队伍的基础，孤立那些企图投敌的顽固分子。经王金林指点后，王建国感到心里亮堂多了，笑道："你真是来得太及时了！"

一天晚上，王建国坐在李景隆的客厅里，李敬民和一团团长胡家保跑来了。闲聊一阵以后，李敬民突然说："二哥，有人从临清回来，高德林亲口叫他捎话，问候你哪！"

"高德林这小子到崔培德那里当了啥官？"李景隆问。

"旅长。"李敬民说，"崔培德也高升啦，现在人家是皇协军第二军军长！"

"官倒升得快，只是名声上……不大好。"李景隆摇摇头说。

"有啥不大好呀？"胡家保插嘴说，"要想吃肉，就别怕闻腥。高德林、崔培德他们那样做，也是为了保存实力，将来好另找出路。"

"不管怎么说，也是投降鬼子当汉奸！"王建国实在憋不住了，气呼呼地说，"人往高处走，鸟往亮处飞。咱们可不能像他们那样，要往正道上走，不然的话，一失足成千古恨，世上是没有后悔药吃的。"

"总不能拿鸡蛋往石头上碰呀！"胡家保说。

"谁是鸡蛋？谁是石头？别太小瞧了自己，长他人的志气。"王建国越说越来气，"打开窗子说亮话，摆在咱们面前的无非是两条路：一条是坚决抗日，保卫咱们的国家；一条是投降鬼子，当汉奸。走抗日的正道，会得到人民的拥护，路越走越宽；若是投降敌人当汉奸，不仅对不起乡亲们，也对不起跟随咱们的弟兄们！"

"唱高调容易，实际困难咋解决？"李敬民说，"咱们一千多号人，枪支、弹药、吃饭、穿衣、发饷，靠谁来供给？靠谁来补充？"

"靠老百姓，靠冀南平原上的父老乡亲。离开了他们，咱们就无法生存。所以我们时时处处要想着他们，要对得起他们！"王建国激动地说，"你们愿意抗日，我去和八路军联系，一定会得到他们的帮助和支援的。不然，愿到临清升官高就的，悉听尊便，反正我不会去。"

"贤弟别急，说到哪里去了？有事咱们慢慢商量。"李景隆赶紧息事宁人地说。

次日上午，李景隆把王建国叫去。走进客厅，见只有他一个人坐着，便问："二哥有啥事？"

"贤弟，昨天你提到八路军，你和他们有联系吗？"李景隆单刀直入地问。

"说有就有，说无就无。"王建国神秘地笑笑，又说："二哥若是坚决抗日，愿当八路，我保证能给你找到。"

"我寻思咱们总得找座靠山，不然难以立足。当汉奸不能干，中央军跑得没有影儿了，要是八路军真的来到冀南抗日，咱们干脆就投奔八路。"

"李参谋长他们会同意吗？"

"家有千口，主事一人。这个家还得我当，不能听他们的。"

"好！"王建国兴奋地说，"那你就是八路军东进纵队游击独立第一师师长。"

"当真？"李景隆又惊又喜，半信半疑地说，"别拿二哥开玩笑，你说的算不算？"

"二哥，你啥时见我说大话，放空炮，说话不算数的？我早就为你考虑出路了。实话对你说吧，八路军的代表已经来到马头镇，我马上可以给你取委任状来。"

李景隆喜出望外，要王建国立即把王金林找来和他见面，并正式接受了委任状。王金林还向他传达了东进纵队首长交给游击独立第一师的任务：在威县、广宗、南宫、清河之间开展活动，发展、壮大力量，打击日寇及其走狗皇协军。

李景隆满口应承，咧着大嘴笑道："真想不到！我这个杆子头也成了八路啦。"

第三章　收编民军

一

太阳还没有从平原上升起。大路两边的枯草叶上，凝结着一层洁白的霜花。除了偶然有一两个拾粪的农民，沿着田间小路匆匆走过，空荡荡的原野里见不到人影。冬日农闲，又临近年关，这时谁不爱在热炕头睡个懒觉呢。然而，王建国和王金林两人却已离开马头镇，踏上大路了。

这次王金林来做李景隆部队的工作，用他自己的话说，是"出乎意料地顺利"。也许对顺利的方面看得过多，对困难的一面就估计不足。他提出部队改编以后，要马上开赴威县、广宗、南宫、临清一带去执行任务。他怕王建国不支持他的意见，私下里交底说："别看他接了委任状，嘴上说得好听，那都靠不住的。只有把部队调离本地，切断它和社会上千丝万缕的联系，才有可能对它进行脱胎换骨的改造。"王建国虽然觉得他讲的有道理，但想起枣强县大队兵变的教训，认为很快要过年了，把这支队伍在节前带走，谈何容易？闹不好激出事变，岂不是功亏一篑？然而王金林听不进不同意见，王建国只得向李景隆转达。李景隆听后果然很不高兴，说："大伙盼望能在家过个团圆年，还是过了年再说吧。"

王金林无可奈何，气呼呼地说："我说服不了你们。那好吧，你们就过了年再去，我得马上走，年前赶回去汇报。"

"你也在这里过年。年后和部队一起行动，会更安全些。"

"怕啥？革命不怕死，怕死不革命！"

王建国感到非常为难。因为，近期以来，冀南平原的形势起了急剧的变化。虽然日寇占领铁路沿线的县城后，龟缩在城里，没有什么活动，但是南宫、威县等地的联庄会、红枪会，却纷纷建立起来，打着"村村自卫，防匪防盗"的旗号，实际上主要矛头是针对义勇军的。当初各路义勇军围攻南宫，一路抢劫掳掠，把这一带的老百姓祸害苦了。老百姓便组织起自己的武装与其对抗。双方的敌对情绪十分严重。红枪会抓住义勇军的人立即活埋，义勇军抓住红枪会的人马上枪毙；不知死了多少无辜，冤仇越结越深。平原上交通断绝，道路阻塞，人人提心吊胆，都不敢出远门。在这种情况下，像王金林这样的外乡人，要先通过义勇军地区，再通过红枪会地区，才能到达巨鹿以西的八路军东进纵队，这怎么让人放心得下？王建国经过反复思考，决定亲自送他回去，便对李景隆说："二哥，王金林要走，我得送他，送到就回，你在这里等我。"

"行，你快去快回，等你回来以后咱们就行动。"

动身以前，王建国穿一件从李景隆那里借来的绸面皮袍，装扮得像个生意人。王金林仍是来时的装束：蓝布棉袍，旧毡帽。两人互相瞧瞧，不禁哑然失笑，王金林说："你是老板，我是伙计，这样挺合适。"

王金林是参加过二万五千里长征的老红军。一路上，王建国要他讲讲红军长征的情形，自己则给他介绍当地的民情风俗，两人说说笑笑，并不寂寞。下午赶到乾集，高景春的部队驻在这里，见他们到来，备了酒菜，很客气地招待一番。第二天继续赶路，晚上到了长屯邵云臣家。他迎出屋来，笑道："什么好风把你们吹来了？"

"送一个朋友。"王建国指指王金林，又问："南宫别来可好？"

"托福托福！不过不瞒贤弟说，情况不算很好，周围的红枪会越闹越凶，有意和我过不去呢。"

"那你该有个防备才好。"

"不做亏心事，不怕鬼叫门。我邵云臣没有做对不起人的事，怕啥？实在不行，我就挪挪地方，到别处去，反正都是为了抗日，中国人不能打中国人。"

在长屯住了一夜。第二天走不多远，就进入红枪会、联庄会控制的地区。不时可以看到扛着红缨枪的农民，在村头路口站岗放哨，盘查行人。王建国和王金林说自己是做买卖的，要到巨鹿去贩货，没有遇到什么麻烦。下午赶到侯关，在一个名叫刘金渺的地下党员家中住下。

刘金渺是个二十一二岁的农村青年，纯朴、单纯而热情，见到自己的同志，亲热得不行，一定要留他俩多住几天，给他讲讲革命的道理，介绍革命的形势。王金林说，我们任务紧急，路上不能耽搁，请他原谅。但是刘金渺又说，越往前走，红枪会盘查越严，为了避免出事，最好夜间行走，绕过村镇，走田间小路。王金林说，到了你这里，一切都听你的。刘金渺让他俩休息，两天后的一个黄昏，亲自送他们上路。

冬夜的平原，空旷而沉寂，高远的天空闪烁着寒星，荒村里隐隐传来阵阵犬吠，使人感到莫名的凄凉。他们三人摸黑走路，在阴森的柏树林里休息了一阵，又继续前进，天不亮来到南寺庄，住在地下党员王悦尘的家里。

次日晚上，像接力赛跑似的，王悦尘又把他俩送到樟台，一个姓刘的地下党员接待了他们。这里，已是红枪会的边缘地区，离东进纵队的驻地不远了。王建国松了一口气，同时对地下党的交通线组织得这样严密、隐蔽，像一根根敏感的神经，四通八达地伸向平原的各个角落，感到由衷的钦佩，自己作为这个组织中的一个成员，是多么幸福，多么自豪！

傍晚，西天燃烧着火红的晚霞，他们来到巨鹿城西滏阳河畔的一个村子。当王建国一眼看见几个穿灰军衣、打裹腿的八路军战士，心急剧地跳动起来。啊，终于见到自己的队伍了。当日寇入侵，国民党中央军失败撤退的时候，你们英勇挺进敌后，和平原上的人民群众同生死，共患难，打击敌人，保卫祖国，乡亲们对你们怀有多么深厚的感情，寄予多么殷切的希望啊！

王金林带王建国去见东进纵队的陈再道司令员。穿过一座院落，走进一间堂屋，见有个八路军干部坐在砖砌的火盆旁，用棉花柴烤火。闪烁的火光，映红了他的四方脸膛，也映红了他的魁伟、英武的身躯。他就是陈司令员，二十八九岁，两道剑眉，一双大眼，穿的棉衣虽旧，但整洁而合身。他招呼他俩坐下，大声说："警卫员，给我们搞点水来喝！"这一个"搞"字，王建国觉得非常新奇，心想这大概就是"八路话"吧！战士把水送来后，陈司令员又说："小鬼，去把我的敞衣拿来！"直到那战士把一件日本军大衣披在他的肩上，王建国才闹明白"敞衣"原来就是大衣。突然来到一个陌生而向往已久的环境里，所见所闻，都觉得十分奇妙、新鲜而亲切！

王金林简单说了几句，便叫王建国谈。王建国把李景隆的历史、部队的组成、武器装备情况，以及接受委任状的经过，都做了汇报，接着又把临清、馆陶、丘县一带十来股义勇军的情况，尽自己所知道的也都谈了。陈司令员神情专注地听着，并不时提出疑问要他俩回答，最后点点头说："很好。义勇军的工作今后还要加强，尽可能把它们都争取过来。根据党中央的指示，我们要在华北造成数百万人民群众参加的规模空前的游击战争，陷敌人于人民战争的汪洋大海之中。当前，要深入动员群众，收编散兵游勇，普遍地有计划地组织人民游击队。我们必须坚持独立自主的原则，发动民众，扩大自己，自给自足，多打胜仗，用以影响全国，促成实现全面抗战的新局面。"这些简单明白的话，使王建国深受启发和鼓舞，他感到自己从过去窄小的天地里走了出来，站到一个新的高度，不仅看到冀南，而且看到华北，看到全中国汹涌澎湃的抗日浪潮，心情是何等兴奋、何等激动啊！

王建国打算第二天就往回返，陈司令员说："快过年了，我晓得你们北方人很重视这个节日，不能让你在路上过年，还是年后再走吧！来一趟很不容易，可以在这里多看些文件，学习学习党的方针政策再回去嘛。"

首长热情、诚挚的态度，使王建国心里热乎乎的，便愉快地答应留下，等过了年再回去。

二

"站住！干什么的？举起手来！"

天色已经昏暗，王建国因为赶路，还在急匆匆地走着。刚走到件只镇的街口，冷不防跳出两个人来，两支明晃晃的红缨枪逼近了他的鼻尖。他的心往下一沉：糟了，遇上红枪会了！同时毫不犹豫地把两只手举起来。

一个人收起红缨枪，走到王建国跟前，在他的腰里仔细搜索一番，没有发现武器之类的东西。王建国见那人只有十四五岁，还是个一脸稚气的孩子，心想战争真是一所伟大的学校，它把这样的农村孩子也教会了如何使用武器，如何捉拿敌人。另一个是小伙子，长得虎头虎脑，样子挺凶，仍用长矛对着王建国，厉声问："从哪里来？"

"巨鹿。"

"到哪里去？"

"马……马头镇。"

"好，义勇军，走！"

根本不容王建国分辩，就把他押走，还边走边嚷："捉到一个义勇军，捉到一个义勇军！"他俩这样一嚷，立即引来了不少群众，男男女女，老老少少，大概正是吃晚饭的时候，许多人手里还端着黑乎乎的粗瓷碗，边喝糊糊边看热闹。当王建国被押到红枪会的议事地点村公所时，院子里已经里三层外三层地围满了伸长脖子的看客了。

王建国闹不清他们谁是头头，只见三四个横眉竖眼的庄稼汉，七嘴八舌地审问。和刚才一样，问他从哪里来？到哪里去？听他说要去马头镇，便断定是义勇军无疑。这次，他们还听出王建国说的不是本地话，是个外乡人，就更加肯定他是个十恶不赦的匪徒了。

"我不是义勇军，我是八路军！"王建国大声叫屈。

"八路军？"一个三十多岁壮汉走到他的面前，端详了一阵，又撩起他身上那件绸面皮袍，冷笑一声，说："你像八路吗？看你身上穿的，就不知是从哪里抢来的。你们义勇军就是土匪、强盗，见什么抢什么，杀人放火，祸害妇女，哪样坏事不干？告诉你，俺们红枪会就是专门整治你们义勇军的！"

"少和他啰嗦，拉出去埋了算了！"刚才押他的那个虎头虎脑的小伙子，用长矛把在台阶上捅得山响，直着脖子嚷道。

到这时，王建国才真正深切体验到这一带农民对义勇军怀有多么强烈的仇恨情绪，深深感到内疚和羞愧，便恳切地向他们解释："乡亲们，你们痛恨义勇军，我是能理解的，但到底都是中国人，应该团结起来对付日本鬼子。至于我个人，我确实是八路军的工作人员，不信你们去调查。"

"放屁！谁和你们义勇军团结？"虎头虎脑的小伙子骂道。

"你说你是八路军，你到马头镇去干啥？"那个中年人问。

"有任务，我是去做争取义勇军的工作的。"

"做哪一部分义勇军的工作？"

"李景隆……"

王建国刚说出这三个字，人群立刻喧嚷起来："李景隆啊，那是个大土匪！""土匪头子李景隆，骨头都是黑的！"这真是火上泼油，这些人的仇恨之火燃烧得更加猛烈了。几个人异口同声地喊："拉出去，活埋！"

　　王建国就是浑身长嘴，也难以辩清。这些被仇恨火焰烧红了眼的人，他们压根儿就不相信他说的话。他既担心，又恼火，便没有好气地说："我是八路军这还有假？部队驻扎在巨鹿城西，司令员叫陈再道，政委叫陈菁玉，参谋长叫卜盛光，不相信你们可以去问嘛！"

　　"谁有闲功夫去问？你别耍滑头。你这缓兵之计，蒙不住俺们。"

　　"埋了算了！埋了算了！"

　　在一片狂野的叫嚷和刀枪的碰击声中，王建国感到绝望了。看来，今天自己要步冯玉英的后尘，在这些愚昧的同胞手下丧生了，这是多么冤屈啊！他下意识地摸摸冯玉英送给他的那支粗杆钢笔，抬起头来，看了看全场的人，激动地说：

　　"我生为抗日的人，死做抗日的鬼，你们杀了我，请你们在坑旁给我插块牌子，上面写'抗日战士王建国'，等八路军过来了，也好……找到我。"

　　谁知这几句悲壮的"遗言"，却意外地收到神奇的效果。霎时间，周围鸦雀无声，一片寂静，似乎空气都凝固了。

　　"把他放了，不要胡来！"突然有人大声说。

　　王建国抬头一看，见一个穿棉袍、扎腰带的老汉，健步走上前来，对几个负责审问的人说："俺们都听说，八路军是真心打鬼子的队伍。他要真是八路军队伍上的，俺们不是错杀了好人，做出亲痛仇快的事儿来了？就是义勇军，只要他真心打鬼子，俺们也不能杀。我看，管他是啥呢，念他刚才说的'生为抗日的人，死做抗日的鬼'，放了他，饶他一命吧！"

"对，大伯说得在理！"

"放他走吧！只要他愿意打日本鬼子，就不是坏蛋。"

气氛顿时缓和下来。听着老大爷和附和他的人的那些话，不知怎的，王建国鼻子一酸，泪水夺眶而出了。他突然发现，即使是抱有严重敌对情绪的人们，相互之间也存在共同的心愿，那就是：抗日。终于，那个审问他的中年人拉着几个小伙子，到里屋去嘀咕了一阵，很快就走出来，粗声粗气地说：

"听着！今天算你运气，捡着一条命，我们放你了，赶快走吧！"

王建国挤出人群，逃了出来。来到件只街上，天已漆黑，他才想起自己几乎一天没有吃东西，肚子贴到背上了。但是哪里还敢停留，急匆匆如漏网之鱼，连夜往胡帐赶去。

三

天刚亮，在离胡帐不远的路口，王建国又被两个佩戴"清水部队警备旅"臂章的伪军士兵截住了。他不禁暗暗叫苦，才离虎穴，又入狼窝，真是太不走运。

两个士兵盘问了几句，便认为他是义勇军的探子，押着他朝司令部走来。这是一座深宅大院，走进漆黑的大门，忽见廖中符和孙卓夫从里面走出来。王建国以为看错了人，仔细一瞧，没有错，正是他们两个，便大声叫道："中符！中符！"

他们愣住了。当他们认出王建国以后，立即跑过来，连声说："怎么回事？误会了，误会了。"

两个士兵非常尴尬，连忙表示歉意，王建国挥挥手打发他们走了，又转身向道："你们怎么在这里？啥时候离开马头镇的？"

"说来话长，咱们进屋再说吧！"廖中符把王建国领进了屋。

原来，"清水部队警备旅"是高西伯的队伍。高西伯是威县士绅高范卿的儿子。高范卿已经六十多岁，早年留学日本，是日本陆军士官学校毕业生。日寇侵华之前，已从学校的档案材料中掌握了他的一些情况，占领威县后，就把他找去，强迫他出来为"皇军"效劳。高范卿没有办法，只得把威县的守望队等地方武装组织起来，编为一支伪军。占领威县的是日军清水部队，所以给他一个清水部队警备旅的番号。李继孔的部队驻在贺钊，也编为该旅的一个团。但是，李继孔和高西伯两人都不愿当汉奸，一齐劝说高范卿别上日寇的当，高范卿说："我又何尝甘心为敌效劳，当时没法脱身，采取的缓兵之计。"李继孔得知他的态度后，便去马头镇把廖中符、孙卓夫请来，一起商议部队反正的事。廖中符与地方党组织取得联系，决定让高范卿发表一个脱离日寇、参加抗日的声明，部队改编为东进纵队游击独立第二师，高西伯任师长。王建国听后大喜，说："你们干得漂亮，咱们的队伍又扩大了。哎——李景隆最近怎样？"

"你还不知道吗？"廖中符说，"他到临清当汉奸去了。"

"啊？"这个意外的消息对王建国来说简直是当头一棒，他气得半天说不出话来。

"我们也是到这里以后听说的。不过情况确实，是李敬民、王献堂牵的线，和临清城里的崔培德、高德林拉上关系，就把部队拉过去投降了鬼子。"廖中符说。

"李景隆这小子真不是东西，癞狗扶不上墙！放着八路军的游击师长不当，要去当日本鬼子的走狗。哪天落到我的手里，老子非揭他的皮！"王建国咬牙切齿地说。

正在这时，高西伯走进屋来。王建国过去和他见过面，赶紧站起身来跟他打招呼，高西伯将王建国仔细打量一番，吃惊地说："原来是你，好久不见，怎么到俺小地方来啦？"

"被你的士兵捉来的。"王建国笑道。

"怎么回事？"

廖中符把刚才的事情说了一遍，高西伯大笑道："捉得好！不捉你还不来呢。听说李景隆到临清去了，你有什么打算？干脆就留在我这里吧！"

王建国想了想说："我原来就计划去长屯，和邵云臣谈谈，做做他的工作。"

"邵二摆打的工作不一定好做吧！"

"西伯兄何以见得？如今国家、民族处在生死存亡的关键时刻，组织队伍，拿起刀枪，打鬼子，救中国，已经成为一股不可抵挡的时代潮流，像李景隆那样逆潮流而动的，只是少数，多数人是爱国的，是要抗日的！"

"那是当然，那是当然，"高西伯连连点头说，"你先在我这里住两天再走，看看我们的抗日行动。"

"我预祝你们胜利！"王建国说，"不过，你这里离威县城只二十来里，部队要行动，鬼子会不会出来报复？"

"没有关系，你放心！"高西伯说，"日本兵真要来找麻烦，我就和它拼，俺高西伯的枪杆子也不是吃素的！"

"还是小心谨慎点好，要多派人出去侦察，多防着点。"廖中符也说。

"侦察自然要侦察，不过，鬼子占领县城不久，立足未稳，还顾不上下乡呢。况且城里有咱们的人，敌人在那里放个屁，我这儿就能闻到臭味，不是我夸海口，量小日本没有这个胆量敢出来。"

王建国见高西伯如此自信，如此有把握，也就不再说什么。

两天以后，王建国离开了胡帐，来到贺钊李继孔家。这是他第二次来到这里，上一次是和宋鹤鸣、连冠三、张树勋他们一起来的。短短几个月，平原上的形势发生了多么巨大的变化，老友重逢，都十分感慨。两人对塌而眠，谈到半夜才睡。刚迷迷糊糊睡去，一阵激烈的枪声又把他们惊醒，侧耳倾听，枪声似乎是从胡帐方向传来的。王建国翻身下床，对李继孔说："不好。好像鬼子出城了，高西伯恐怕要吃亏！"过了好久，天大亮了，枪声才沉寂下去，但是胡帐到底发生了什么事，仍然弄不清楚。直到上午九点多钟，侦察人员回来报告说，昨夜威县的鬼子出城，偷袭了胡帐，现在已经退走。李继孔和王建国两人放心不下，立即赶赴胡帐。

"哎呀，好险呀！几乎当了俘虏。"高西伯一见面就自我解嘲地说，"不听好人言，吃亏在眼前。今天早晨光着屁股往外跑，差点把我冻死！这小鬼子，我操它八辈祖宗，真缺德！"他一点也不丧气，仍是那副大大咧咧的样子。

当天，部队一律撕去"清水部队警备旅"的臂章，正式宣布部队反正，加入八路军抗日救国的行列。

四

王建国来到长屯邵云臣的家，他正在堂屋里打麻将，见王建国进门，赶紧站起身招呼说："哎呀！贤弟，你回来啦！"

"二哥，我来给你拜个晚年！"

"托福托福。"

两人相对坐着，闲谈了几句，邵云臣忽然问道："贤弟，年前你送的那位南方朋友，是什么人？"

"你猜呢？"

他把右手的大拇指和食指伸开，比划了个"八"字，王建国会意地点了点头。

"真是八路？"他吃惊地追问。

"那还有假？还是老红军、老八路哩，爬过雪山、走过草地的老革命！"

"贤弟你呢？"

"你看我像不像八路？可是我不是老八路，是个新八路。二哥，你听说过关于八路的事吗？"

"怎么没有听说？老百姓传得可神呢。说巨鹿西边开来了专打日本鬼子的八路军，一式穿的草鞋，行起军来一点声响都没有，日行千里，夜行八百，鬼子坐汽车也撵不上他们，他们却能撵上鬼子的汽车，简直像是天兵天将下凡，来搭救咱们老百姓的。"邵云臣吸了一口旱烟，笑道："我正想看看八路军是啥样，原来贤弟你就是。这么说，八路军也和咱们一样是普通人？"

"那是当然。"

趁此机会，王建国把送王金林回东进纵队司令部，见到陈再道司令员的情形，以及中国共产党抗日民族统一战线的政策，给他讲了一遍。他边听边吸旱烟，边点头称是。后来王建国问他："二哥，你今后有啥打算？"

"你问我有啥打算，我一不当汉奸，二不当杆子头，乡亲们把人托付给我，把枪交给我，我就要保境安民，对得起乡亲们。"

"你的想法很好，能办得到吗？"王建国问。

"为啥办不到？"

"日本强盗侵略咱们中国，是要把中国变成它的殖民地，把全中国的老百姓变成它的顺民、奴隶，就你几百号人，能够保境安民？有句古话：覆巢之下，岂有完卵？整个国家都危险了，你能在一小块土地上安居乐业？恐怕做不到吧！再说眼下周围又闹起了红枪会。红枪会虽然也抗日，可它首先对抗义勇军，你是首当其冲，越挤你的地盘越小，你能在这里长久呆下去？"

王建国的一席话，说得邵云臣低头无语，只是叭嗒叭嗒抽旱烟，过了好大一阵才抬起头说:"你让我想想。"

于是,王建国便在长屯暂住下来。

一天上午,邵云臣找到王建国,焦急地说:"你帮我出出主意,咱们该咋办?"原来早先长屯的东乡、北乡是红枪会控制区,最近西乡和南乡也闹起红枪会,对长屯形成包围之势,邵云臣部队的供给来源几乎完全断绝。有的红枪会还发来通知,要求邵云臣归还过去借他们村子的枪支。更有甚者,有的红枪会放出风来,要缴邵二摆打的械,在长屯设檀兴会,替天行道。这下邵云臣慌了,才来找王建国商量对策。

"二哥,有一条路,不知你愿不愿意走?"王建国说。

"什么路?"

"抗日的路。"

"我现在不就是在抗日吗?"

"要抗日,你这点人不行,要联合更多的人,要和全中国一切愿意抗日救国的人携手合作,结成最广泛的抗日民族统一战线。八路军就是最坚决抗日的部队,你只有和八路军联合起来,才能真正保家保国,安邦安民,才是真正走上抗日的道路。"

他低头抽烟,沉吟片刻,说:"现在四周都是红枪会,想走也出不去呀!"

"只要你愿意当八路,出去的事由我负责,我看它谁敢阻拦,谁阻拦我就打谁!"王建国坚决地说。

"行!贤弟,部队出去出不去,就看你的了。"邵云臣终于下定决心说:"走,今天晚上就走!"

夜晚,下弦月还没有升起,寒星闪烁的天穹笼罩着黑沉沉的平原。队伍集合出发了。邵云臣的老伴和他们的独生女儿坐一辆骡马轿车,跟随部队行动。离开长屯以后,一气赶了二三十里,沿途的红枪会未敢阻拦,队伍到贺钊北面十余里的一个村子停下宿营。这时东进纵队司令部已经移驻南宫。第二天一早,王建国赶去见陈再道司令员,向他报告了邵云臣愿意接受改编的消息。他听了十分高兴,当即决定把这支队伍编为东进纵队独立第二营,邵云臣任营长,王建国任营教导员。

五

三月初,独立二营奉命移驻离东进纵队司令部只二十余里的一个村子,进行改编后的整训。

一天上午,纵队骑兵通讯员来通知二营干部去司令部开会,王建国和邵营长打个招呼,就骑马出发了。赶到纵队部,陈司令员正伏在桌上看地图,见他来了便高兴地说:"你们不是早就想打赵山峰吗?纵队党委决定,明天就打!"

"太好啦!"

赵山峰,是威县南里村的一个土匪头子,外号赵大山子,此人横行乡里,作恶多端,并阻挠我党的抗日宣传,杀害我党地方组织的工作人员。自从东进纵队挺进到南宫以后,义勇军也好,红枪会也好,都顺应潮流,纷纷易帜归顺,表示要为抗日效力。可是顽匪赵山峰毫不以祖国、民族利益为重,仍然打家劫舍,胡作非为,依仗手里有支千余人的队伍,扬言要和土八路较量一番。地方党组识曾多次要求打掉这个顽固堡垒,邵云臣也代表独立二营数次向纵队首长请过战。现在,纵队党委终于作出打掉赵山峰的决定,大伙儿怎能不从心眼儿里感到高兴呢!

"你看,这就是南里村。"陈司令员指着桌上的地图说,"明天的战斗,纵队的一连、二连担任主攻,独立一营在右翼进行牵制,你们二营作预备队,随时准备加入战斗;骑兵连隐蔽在这儿,他们负责追击,消灭逃跑的敌人。这一仗,不打则已,打就打个漂亮的歼灭战!"

这时,从里边走来一个身材高大的军人,二十四五岁,腰带上佩支手枪，显得干练、英武。陈司令员说："他叫王昌才，明天的仗由他指挥。"

"我从来没有打过仗，缺乏指挥经验，王同志要多多指教！"王建国客气地说。

"啥指教不指教的，回去给部队好好动员动员，枪声一响，只要往前冲，不要往后跑就行了，其他都是次要的。"王昌才昂着头说。

"是！"王建国的心里却有点不是滋味。

回到驻地，他和邵营长作了仔细研究，并向部队进行了战斗动员。决定半夜开饭，五更向南里村开进。但是，这毕竟是一支没有经过严格训练的队伍，平时看不出来，关键时刻就露馅了，丢三落四，缺这少那，行动十分迟缓，等赶到战地，比预定时间晚了二十分钟。陈再道司令员正伏在战壕里，用望远镜观察敌情，又低头看看手表，神情严肃地说："你们二营怎么搞的？要知道，你们是带兵打仗，不是赶集，不是走亲戚，可以随随便便，马马虎虎。打起仗来，时间就是生命，时间就是胜利。军队必须有严格的时间观念，迟到一分钟都是不允许的。"

王建国和邵云臣两人立正站着，脸胀得通红，连声答"是"。

六时整，攻击开始。突击部队从村子的西南角运动上去，遇到敌人猛烈火力的压制，机关枪像泼水似的扫射过来，几个扛梯子登围子的突击队员在村外麦田里倒下了，其他的人趴在田埂旁边，头都抬不起来。陈司令命令王昌才重新组织火力掩护，发起第二次攻击。也许是赵大山子发觉了八路军的企图，从别处抽调来部队，加强了西南角的防守，第二次攻击遇到了比刚才更为猛烈的火力抵抗，不得不退回来。这时，陈司令员回身说：

"二营加入战斗，从村子北边突进去！"

邵云臣和王建国回到阵地，把连长、指导员召集在一起，传达命令，分配任务，并作了补充动员。王建国说："平时你们吹七个宰八个，说得神乎其神，今天要来真的了，你们有多大本事就往外拿吧！打进了村子，就是英雄，就是好汉；要是打不进去，就是熊包、孬种！"

邵营长也许对自己的旧部比较了解，所以用手摸着两撮灰白胡子，平静但很坚定地说："弟兄们！这是俺们当八路军的头一仗，你们可得给俺争点脸，让陈司令看看，俺们不是白吃饭的。"

"营长，教导员，你们就等着瞧吧！"

"你们放心，弟兄们决不装孬。"

"打赵大山子这个狗日的，保证没有问题。"

几个连长、指导员七嘴八舌地叫嚷着。

一、二连担任突击，三连作预备队。他们从村子北面接近土围子，由于敌人把力量集中到村子的西南角去了，所以只遇到比较微弱的抵抗，攻击出乎意料地顺利。一连很快运动到墙根下，进入敌人射击的死角，但是没有云梯，人上不去围子，急得在下面乱转。

"人梯！架人梯！"

邵营长大声吆喝，提醒了大家，马上架起几条人梯，第一批战士攀登上去了。部队很快涌进村子，与敌展开巷战。这时，村子的西南角和其他方向也多处突破，敌人像被捅了窝的马蜂，乱作一团。赵山峰眼见大势已去，慌忙集合一小股残部，从村子的东北角"出水"了。骑兵连已埋伏在那里，敌人刚一露头，他们就纵马扬刀，穷追猛打，溃不成军的敌人纷纷举手投降，只剩下赵山峰带了几十个亲兵突围出去，逃回他的老家曲周县去。

六

打掉了赵山峰，威县、清河、临西地区的局面大为改观。东进纵队独立二营奉命在这一带活动。随着一九三八年春天的到来，战士们脱去穿了一冬的旧棉衣，换上崭新的八路军灰布单军装，精神抖擞，身姿轻捷，像一群燕子似的飞翔在春光明媚的田野里。

然而，这些天来，从临清到邢台的公路上，日寇的军用卡车突然增多，成天马达轰鸣，黄尘蔽天。鬼子的车厢都用军用帆布罩得严严实实，根本看不见里面装的什么东西，车行如飞，紧张忙碌，似乎有什么重大的行动。可是，敌人活动的企图究竟为何，一时又难以闹清。

一天，侦察人员回来报告说：高德林、李景隆的部队从临清城里出来了，李景隆就住在临清西边十七八里的老鸦寨。这个消息使王建国他们感到意外：他们出城来干什么呢？和这些天敌人在临邢公路上频繁的调动有无联系？

"他妈的！咱们带部队去会会李景隆怎么样？"王建国对李景隆的投敌叛变，仍很生气，所以这样同邵云臣商量。

"现在情况不明，恐怕不是时候。"邵云臣摇摇头说。

"没有关系。听说他到临清去时，只带走一二百人，其余的不愿跟他去当汉奸，都回家了。"王建国说。

"高德林呢？他的人多呀！"

"那我一个人去看看，摸摸是什么情况就回来。"

"那样太冒险了！他要是王八吃秤砣铁了心，翻脸不认人怎么办？"

"我料他还不至于做得太绝。八路军的威望，他也得掂量掂量。你就放心吧，我去去就回，保险没有事。"

当天夜晚，王建国和一个通讯员骑着马，直向老鸦寨奔去。到了村子附近，两人跳下马背，王建国叫通讯员在附近隐蔽起来，独自朝村子走去。

王建国对村口的哨兵说是李队长的老朋友，特意赶来看望他的。哨兵不敢怠慢，其中一人立即回去报告。不大一会，哨兵回来说李队长有请，便把他带到队部。这时身穿一身伪军黄狗皮的李景隆已经在那里迎候了。

"二哥,你真的死心塌地当汉奸啦?"进屋坐下以后,王建国劈头就这样问他,"当汉奸的官瘾还没有过够吗?"

"贤弟,你骂吧,二哥对不起你!"李景隆低着脑袋说,"不过,我也是实在没有办法呀。自打你离开马头镇后,廖中符说有事也走了,李敬民背着我和崔培德、高德林接上了头,做好圈套叫我往里钻,我这是逼上梁山,实在没有别的道儿好走,才到临清去的。"

"人家上梁山是劫富济贫,替天行道,当好汉,你到临清去呢?"

"唉!"他长叹一声,晃了晃脑袋。

"二哥,过去的不说它了,说说今后吧!"王建国换了个话题说。

"今后怎样?"

"今后你是继续跟着高德林,挨人背后戳脊梁骨,还是悬崖勒马,掉转枪口抗日,当八路军的游击师长?"

"叫当师长,我也没有那么多人了。"

"你回马头镇去,重新集合人嘛。"

"人家会听我的?"

"二哥你现在也知道了吧!为啥同一个李景隆,过去振臂一呼,就集合起一两千人,如今人家却不听你的呢?道理非常简单。因为过去你打的是抗日的旗号,所以群众拥护你;后来你要到临清去当汉奸,人家就不跟你了。常言道:得民心者昌,失民心者亡。就是这个道理。你若是明白了,那就当机立断,改弦更张,重新抗日,当八路军,我看是会有人响应的。"

"八路军首长还能相信我吗?"

"只要你真正回心转意,坚决抗日,八路军首长会欢迎你的,这事,我给你担保。"

他紧皱双眉,一个劲地吸烟,考虑了很久,最后把烟蒂一扔,下决心说:"贤弟,我不去邢台了,只是有一条,你得和我一起回马头镇去。"

"我现在有任务在身,实在去不了。"王建国向他解释说,"你回去扩充了队伍,八路军首长会派人去和你联系的。你要相信我,我不会把你朝歪道上引,不会把你朝火炕里推,你放心吧!"

"我知道,贤弟都是为我好。"

后来,王建国又问高德林和他为什么撤出临清县城,他说,日寇不知出于什么考虑,突然决定放弃临清城,鬼子都坐汽车上邢台去了,叫高德林和他也把部队也撤到邢台去,现在临清已是一座空城。李景隆提供了一个重要的情报,王建国马上坐不住了,心想:这可是千载难逢的好机会,应该带部队去占领这座空城。于是,便起身告辞。李景隆留他过夜,明天早上再走,他借口有紧急事情要处理,连夜赶回部队。

第二天,李景隆果然没有随高德林去邢台,而是悄悄地改变行军方向,回了马头镇。他回去以后,重新打起抗日旗号,招兵买马,可是已经没有当年的号召力了,只扩充到四五百人。不久,东进纵队派干部徐建平到马头镇,和他取得联系,把他的部队改编为八路军六八九团特务营。这个原来接受了游击师长的委任状而又不干的人,也只有"屈尊俯就",暂时当了特务营的营长。

第四章　抢占临清

一

清晨。火红的霞光把麦田染成淡淡的紫色，露珠挂在刚刚莠出的麦穗上，亮晶晶地闪光。远近的村鸡，高一声低一声地啼叫着。

一支有二十几匹战马的骑兵小分队，踏着乡村的土路向东奔驰。王建国骑一匹白马，跑在队伍的最前头。道路在后退，田野在后退，村庄在后退。风在耳边呼啸着。他们的战马好似要在平原上腾空飞起，可是，他们仍然嫌马跑得慢，夹紧双腿，催促跑得快些，更快些。今天，他们要赶到临清去进行侦察，并相机占领这座城市。自从昨晚李景隆提供了日寇撤出临清的重要情况后，王建国回到驻地就和邵云臣研究，几乎一夜未睡，考虑临清是否真的成了一座空城，部队要不要去占领。最后决定今天一早由王建国带领骑兵排先去侦察，部队随后跟进，若是鬼子真的走了，就通知部队跑步赶到，立即将这座城市牢牢控制在咱们的手里。

临清，鲁西北首屈一指的重镇。它地处山东、河北两省的交界，卫河、运河在这里汇合，邢（台）济（南）公路贯穿而过，水陆交通都很发达。它是这一地区的物资集散地，繁华的经济、政治中心。它有新老两城：老城城墙颓败，街道狭窄，显得古老、冷清、僻静；新城却是另一番景象，房屋鳞次栉比，道路四通八达，运河里航船如梭，公路上车水马龙,什么当铺、油坊、盐行、布庄、药店、茶楼、酒肆、客栈,应有尽有。虽然"七七"事变后被日寇占领,市面一度萧条,但很快又恢复了它的畸形繁荣。八路军如果占领这座城市,对改善部队的物资供应,将鲁南、鲁西和冀南的广大农村地区联成一片,创建巩固的抗日根据地,都将具有十分重要的意义。

上午九时左右,王建国等赶到临清的河西街。果然没有敌人守备。二十几匹跑得浑身精湿的战马穿街而过,引起市民们的注意,看他们一式穿着灰布军衣,右臂上佩带着印有"八路"两字的臂章,更觉新奇。大家奔走相告:八路来了!老八路开到俺们临清来了。

队伍在河西街东口,挨着运河的一座关圣帝庙前下了马。王建国带了几个人,立即朝运河上的浮桥那边走去。这座浮桥是在十几只连成一排的木船上,铺了几层厚木板架起来的,有百十米长,三四米宽,汽车、大车都可以畅行无阻。不知出于什么原因,鬼子离开时竟没有将它破坏,完整地保存下来了。可是,此时,却有几十个穿灰军衣的士兵,在一个军官的指挥下,卸钉的卸钉,扛板的扛板,正在拆着浮桥呢。王建国大步流星地走到桥头,大声喊道:

"喂!你们是哪一部分的?"

桥上那些士兵一齐抬起头来,见来了几个陌生军人,都愣住了。那个军官向这边走来,边走边问:"你们是哪一部分的?"

"我们是八路军。"王建国答。

那军官迟疑地看了一下,说:"我们是冯司令的部队,我们的司令叫冯寿朋。"

噢!原来冯寿朋已经捷足先登了。王建国听说过这个人,外号叫二皮脸,早先当过土匪,后来投靠二十九军,当到营长,二十九军撤退时,他由于是临清本地人,便自动离队留下来,招兵买马,扩充到千把人,自封为司令。想不到他的动作如此迅速,日本鬼子前脚走,他就后脚进城了。

"你们为什么要拆浮桥？"王建国问。

"我们是奉上峰的命令拆的。"

"拆了桥，不是断绝交通了吗？"

"上峰叫我们拆的。"

"鬼子都没有破坏，咱们自己为啥要把它拆掉？"

"这是上峰的命令。"

王建国见他只知道"上峰""命令"，除此以外没有别的话说，便不耐烦地一挥手，用命令的口吻说："这桥不能拆！我要见你们冯司令。"

"是！我回去报告。"他朝王建国敬了个军礼，又吩咐那些士兵原地休息，便转身朝东岸的新城走去。

王建国站在桥头，看着浑浊的河水从桥下流过，发出汩汩的水声，遥望对岸，见码头旁停泊了大大小小的木船，有工人在装货卸货。临河的街道上，行人来往，其中有穿军装的，还有不少穿便衣的人却扛着枪。王建国问拆桥的士兵："城里还有别的部队吗？"士兵们说，有啊，还有冀占鳌、吴连洁两位司令的队伍，三家成立了联防司令部，共同占领临清，那些穿便衣的就是冀司令和吴司令的人。听士兵们这样一说，王建国感到情况还很不简单呢，便转身告诉身边的通讯员，要他骑马回去报告邵营长，让部认尽快赶来。

过了不久，刚才去请示的军官回来了，说："我们司令部请你去。"王建国便跟随他走过浮桥，上岸后，穿过一条比较繁华的大街，来到一座二层楼房的门前。那军官说，这就是他们的联合司令部。进门以后，一个自称是冯寿朋副官的人接待了他，客气地说："不知长官光临，有失远迎！你们是哪一部分的？"

"我们是八路军东进纵队的，今天特地来拜会冯司令。"王建国说。

"不巧，冯司令不在家，非常抱歉！等司令回来后，我一定向他转达你们的来意。"

"那好，请代我们向冯司令致意！"王建国说，"咱们是友军，有共同的任务，那就是打日本，救中国，今后要多多联络，密切配合。"

"那是当然，那是当然。"他连连点头说。

"不过，刚才我们过河时，看到贵部在拆浮桥。我们认为，浮桥最好还是不要拆。拆了浮桥，两岸交通断绝，来往不便，对抗日工作不利。你们考虑过没有？陆路交通一断，来往商客减少，河西农民进不了城，临清的商贸也会大受影响。所以，我们建议你们不要拆桥，如果从城防的安全考虑，我们可以共同加强防守嘛。"

"贵部现在驻在哪里？"那副官问道。

"我们就住在河西街。"

"河西街？河西街原来没有驻军呀！"他似乎有些吃惊。

"情况是发展、变化的。不久以前，临清城里还住着鬼子，可如今你们不是来了吗？"王建国笑道。

"哦！是的是的……"副官也笑着说。

"原来你们可能考虑到防备日本鬼子重返临清，现在我们来了，就没有必要拆桥了。"王建国这样说，是给对方一个台阶下。

"是的是的，没有必要了。真对不起，我们不知道贵部进驻河西街。我马上打电话请示冯司令，叫部队停止拆桥。"副官连连点头表示赞同。

王建国从冯寿朋的司令部里出来，在大街上转了一圈，许多人对这个戴"八路"臂章的军人，感到十分新奇，有的还指点着小声说："这是八路！这是八路！"

当他过桥回河西街时，那些拆桥的士兵已经陆续离开了。

二

陈再道司令员接到独立二营进驻临清的报告后，非常高兴，立即派王昌才带了一个营的部队赶来，组成东进纵队独立第二团，驻守临清的河西街。

独立二团仓促组成，既没有团长、参谋长，也没有司、政、后机关，只有政委王昌才一个光杆司令，独揽大权。这个人性情急躁，主观片面，别人的意见一点也听不进，什么都得听他的。一营来时带了一门迫击炮，虽只有几发炮弹，在临清也引起很大的轰动，人们说："八路军的武器真棒，炮筒有水桶粗！"一营的干部说：咱们把炮隐蔽好，只有藏在袖里的老虎才能吓人。可是王昌才不同意，命令一营每天把炮架在大门外，虚张声势，实际上暴露了自己的实力。几天后冯寿朋就把八路军的底摸清了，说："就一门破炮，两发炮弹，能顶个屁用？不要怕！"

部队刚到临清时，地方的一切行政工作仍由日寇占领时的临清县维持会负责，由他们通知街道和附近农村，按时给军队送给养。没过多久，临清的一些革命青年，在中共地下党组织的领导下，行动起来了，宣传抗日救国，成立抗战救亡委员会（简称战委会），取代旧维持会，行使当地最高行政机构的职权，与此同时，学生会、青年会、妇救会等各种救亡团体，也如雨后春笋，纷纷建立，男女青年的抗日热情空前高涨，街头演讲，化妆宣传，张贴标语，教唱歌曲……搞得轰轰烈烈，热火朝天。王昌才这时在家呆不住了，几乎天天都到那些救亡团体的办事处去，特别喜欢往妇救会里钻。也确有一两个衣着入时的女青年经常围着他转，娇声娇气地叫着"王政委"，使他有点晕头转向，忘乎所以。二营的战士看不惯，在背后议论说："他不像八路军的政委，倒像是妇救会的政委！"王建国和邵云臣为了维护领导的威信，点名时批评了说这些话的战士，从此闲话才有所减少。

一天，陈再道司令员带着几个警卫人员，骑马从南宫来到临清，住在河西街二团团部。他召集干部开会，叫大家谈谈情况。

"冯寿朋这个家伙比较顽固。"王昌才汇报道，"他在二十九军干过，有一些带兵的经验，他的人多，装备也好一些，所以重要的地方，像浮桥东头、西门楼和十字街口，都是他的部队在把守。其他两个人，都是看冯寿朋的眼色行事。"

"你们来得最早，和他们发生过摩擦没有？"陈司令员问二营的干部。

"大的摩擦没有，小的纠纷不断发生。"王建国说，"他们限制咱们的人员过桥进城，甚至挑衅说，进城就要下我们的枪。我们在当地扩军，他们百般阻挠、破坏、捣乱，有几个小伙子已经动员成熟，受他们威胁，又不敢到咱们这边来了。他的队伍原是土匪出身，对老百姓进行敲诈勒索是常事，所以群众叫苦连天。这里流传这样一句话：'河东要了馒头卖，河西要了馒头晒。'"

"什么意思？"陈司令员问。

"老百姓说，给河东部队送去的馒头，他们吃不了就拿到市场上去卖钱，捞取外快；咱们河西的部队呢，吃不了就晒成干粮，以后再吃。虽然两种不同的做法，反映了两种军队的不同本质，但是群众的负担加重了，日子一长，就吃不消、受不了。"王建国说。

"是啊，那么你们就得注意，今后不要晒馒头干了，要减轻人民群众的负担，老百姓已经够苦的了。"陈司令员说。

"是！"王昌才回答说。"不过，战委会已经多次要求，最好把这三个家伙打掉，或者把他们赶跑，这样才能真正减轻人民的负担。"

但是，陈再道司令员没有明确表态，只是说："好吧，明天我去看看，给他们做点工作，摸清情况再说。"

第二天，陈司令员要王建国给他当向导，陪同前往。当他们来到冯寿朋的联合司令部门前,由于事先已经派人联系过,所以冯寿朋、冀占鳌和吴连洁三人已在门外恭候。冯寿朋有三十多岁,短粗身材,脸颊上有块大紫斑,大概这就是他的绰号"二皮脸"的由来吧!他穿着整齐的军装,背着武装带,神气得很。冀占鳌和吴连洁也都三十来岁,穿着长衫,戴着礼帽,完全是老百姓的打扮。陈再道上前和他们挨个握手后,就被让进一间颇为讲究的中式客厅。这时,冯寿朋的副官对王建国说:"想不到咱们又见面了。"

"浮桥还是不拆掉好吧,这样见面方便!"王建国笑道。

"对对对,我们今后可以经常会面。"

在一间陈设简单、面积不大的耳房里,两人海阔天空地闲聊起来:从各自的年龄、籍贯谈到临清的烧饼、酱菜,从已经逃跑的外号叫赵阎王的国民党临清专员赵仁泉,谈到到处野蛮屠杀中国老百姓的日本鬼子……可是,都不涉及各自部队的内部情况。大约过了个把小时,那边客厅里吃喝送客,王建国知道陈再道司令已经和他们谈完,就赶快出来,随陈司令一起离去。

一路上,陈再道司令员沉默不语,似乎在思索什么问题。回到驻地,王昌才试探地问他:"陈司令,今天去谈得怎样?"

"不好。"他摇摇头说,"他们过高估计了自己,过低估计了我们和人民群众。"

"他们不愿意合作吧?"王昌才说。

"虽然没有这样说,但意思已经很明显,说是要各干各的。这是几只井中之蛙,只看见自己头顶井口大的天空,他们根本不晓得什么是抗日民族统一战线的政策。"

"冀占鳌和吴连洁呢,他们有什么表示?"王建国问。

"他们两个讲话不多,主要是冯寿朋讲,看来三家合伙公司,一个老板。"陈再道想了想说:"争取上层合作的可能性不大,应该想办法多做些下层的工作。"

两天以后，陈再道司令员回东进纵队司令部的驻地南宫去了。

又过了两天，八路军一二九师七六九团奉命调到临清来。那天下午，七六九团经过长途行军，终于到达临清城。该团有两千多人，小小的河西街当然住不下，所以部队没有停留，迅速通过运河上的浮桥，直接开进了新城和老城。

临清突然来了这么多的八路军，一式穿着草鞋，长官、士兵说的都是南方话，装备也好，每个连队都有好几挺轻、重机关枪，迫击炮擦得油光锃亮，队伍特别威武整齐，看来是一支地地道道的老八路。他们进城以后，见缝插针，哪儿有空就往哪儿住，越是重要的地方越是往里挤，一下就把十字街口、城门楼等交通要道、制高点掌控在自己的手里。有些地方，冯寿朋的部队已经设有岗哨，七六九团也照样派出自己的哨兵，以保障部队的安全。在运河浮桥的东头，两家的哨兵相向而立，似乎在比赛谁更威武，谁更尽职。

冯寿朋、冀占鳌、吴连洁三人紧张了。挡，根本挡不住；退，又不甘心。他们部队的官兵平时成天在大街上闲逛打闹，吃喝玩乐，现在就像耗子遇见了猫，躲在洞里不敢出来。八路军却无所顾忌，只是忙自己的事。双方对峙了几天，冯寿朋等终于吃不住劲儿，只得退避。一天深夜，借着漆黑夜幕的掩护，三家的队伍偃旗息鼓，悄无声息地撤出临清，回到临清以东的农村老窝去了。

从此，运河东西两岸，临清新老县城，都归八路军控制。

三

占领临清以后，东进纵队独立二团又接受新的任务：开辟卫河以东地区，把那里的抗日群众组织建立起来。

卫东地区有两个紧紧相邻的村子，一个叫李海，一个叫白堂。这

第四章 抢占临清

两个村子里住着一股伪军,有四五百人,头目名叫张一。张一是何许人物?原来他是二十九军三十八师师长、大名鼎鼎的张自忠的侄子,张自忠就是卫河边上的唐园人。二十九军败退以后,张一以他叔父的名义为号召,搜集民间枪枝,招募丁壮人员,拉起了一支队伍。可是,他和他的叔父截然相反,既不抗日,又不安民,横行乡里,祸害群众,后来公开投降临清的鬼子,扛起"皇协民军,武运长久"的汉奸旗帜,成了卫河东岸地区的一害。二团要开辟这一地区,把人民群众迅速发动起来,首先必须除此一害。

部队来到李海附近的一个村子。考虑到临清的日寇已经撤走,连冯寿朋等本地武装都对八路军退避三舍,他张一可能仍然顽固不化,所以在采取军事行动之前,先派人给他送去一封信。信中说,我们八路军一贯主张团结一切爱国力量,共同抗日,希望你幡然悔悟,痛改前非,别再为日寇效劳,赶快站到中国人民这一边来。信的最后,约请他来团部面商抗日事宜。

张一收到这封信后,反复掂量,犹豫再三,考虑要不要前往赴约。他明知赴约有一定的风险,但又自恃是张自忠的侄子,八路军未必敢对自己怎样。所以,他最后还是硬着头皮,带了几个随从到二团的驻地来了。

张一的个子不高,圆胖脸,穿一身纺绸裤衫,戴顶巴拿马草帽,斜背着驳壳枪,骑自行车赶来。王昌才把他迎进屋里,坐下以后,没有寒暄几句,就劈头问他:"你知道你叔叔现在哪里?"

"不知道,他公务忙,很少往家写信。"张一笑笑说。

"你叔叔忙什么公务?"王昌才又问。

"俺不知道。"

"你什么都不知道?难道你不知道你叔叔是抗日军人,此时正在抗日前线,指挥部队和日本鬼子作战?"王昌才突然脸色一沉,严厉地说。

张一吃了一惊，不知怎样对答。

"可是你呢？你不仅不抗日，反而投降日寇，当了汉奸。你能对得起你叔父，对得起国家，对得起父老乡亲吗？"王昌才越说嗓门越大。

"长官，你别误会。"张一连忙申辩，"我当伪军并非真心投敌，是为了保存部队，积蓄本钱，将来好配合国军，收复失地。"

王昌才冷笑一声说："这么说来，你当伪军还是救国救民的举动啰！"

张一没有听出王昌才的嘲讽口气，连连点头说："是的是的，这是一种曲线救国。"

王昌才突然一拍桌子，破口大骂："放你的狗屁！你打着日本人的膏药旗，枪口对着中国人的胸膛，你救的是哪一国？你当汉奸还有理呢！再这样胡说八道，我一枪毙掉你！"

张一悚然一惊，感觉情况不妙，马上随风转舵，低声下气地说："长官说得对，兄弟知罪了，我愿意痛改前非，重新做人。"

"有什么实际行动？"王昌才问。

"有实际行动，我得回去和弟兄们商量一下。"

"好吧，我们就和你一起回去。"王昌才站起身说。

张一心里一怔，面色陡变。他已领悟王昌才这句话的含义，知道自己已经失去自由，成为八路军的阶下囚了。

独立二团带着张一，立即向李海、白堂开去。队伍接近李海，便作了打村落战斗的准备。敌人见八路军来势不善，赶紧封锁街口，关上寨门，并警告八路军不得继续前进。王昌才叫张一到前沿去喊话。这时他胆颤心惊，六神无主，对八路军提出的要求不仅不敢违抗，而且表示乐意效力。他扯起嗓子喊道："弟兄们！别……别误会，我在这里很好。八路军长官找我谈话，是教育我，挽救我，不让我为鬼子做事，要抗日救国。弟兄们，你们也要听从八路军的指挥……"

枪声沉寂了，人声也沉寂了。过了好久，对方才答复说，愿意派代表进行谈判。

不大一会，村里派出两名代表，提出的条件是：不缴枪，马上把张司令放回去；部队可以改编为旅或团，由张一担任旅长或团长。八路军认为，必须先放下武器，停止抵抗，然后进行改编；在改编的过程中，让张一回去主持工作。双方的条件存在着差距，两个代表表示要回去研究，便走了。

天色渐渐暗下来，二团怕敌人没有谈判诚意，故意拖延时间，便趁着夜色调动部队，把两个村子团团包围起来。

独立二营的阵地在李海的东门附近。入夜，邵云臣和王建国正在检查部队的警戒工作，突然，从村子的东南角传来一阵激烈的枪声。枪声开始时十分密集，渐渐地越来越稀，越来越远，最后完全沉寂。

"敌人可能突围了。"邵云臣说。

"咱们要不要派部队去追？"王建国问。

"我看可以，得请示一下。"邵云臣说。

两人正在商量，政委王昌才突然急匆匆地跑来，怒气冲冲地责问："你们二营怎么搞的？为什么把敌人放跑了？"

王建国一听就恼了，这位政委怎么这样草率，没有调查便乱下结论，批评下级，所以也没有好气地回答："谁说是我们放跑的？"

"我说的。"王昌才理直气壮地说，"你们为什么不把敌人堵住？"

"敌人不是从我们阵地上跑的，我们怎么堵？"王建国针锋相对，毫不示弱。

"就是从你们阵地上跑的！"

"不是从我们阵地上跑的！"

"我说是就是！"王昌才的嗓门更高了。

"我说不是就不是！"王建国也大着嗓门说。

王昌才也许感到竟有敢和自己顶嘴的下属，是对他的权威的挑战，不禁蹿起一股怒火，突然从腰间拔出手枪，说："他妈的！你怕负责任！老子……"

"你想干什么？你讲不讲理？"王建国也十分冲动，"哗"的一声把驳壳枪也亮了出来。

站在一旁的邵云臣和两个连长赶紧把他俩拉住，把枪夺下，连声说："冷静点，都冷静点！"

这时，旁边几个战士看不下去了，七嘴八舌地叫嚷起来：

"王政委，敌人不是从我们这儿跑的，还非要赖住我们不行？"

"敌人是从东南角突的围，你去调查嘛。"

"那里是骑兵连的阵地，去问问他们吧！"

王昌才见没有一人帮他说话，态度才软了下来。王建国感到自己也欠冷静，做法太过火了，便说："敌人到底从哪里逃跑的，夜里看不清楚，天亮了再说。现在是消灭敌人要紧。我带部队去追，敌人逃到哪里就追到哪里，坚决把它消灭掉！"

王昌才点点头表示同意。

原来，村里的敌人在几个顽固分子的掌控下，决定放弃他们的张司令，趁着夜色的掩护，从东南方向突围出逃。这是一群惊弓之鸟，也是一群乌合之众，慌不择路，边跑边散，跑到四十余里外的一个村子，已经只剩下二三百人了。当他们正想喘一口气，停下休息，万没有想到一支八路军的队伍正踏着他们的足迹，紧紧追赶上来。一阵冰雹似的手榴弹炸得他们晕头转向。"举起手来，缴枪不杀"的呐喊声震得他们连忙举手投降。前后不过几分钟的时间，他们没有进行认真的抵抗，就彻底瓦解了。

清晨，战士们押着俘虏，喜笑颜开地回到李海、白堂。邵云臣和王建国去见王昌才，汇报追击逃敌的经过，以及俘获的情况。他听了很高兴，并表扬了几句。王建国又提出到敌人突围的现场进行调查，以便分清责任，王昌才不好意思地摆摆手说：

"算了算了，已经看过了，不是从你们阵地上跑的，你们没有责任。"

四

打开李海、白堂以后，部队便向唐园进军。

唐园坐落在卫河东岸，由于是产棉区，田里的收成好，因此它比周围的农村富裕得多，也阔绰得多。队伍沿着卫河的河堤向南走，远远看见一座树木繁茂、瓦房栉比的大村庄，周围修筑了坚固的寨墙，四面都有高大的寨门，一式是青砖垒砌，几乎和一般县城的城门无异。等队伍走到村子跟前，发现这里正处于高度的戒备状态：寨门紧闭，寨墙上有武装人员在巡逻放哨，连寨墙外的河沟里也灌满了水，河上的吊桥早被撤走了。

"乡亲们！我是张一，我是张一。"在村东的一座庙里，西墙上临时挖了一个洞，张一凑近洞口向村里喊话，"你们赶快放下武器，不要和八路军打仗。我过去走错了路，八路军教育我，宽大我，要我改正错误，重新做人。我感谢他们，决心改过自新，和八路军共同抗日。我要和我叔叔一样，做爱国家的抗日军人。希望你们放下武器，打开寨门，欢迎八路军进村，和八路军一起打鬼子，救中国！"不管张一心里是怎样想的，表面上却装得挺积极，一遍又一遍地喊着。可是，村子里毫无反应，只要八路军战士稍稍露头，寨墙上就往下打枪。

领导把攻击唐园的任务交给了独立二营的一连。一连的连长名叫焦金栋，原是邵云臣手下的老弟兄。他是个一字不识的大老粗，三十多岁，一只眼有点斜，身材却很魁伟。自从参加革命以来，思想进步很快，不仅作战勇敢，平时也很注意遵守纪律，不再随便拿老百姓的东西。他说:"过去没有目标,没有理想,所以明的抢,暗的偷,如今当了八路,怎能再犯过去的老毛病?"他接受突击任务后,毫不犹豫地带领大家向敌人发起攻击。虽然围墙上的机枪、步枪一齐开火,火力很猛,他们还是快速地通过开阔地,渡过护城河,来到围墙脚下。登城的云梯竖起后,焦金栋第一个登上梯子。他飞快往上爬,接近顶端时,身子突然一歪,似乎中了弹,人们正为他捏一把汗,他却熟练地向上甩出手榴弹,在爆炸声中,乘势跃上围墙,用驳壳枪狂扫起来。这时,其他突击队员也都登上围墙,向敌人猛扑过去。守敌顿时大乱,纷纷向村里逃去。突击队员们打开寨门,部队迅速开进村子。

打开唐园以后,清查战果,共俘敌一百多人,缴获捷克式步枪八九十条,还有一箱(十二支)崭新的驳壳枪,以及十余匹骡马。这些战利品,改善了二团的装备,提高了部队的战斗力。

扫除了张一这股伪军,卫河以东的局面迅速打开。部队回到李海、白堂做宣传群众、组织群众的工作。很快,卫东地区的战委会正式成立,各种抗日群众团体也都先后建立起来,这里和临清的其他地区一样,抗日救亡运动开展得如火如荼,形势十分喜人。

不久,东进纵队独立二团又奉命返回临清,仍旧住在河西街。

第五章　开辟平原

一

六个人，各骑一辆自行车，像一行飞翔的大雁，奔驰在鲁西北乡村的道路上。

初夏的锦绣似的田野，各种鸟雀婉转动听的鸣奏，都引不起王建国的注意。他一边奋力蹬车，一边低头想着即将到来的陌生的环境，陌生的伙伴，陌生的任务。

最近以来，生活对他来说，变化得太大，太快，也太突然了。半个月前，还在卫河以东带兵打仗，回到临清不久，陈再道司令员带着东进纵队司令部，从南宫移驻临清，组织上调他到司令部当侦察科长。他还没有到职，又出乎意料地接受一个新的任务。

那天下午，王建国走进了陈司令的房间，陈司令放下手中的文件，热情地招呼他坐下，说："还没有到司令部来吧？就别来了，另给你一个新的任务。"

王建国习惯地站起身，问："什么任务？"

陈司令示意他坐下，然后说："自从鲁南台儿庄会战结束后，敌人又要在徐州方向发动攻势，所以近来兵力调动十分频繁。徐向前副师长到达南宫后，指示要掌握侵华日军的全面动态，以便更好地配合友军正面战场的作战。我们对平汉线敌人的铁路运输情况，了解得一清二楚，可是对津浦线的情况就不很清楚，因此，我们决定派你到平原县去搞这方面的情报。

"你去的任务有三个：第一是搞情报，及时掌握敌人从铁路上调动兵力、运输物资的情况；第二是做扩军、搜集资财的工作；第三是建立各种抗日群众团体，发展地方党组织。要做好这三件事，你首先要把平原县县长的工作做好，想办法取得他的支持、合作，使自己站稳脚跟，然后才有可能开展工作。"

"县长是谁？"王建国问。

"县长叫马毅民，号仕宏，据说事变前是平原县高级小学的校长，国民党员。这个人抗战坚决，反共也不含糊。前些日子，我们两次派民运干部去，他都不欢迎，被他赶回来了。这次你去是第三次，是三顾茅庐，但愿能够争取这位'诸葛亮'！"

陈司令和王建国两人都笑了。笑过以后，王建国说："两次去人都没有成功，我去行吗？"

"应该看到，现在的形势与过去大不相同，对我们更有利了。"陈司令员说，"我军占领临清后，在鲁西北的影响比过去大得多。你去并不是孤立的，背后有咱们的军队，有广大群众，马毅民再顽固，也得考虑考虑形势，权衡一下得失。你去以后，公开的身份就是八路军委任的平原县政治指导员，一切正式场合都是以我军代表的身份出现。"

陈司令员的话极大地鼓舞了王建国，他站起身说："好，我去会会这位马县长。"

"对啰，这才像个样子，共产党人就是要有战胜一切困难的勇气和决心。"陈司令员高兴了，问："你需要挑几个什么样的人呢？"

"人多了行动不便，五个人就够了，不过都要南方人。"

"这是为啥？"

"南方人都是老红军、老八路呀！一来战斗经验丰富，二来老百姓也都信服。"

"哈哈！你是要去唬人吗？"陈司令员高声笑起来，然后又说："主要是看我们自己的工作做得如何，不在于你是老八路还是新八路。不按照党的政策办事，老八路一样吃不开，要碰壁；按照党的政策办事，新八路也能打开局面。不过，我可以满足你的要求，选一些南方同志，为了做群众工作方便，还是带上一个本地人好，怎么样？"

陈司令考虑得这样周到、细致，王建国当然欣然同意，所以第二天一大早，六个人便骑着车向平原县进发了。

二

下午，王建国等六人来到平原县城东南二十七八里的一个村子——张官店。

他们推车进村，走不多远，就看见一座树木繁茂的院落，白粉围墙，黑漆大门，门口站着一个扛枪的警察，他的身后墙上，挂着一块大木牌子，白底黑字写着："山东省平原县政府。"大家一看就笑了：这位马县长果然与众不同，他的流亡政府虽设在农村，却和在县城一样，布置成一座相当正规的衙门。这也反映了他的一丝不苟的作风吧。

他们把自行车停在门外，走进去，把东进纵队的公函交给了一位自称是传达长的人。那人把他们打量一番，说了声"请坐"，就拿着信到里面去了。

等了好久，不见传达长出来。王建国想，此刻这位县长一定正对着公函发愁：在什么地方、用什么方式来接见这几个不速之客？

谁知又过了半个小时，那位传达长却出来说："县长正忙着呢，没有时间接见你们，叫你们自己想办法找地方住下。"

上来就故意冷落，给他们一个下马威。但是，王建国等早有思想准备，便说："请你转告马县长，我们明天再来拜会他。"

从县政府的传达室出来，他们走在村子的街道上，不知该往哪里去，幸亏他们中间的本地人发挥了作用，去把村长找来，给他们派饭吃，找房子住。村长把他们安排在一户地主家饲养牲口、堆放农具的西院里，说："就让他家管你们几个吃饭，他管得起。"

房东是个六十多岁的老汉，家有八九十亩地，养一匹骡子两头牛，顾两个长工。他跑到王建国他们住的地方，客气地说："你们同志住在这里，受委屈了。"

"没有啥，挺好！"

"我也是抗日军人家属，有孩子在军队上。"老汉吸着旱烟，高兴地说。

"是吗？孩子现在在哪？"

"部队在汉口，他当军需官。"

王建国知道他的孩子是在国民党军队工作，便给他宣传国共合作，结成民族统一战线，共同抗日救国的道理。既是抗日军人家属，就应该多多协助我们开展救亡工作。他听了很赞成，不住点头说："是呀，是这个理儿。你们八路军抗日，很好，今后有啥要我帮忙的，只管讲，我一定尽力效劳！"

第二天上午，王建国独自来到县政府的传达室。传达长叫他坐下稍候，就进去请示。不一会儿，他出来说："对不起，县长没有时间。"

王建国一听就火了，站起身说："传达长，请你去问问马县长：他是不是真心抗日的县长？他成天忙的是不是抗日的大事？为什么对我们抗日军人这样刁难？找他商量抗日的事，他为什么总是推三阻四不愿见面？"

"这……这怎么行？"传达长面有难色地说。

"说！你去给我说！"

第五章 开辟平原

传达长又进去了,这次出来,身后还跟着一个高个子男人,三十五六岁年纪,瘦长脸,戴副眼镜,一进屋就说:"哪位是王先生?我是秘书长。"

"我就是。"王建国站起身说。

"接待不周,非常抱歉,请王先生原谅!马县长正忙着,派兄弟为代表,不知你们有什么要求?"

"我们的要求很简单,尽快见到马县长本人,和他当面商讨如何在平原地区开展抗日斗争。"

"这个……"他有些尴尬,但马上又满面堆笑说:"王先生,工作的事,咱们以后再谈,不着急,来日方长嘛。你们先住下,休息,吃饭……"

"秘书长先生,我们是昨天到的,已经自己找地方住下了。"

"我们再正式以县政府的名义下达通知,要村公所给你们安排食宿。"

秘书长似乎以为,只要满足对方的一点要求,就可以暂时应付过去,所以坚持要帮助解决早已解决了的食宿问题。王建国考虑到今后还要共事,不能把关系搞僵,也就不再坚持,甚至还表示感谢,而后告辞出来。

过了两天,王建国第三次去找马县长,终于顺利见到了。马毅民有四十多岁,中等身材,白净面孔,留着小黑胡子,穿一身浅灰色中山服,举止斯文,慢条斯理,不像常见的国民党官吏,倒像是个文质彬彬的教师。他请王建国坐下以后,微笑道:"这几天实在有点忙,没有能够及时和你们见面,非常抱歉!"

"马县长不必客气。"王建国说。

"王先生找我,有什么事情要商谈?"

"要谈的事情很多,归纳起来不外乎两个字,就是:抗日。"

"本人是坚决抗日的。"

"马县长坚决抗日，我们非常欢迎。自从国共两党结成抗日民族统一战线，抗日、救国已经成为时代的潮流，蒋介石先生在庐山谈话说：战端既开，地不分南北，人不分老幼，皆有守土抗战之责。当然，抗战不能只口头上空喊，要在行动上实干，因为日本侵略者是无法用空话赶跑的。"

"王先生说得很对，重要的是要有实际行动。不过，人们议论说，八路军虽然擅长游击战争，却游而不击。"

"游而不击的确有人在，但不是我们八路军。卢沟桥事变以来，我军首战平型关，接着是阳明堡战斗、响堂铺战斗、长乐村战斗、神头岭战斗等，都取得了重大胜利，重挫了敌军，怎么能说八路军游而不击呢？当今的中国，只有我们共产党、八路军最严格执行抗日民族统一战线政策，是最坚决抗日的。谁要真心打日本、救中国，就必须和共产党、八路军携手合作，共赴国难，除此没有别的路可走！"

"我受命于中央政府，军事上当然要听从中央军。"马毅民突然这样说。

"马县长，请问中央军现在何处？你能够依靠它、指望它吗？你要听从它，可是怎能做到呢？"

这话对他似乎有所触动，他低头不语，沉默许久，后来叹了一口气，说："靠中央军支援自然不可能，所以我现在正想办法训练壮丁队，建立自己的武装，以便守土抗战。"

"对！这事我们赞成。中国共产党历来主张全面抗战，组织群众，武装群众，打一场真正的人民战争。但是，民兵要和正规军配合才有力量。所以我们愿意以大局为重，和一切抗日力量团结合作，并肩战斗。不知马县长能否放弃陈见，消除误会，和我们协同配合，开辟平原县的抗日新局面？"

马毅民认真听着，态度也逐渐有所缓和，最后点头笑道："如果是这样，希望今后咱们多联系！"

三

几天以后，王建国骑车到离张官店只八九里的槐树庄，访问马毅民组织的一个抗日群众团体"赤心社"。

"我们赤心社的宗旨，就是打击日寇，赤心保国！"一个人们都叫他白队长的青年，热情地接待了王建国，介绍说："我们全社有一百多人，都是青年学生，男的女的都有，过着一种半军事化的集体生活。我们的任务是进行抗日文化宣传活动，到附近的集镇、农村刷标语，教唱歌，有时也演剧，搞化妆宣传。大家都是刚从学校出来，热情高，干劲足，生活上也能吃苦，只是工作经验不多，办法也少，有时候不知道该怎么干，指导员今后要多多具体指导！"

王建国首先称赞他们可贵的革命精神，并趁机谈了中国共产党关于抗日战争的方针、政策，以及对战略战术、战争前途的看法，队员们围拢来，听得津津有味。他把带去的一些宣传品，其中有《抗日战争的十大纲领》、张闻天写的《青年修养》和中共中央领导同志的讲话等材料，送给他们，他们如获至宝，有的马上如饥似渴地读起来。王建国自己也是一个二十四五岁的青年，在这些年轻人中间，真是如鱼得水，一点也不觉得陌生。他们唱歌他唱歌，他们说笑他说笑，和他们一起打球、拉琴，甚至开玩笑、打闹，很快就混熟了。

"老王，听说八路军在南宫城里办了个青年训练班，我们能不能派人去学习？"白队长问道。

"你们想去？"

"我们好多人都想去。"

"马县长同意吗？"

"他为什么不同意？学习抗日的道理，将来好发动群众，马县长肯定会同意的。"

"不见得吧！"王建国摇摇头表示怀疑，并谈了初来时马县长拒绝接见的表现，最近态度虽有好转，但仍然不冷不热，若即若离，最后说："人们说赤心社是县长手中的一宝，他三天两头到你们这里来，你们应该多做他的工作，说服他和八路军联合，走真正全民抗战的道路。至于你们想去南宫学习，只要马县长同意，这事我包了。"

"好，马县长的思想工作，我们也包了。"大伙儿齐声说道。

一天下午，马毅民突然来到王建国他们的住处，关切地询问住得如何，吃得怎样，生活上有些什么困难，并说："很对不起，对你们照顾不周，太简慢了！"

王建国见他今天的兴致特别好，有些诧异，便问："马县长，有什么好消息？"

"你们还不知道？李胖娃娃被贵军消灭了。此人是本县一害，你们把他除得好，除得好！"

原来，张官店东面二十余里，有沙庄、柳庄两个村子，住着一股土匪，匪首外号叫李胖娃娃。他们肆意祸害百姓，扰乱地方，无恶不作，并威胁平原县政府，扬言要缴县保安队的枪，所以成了马毅民的心腹之患。前天，从临清开来一支八路军，把这两个村子团团围住，经过一场激烈的战斗，彻底消灭了这股土匪，李胖娃娃被当场击毙，他的作恶多端的老婆也被当地群众活活打死。马毅民听到这一消息，才兴高采烈地跑来向王建国他们表示祝贺。

"为民除害是我们的本份，马县长不必过奖。"王建国说。

"贵军说到做到，令人钦佩！"他忽然又问："王指导员，有些青年人想去南宫参加青年训练班学习，行吗？"

"马县长是什么意见？"

"学习革命理论，追求真理，这些青年人的要求是合理的，我支持他们。"

"好，我来负责联系。"王建国说。

"在你们八路军里，指导员是干什么的？"

"指导员是八路军里的政治干部。在连队里，他和连长一样是全连的领导，连长有多大的权，指导员也有多大的权。连长负责指挥打仗，指导员进行思想教育，他们一个管军事，一个管政治，共同领导好一个连队。"

"指导员不是监视别人的特工人员吗？"他说。

"你说的是中央军的情况，他们的指导员是特务，监视别人。八路军不是这样。在八路军里，革命同志互相信任，互相关怀，根本不会监视。你看，我是指导员，你发现我监视你了吗？"

"没有没有。"他连忙摇头说，"王同志，今后你就是平原县的指导员，我的职权多大，你的职权也就多大。"

看来，马毅民的思想通了。

从此以后，王建国的工作得到他的积极支持和配合。县政府有个侦察队，队长姓高，山东烟台人，因在平原县干事多年，对本地的情况非常熟悉。马毅民嘱咐他："今后有什么情况，要向王指导员汇报。"他照办了。王建国又布置他加强对津浦铁路日军运输情况的侦察，从此情报源源而来，王建国及时向东进纵队司令部报告，得到领导的多次表扬。

四

繁星闪烁，夜深人静。王建国等五个人做好夜间战斗的一切准备，轻装上路，朝张官店北面十七八里的一个村子疾进。

这个村子里有一个大地主，名叫肖安亭，最近当了平原县的维持会长。由于他地熟人熟，为日寇效力，对平原县抗日政府的工作极为不利，马毅民多次提出，要把他除掉。王建国等经过周密侦察，发现肖安亭虽然住在城里，却经常回村在家中过夜，往往只带一两个保镖，有时只身一人，连保镖也不带。他家在村子西头，村东驻扎一个伪军中队，负责保护他家的安全，所以他才这样大胆。这天傍晚，村里群众跑来报信，说肖安亭下午回家，到现在也没有走，看来他今晚会住在家里。于是，王建国决定去把他捉来。

东方刚露鱼肚白，天似亮不亮，村子还沉睡未醒，他们悄悄地摸了进去。到肖家的宅院外面，搭人梯翻墙而入，可是内院还有一道更高的墙，无法过去。王建国走到一扇黑漆的小门前，轻轻敲了几下，听得从屋里传出一个男人的声音："谁？"

"城里下来的，有事找肖会长。"

"肖会长回去了。"

"啥时候走的？我们出城怎么没有看见？"

"晚饭后就走了。"

"有一封信，你替肖会长收下吧！"

"好，我就来。"

一阵脚步声，漆黑的门吱呀开了，站在门口的是肖安亭的兄弟。他上身穿件背心，下身是中式白单裤，没有束裤带，只是把裤腰抿了抿。他睡眼惺忪地说："请进！请进！"王建国等就紧跟进了屋。他见对方并不拿出信来，模样也不像是城里出来的，立刻警觉起来，一边招呼来人坐，一边就往里屋走。王建国马上跟进去，嘴上搭着话，眼睛紧盯着，只见他两脚往炕边挪，挪着挪着，突然弯腰从枕头底下掏出一支手枪，正要举起，王建国飞起一脚，当的一声，枪被踢到地上，王建国顺手一拉他的裤腰，裤子哗的落到他的脚板上，他下意识地弯腰提裤，王建国就势猛推一把，他滚倒在炕沿底下了。王建国往他身上踩一只脚，低声喝道："你想干什么？"外屋的战士听到声响，飞跑进屋，捡起手枪，把这家伙捆得结结实实。这一切，发生在瞬息之间，迅捷，隐蔽，他家里的人都没有发觉。

王建国把他带到外屋，警告道："你要不老实，就毙了你！"

他浑身哆嗦，连连点头。

一个战士从后院牵出一匹牲口，把他驮在牲口背上，又在院里撒了些传单，便大开正门，大模大样地走了出来。

天已大亮。村里的老乡已经起床，有的挑了桶到井台上打水，有的扛了锄头下地，见肖安亭的兄弟死猪似的被几个带枪的人绑在牲口背上，向村外走去，都站在路边惊愕地看着。

回到张官店，王建国把夜袭的经过告诉了马毅民。他听后非常高兴，并说事先应该打个招呼，县安保中队也可以配合行动，免得冒这样大的风险。

过了两天，从平安城里来了四个人，是受肖安亭之托，来保释他兄弟的。马毅民把王建国请去，和他们见了面。

"你们回去对肖安亭说，我们这次是要捉他本人的，他不在家，算他走运，便宜了他。他兄弟要开枪反抗，才把他捉来了。你们要求放人，可以，但是有两个条件：一是肖安亭保证今后不做汉奸，不再当维持会长；二是他要捐助抗战物资，捐助多少，量力而行，他自己看着办。"王建国说。

"我们一定把长官的话原原本本转达给肖会长肖安亭，让他早拿主意。照我们看，刚才长官提的两项条件，合情合理，仁至义尽，肖安亭应该接受、照办！"其中一个四十来岁的胖商人说。

"那你们也给他做做思想工作吧！"王建国见他们起身要走，便问："想和他兄弟见见面吗？"

"能见面吗？我们当然想见，回去也好叫肖安亭放心。"胖商人喜出望外地说。

王建国把他们带到关押肖安亭兄弟的屋里。肖安亭兄弟垂头丧气地坐在那里，见有人来营救他，精神一振，大声说："你们来啦，求八路军放我回去吧！"

"我们就为这事来的，你别着急，下次来再带你回去。你有啥话要对你哥说的？"胖商人说。

"你们回去对我哥说，叫他看在兄弟的情份上，快想办法救我出去。叫他别再当害人的维持会长了，别舍不得花钱。八路军教育我，中国人要为抗战有力出力，有钱出钱……叫他要顾念我们是同一父母所生，有兄弟手足之情，千万别丢下我不管！"

四个人答应把他的话捎给肖安亭，又安慰了几句，走了。

两天以后，那四个人第二次来到张官店，带来一箱西药，两箱大前门香烟，一千五百元法币。他们把东西罗列在王建国面前。还是那个胖商人做他们的首席代表，诚惶诚恐地说："长官的话，我们回去都对肖安亭讲了，他非常感激八路军长官，不让当维持会长是教育他，为他好，他也早不想干，可是一时卸不下来，硬要不干还不行，日本人不答应，除非他不要命了。所以，他求长官宽限一些时候，他一定照办，现在先把他兄弟让我们带回去，行不行？"

"两个条件，一个也不能少，继续当汉奸怎么行？"王建国说。

"条件都答应，只是求长官给他一个脱身的时间，他已经决心洗手不干了。至于抗战物资，他还可以继续捐助。"

"你们能担保？"王建国问。

"肖安亭亲口对我们说的。"

"好吧，维持会长一时卸不下来，允许他再拖一个月；至于捐献物资，他应该尽心尽力。"

"那人呢，他兄弟是不是和我们一起回去？"

"下次再说吧!"

肖安亭第三次派他们来,又携带法币一千多元,银元一百多块,还有两箱纸烟。王建国把肖安亭的兄弟叫出来,当着那四人的面说:"今天放你回去,你要改邪归正,重新做人,要做一个正直的中国人,绝不能为侵略咱们的敌人效劳。"

"长官,我一定永远记住你的话,坚决不再当汉奸卖国贼。"

他们打躬作揖,千恩万谢,告辞走了。

马毅民见此情景,颇有感触,对王建国说:"肖安亭服你们了,我也服你们了。老百姓说:共产党眼睛多,八路军办法多。这叫有胆有识,敢做敢为,真是一点儿也不含糊。"

五

一天晚上,马毅民派人来请王建国,说有要事商量。来到他的住处,见他喜形于色,激动地在室内来回踱步,后来高兴地说:"建国,告诉你一个好消息,张自成的工作终于做成了。"

张自成是津浦线路东的一个义勇军头目,手下有一千余人,住在离县城二十余里的集镇鸡鸣店。自从王建国他们降服了肖安亭,马毅民更想尽快把他争取过来。马很早就认识他,他手下有几个军官是马的学生,也在积极为马做工作。马毅民多次对王建国说,张自成愿意联合抗日,只是不愿离开鸡鸣店,把部队带到路西来。今天马毅民突然宣布"工作做成了",王建国便以为这方面有所突破,便问:"他愿意离开鸡鸣店?"

"他愿意抗日,愿意接受县政府的领导。可是他仍不愿到路西来,要县政府迁到鸡鸣店去,和他们住在一起。"

"为什么他不愿意过来?"

"他那里是个集镇,我们这里是农村,他那里的条件比这里强。"

"我看,还是叫张自成带部队到路西来,这样可以考验他的诚意,同时在铁路这边,离咱们部队近,好联系,出现意外情况也好应付。现在斗争形势很复杂,还是小心谨慎一些为好!"

"我已经答应他了,如果不去,岂不失信于人?"

"什么失信不失信,要提高警惕。你就说这边有事,正在布置壮丁集训,一时离不开,要是他愿意过来就请他到路西来,不然就暂时分住两地,重要的是统一行动,共同抗日。"

"对,就这样答复他。"他终于被说服,同意了。

一个初夏的下午。麦子已经收割完毕,玉米、高粱也都锄过了头遍。马毅民召集各区区长开会,讨论如何利用夏收后的农闲季节,进行壮丁集训。会议开始不久,他正在给大家讲话,突然,侦察队队长跑来报告:张自成的部队朝张官店开来了。大家都感到意外,因为张自成从未打过招呼,怎么突然有此行动?马毅民当即问:"部队到了哪里?"

"已经越过铁路。"

"有多少人?"

"人很多,前面是骑兵,后面是步兵,一眼看不到头。"

会场上鸦雀无声,大家都把目光投向了马毅民。可是他同样心中无底,有点紧张。王建国便把他拉到一边,小声问道:"怎么办?"

"既然来了,就得接待。"马毅民说。

"最好叫张自成自己来,部队不要进村,我们要防备他点!"

马毅民点点头,马上叫来一位科长,吩咐说:"你去迎接张自成的部队,就说你是我的代表。请张司令到张官店来住,我正在这里等他。部队住到北边两个村子,你派人给他带路,直接开到那里去宿营,不要到张官店来。"

科长走后,马毅民又对村子周围的警戒作了布置,派四个县保安中队守卫四边的寨门,公安局的警察中队担任县政府的警卫工作。可时,还没有传达下去,就听得从街里传来一阵海涛般的马蹄声。人们大吃一惊:张自成的部队不请自来,怎么来得这么快?

马毅民站起身,说了声"我出去看看",就带着几个卫兵匆匆走了。

他出去不久,外面突然传来几声猛烈的枪声。人们大惊失色,不知发生了什么意外情况,正要出门了解,一个卫兵惊慌地跑回来说:"不好,张自成把马县长绑起来了。"他说马县长才走到门外,就迎面遇见张自成,没有说上几句话,张自成身后的兵便一拥而上,捆绑马县长,卫兵鸣枪警告,对方却连打数枪,把卫兵也抓起来。

这时会场大乱,人们纷纷散去。王建国估计张自成的部队很快会进来搜索,此地不能停留,便出了边门,翻过院墙,顺着小巷向住处跑去。

"出了什么事?"家里的同志听到枪声,又见王建国急急忙忙地跑回来,知道有情况。

"准备突围!"王建国说。

他们正准备出发,住在附近的保安第三中队高俊峰队长跑来,气喘吁吁地说:"王指导员,不好了,马县长叫张自成抓起来了,几个中队的枪也被他们缴了,这是怎么回事?"

"高队长,你还有多少人?"

"七八十个。"

"走!马上跟我们突围。"

"出不去咋办?"

"出不去就回来,抢占这座院子,坚持到天黑再突围。"

"行!"他立即去集合队伍。

王建国等六人推着自行车走在前头,保安三中队紧跟在后,穿过几条小巷,来到村子西边,察看西门的动静。西门口大概有张自成部队一个班的士兵,刚刚接防,有的在了解环境,有的坐在路旁休息。王建国说了声:"走!"便带着队伍大模大样地向西门走去,经过寨门时，那些士兵竟不盘问，只是愣在那里傻乎乎地看着。

走到村外，王建国对高队长说："你带队伍向西去，过马家河，到槐树庄等我们。我们掩护你们。"高峻峰带了队伍走后，王建国等在庄稼地里隐蔽埋伏起来。不大一会，从村子里跑出一支队伍，有四五十人，像是出来追赶的。王建国等六人的长短枪突然开火，他们吃了一惊，一边慌乱还击，一边又退缩回去。

六

王建国等和保安三中队几乎同时到达槐树庄。

在赤心社的队部，白队长和男女队员们围着他们，打听出事的经过。当听说他们敬爱的马县长被张自成捉去，现在情况不明时，一个个义愤填膺，怒火中烧，要去和张自成拼命。

"你们别感情用事。人家手里有枪，你们赤手空拳怎么和他们拼？千万别上当，张自成正想把咱们一网打尽呢！"王建国说。

"咱们要救马县长，咱们不能丢下他不管！"大家七嘴八舌地说。

"马县长一定要救，但是怎样救他，要用脑子想想，蛮干是不行的。"

"那你说该怎么办？"

"首先要了解情况，弄清张自成为什么要绑架马县长，他把马县长绑架到哪里去了……"

"我去侦察，我去侦察！"王建国的话未说完，大家就抢着报名。

白队长挑选了两个人，他们立即出发。晚上，两名队员回来报告：张自成绑着马县长，已经回路东鸡鸣店去了。

王建国把情况向东进纵队首长作了汇报。纵队首长指示：继续坚持这个地区的斗争，积极设法营救马毅民县长。陈再道司令员对马毅民最近一个时期的表现尤为清楚，所以他说，要像营救咱们自己的同志一样营救他，如果需要经费，可不惜代价，救人要紧！

马毅民的夫人哭哭啼啼从老家来到槐树庄。她是个农村妇女，四十来岁，小脚，见到王建国说："老马可是个好人哪，他一心抗日，廉洁奉公，你们一定要想办法救他！"

"大嫂，你放心，我们正在想办法。张自成和他无冤无仇，不会怎么他的，况且那里还有他的学生，也决不会看着不管。"

谁知，当时对情况估计得过于乐观了。后来才知道，张自成早已暗中投降了平原城里的日寇。日寇给他一个任务，捕杀马毅民，奖赏伪币一万元，两门九二式步兵炮，还有一大批子弹。他马上应承下来，几次诱骗马毅民到路东鸡鸣店去，都没有成功，所以才冒险搞了这次偷袭。回到鸡鸣店的第二天，他就把马毅民押送县城，向他的日本主子邀功领赏。

马毅民，不愧是一个正直的国民党员，爱国的知识分子，中华民族的优秀儿子。他被押到县城以后，平原县的伪县长来拉拢他，劝他降日，马毅民大义凛然地斥责说："你是什么东西？汉奸、卖国贼、民族败类，有什么资格和我谈话！"鬼子对他动用各种酷刑，把他打得遍体鳞伤，但始终没有能够让他低头屈服。

营救工作一直在进行。先是通过平原县各方面的关系，想把他保释出来。后来得知敌人已把他押送德州以后，又找到德州教堂里一个与日寇有来往的德国神父，叫他去说情，如果营救成功，当有重金酬谢。可是，很快就传来马毅民被日寇野蛮杀害的消息，一切营救活动都没有意义了。

马毅民英勇就义后，八路军对他的家属作了妥善安置，对他作了同志式的悼念，根据地的文艺工作者把他的动人事迹编成戏剧，名为《抗日县长马毅民》，在军队和群众中广泛演出。马毅民虽然牺牲，但他的精神鼓舞着平原上的广大群众，继续和日寇展开殊死的战斗！

第六章　南宫之行

一

一九三八年七月上旬，八路军一二九师独立旅在夏津成立了。这个旅是以一二九师三八六旅的七七一团为骨干，加上在临清成立的东进纵队二团，以及由高西伯部队反正后改编的东进纵队三团组建而成的，一共六千余人。

独立旅成立后不久，王建国接到调任旅部侦察科长的命令，要他尽快从平原赶到夏津去。

旅部设在夏津城里一家轧花厂里。他去向旅首长报到时，见卜盛光和一个人在院子里下棋。正是盛夏季节，天气炎热，棋桌摆在一株老槐树下，两个人光着脑袋，把衣袖卷得老高，专心盯着面前的棋盘，根本没有注意到有人进来。王建国喊声"报告"，卜参谋长抬起头来，笑道："啊哈！说到曹操，曹操就到，刚才我们还说你该来了呢。介绍一下，这是咱们的旅长。"

旅长叫徐深吉，中等身材，看上去有二十七八岁，白皙的脸上有一对睿智的大眼，配上微微上翘的眉毛，显得英气勃勃。王建国向他敬个军礼，他起身拉住王建国的手，亲切地说："欢迎你来！天气够热的，走路累了，坐下休息休息，喝点水，看我们下棋，看我怎么赢老卜的！"

"你别吹,鹿死谁手还不一定呢。"卜参谋长不服气地说。

他们两人继续对弈,王建国就坐在一旁静静地观战,又渐渐地陷入了沉思……王建国曾听说,徐深吉旅长原是七七一团的团长。这个团是在红军改编为八路军时,由原红四方面军三十一军九十一师的三个团缩编而成的:红二七六团编为一营,红二七七团编为二营,红二七三团编为三营。这些经过千锤百炼的老红军部队,打起仗来一个赛一个,既有各自的战斗特长,又有共同的英勇顽强的战斗作风。今年三四月间,七七一团和兄弟部队六八九团、七六九团先后从太行山扑下来,在广阔的华北平原上纵横驰骋,打了不少胜仗,对开辟冀南抗日根据地起了重要作用,并在战斗中发展壮大了自己的队伍。如今,六八九团、七六九团已经奉命返回太行山根据地,只有七七一团还留在平原上坚持斗争。毫无疑问,以它为骨干组建起来的独立旅,一定会迅速锻炼成一支英勇善战的劲旅,成为打击日寇的主力部队,自己能在这个部队里工作,是多么值得庆幸和自豪啊。

时间不长,棋盘上的厮杀结束了。徐深吉旅长推开棋子,转身问王建国什么时候到的,住下没有,接着便告诉他,旅部刚组建起来,机构很不健全,各级领导干部和参谋人员都缺得厉害。"侦察科只有一个绘图员,没有参谋,你暂时还是个光杆司令,什么都得自己亲自动手。你在工作中,要注意物色人才,逐步把机关充实起来。"

他说起话来字斟句酌,慢条斯理,咋看简直不像是久历沙场的老将,倒像是个文质彬彬的书生。但是王建国又很快发现,他的思维十分敏捷,考虑问题非常细致、周到,真是个不可多得的文武双全的优秀指挥员。

"上级给我们独立旅的任务,"他摇着扇子,继续侃侃而谈,"是要开到津浦路东去,在山东的宁津、乐陵一带开辟冀鲁边区根据地。当前,我们还有一个临时性的任务,就是破坏平原至禹城这一段铁路,阻止日军向南方运输兵员和物资，以减轻敌人对国民党中央军正面战场的压力。因此，你要组织力量加强对津浦线的侦察，尽快摸清情况，为完成破坏铁路的任务做好准备。"说到这里，他又问："你在平原县的工作都结束了吗？"

"组织上还没有派人来接替，我要到南宫去一趟，向东进纵队领导汇报、交接以后，才能完全结束。"王建国回答道。

"那好，你把破坏铁路的侦察工作做好后，就抽时间到南宫去。"

根据徐旅长的指示，王建国立即投入紧张的工作，并很快掌握了平原至禹城这一段铁路上敌人的运输和设防情况。

一天傍晚，西天燃烧着火红的晚霞，七七一团离开驻地，向津浦铁路进发。战士们背着枪，扛着洋镐、铁锹、木杠等工具，大家知道今晚要去破坏铁路，情绪很高，有的边走边开玩笑说："八路八路，到处扒路，不扒公路，就扒铁路。"引得大家阵阵哄笑。快接近铁路时，天色已暗，队伍肃静下来，担任警戒的连队跑步前进，分别向南北两个方向运动，监视据点里的敌人。其他连队到达各自负责的地段，一声令下，有的卸道钉，有的抬铁轨，有的撬枕木……一齐动手干起来。根据平时侦察，敌人经常用装了探照灯的装甲列车巡道，部队已经做了对付它的充分准备，可是今晚敌人却一反常态，既不来车，也不打枪，据点里一点灯光也没有，一片死寂，完全被浩浩荡荡的破路大军的声势镇住了。看吧！在七八里长的铁路线上，人影晃动，镐锹挥舞，叮当叮当，杭唷杭唷，一片紧张、忙碌的劳动景象。战士们把长长的铁轨掀到路边的沟里，再埋上土；把一根根枕木堆在一起，点火焚烧，一时间，铁路线旁燃起熊熊大火，把天空染成紫色，异常壮观。战士们为了破坏得更加彻底，又挖路基，东挖一个大坑，西挖一条深沟，没有多久，这段铁路就被挖得千疮百孔，面目全非了。

东方露出鱼肚白，部队离开铁路。经过一夜奋战，大家都很疲劳。

但是回头看看，铁路像一条被打得遍体鳞伤的死蛇僵卧在那里，再没有鬼哭狼嚎似的敌人火车在奔跑了。那些没有燃尽的枕木，还在朦胧的晨雾里闪着火光，冒着青烟。这时，同志们又都忘记了劳累，兴奋地唱起歌来。

二

烈日当空，一丝儿风都没有。

王建国策马在平原上奔驰。马跑得浑身精湿，毛好像水洗过一般。他把军帽掀在脑后，敞开衣领，也是汗流浃背，单军衣都湿透了。

前面有座村庄，他一眼就认出那是焦家王村。去年随李景隆的部队在这里住过几天。后来担着风险把焦杰三父女送走，焦老先生曾托他的一个亲戚捎过口信，说他们已经平安抵家，一切都好，今后如有机会路过，务必到他家中小憩，他要当面表示感谢。今天，王建国去南宫向东进纵队领导汇报工作，正好路过这里，决定去看望他们，并歇歇脚，休息一会。

他在焦家大门外下了马。一个小孩飞跑进去不大一会，焦杰三便急匆匆地迎出来。他见来人穿一身八路军服装，开始不敢相认，仔细一看，连忙拍手笑道："啊呀，王先生，原来是你呀！"

"没有想到吧！"

"不，意料之中，意料之中。"焦杰三连声说，"像你这样的青年，这时候不当八路军抗日，倒叫人感到意外了。"

焦杰三把他引进客厅，又是点烟，又是斟茶，像接待贵客似的，问道："王先生今天怎么有空路过这里？"

"我到南宫去办点事，经过这里，便来看望焦老先生。"

"不敢，不敢，太感激了。上次蒙王先生全力救助，我们父女得以平安回家，我还没有当面道谢呢。"

"区区小事，不必挂齿。回家以后，一切都好？"

"好，很好。这首先得感谢咱们八路军。事变以后，地方上一度混乱到极点，到处都自立为王，各自为政，闹得平原上鸡犬不宁，老百姓叫苦连天。自从八路军来后，真如百川入海，那些义勇军、红枪会纷纷改邪归正，加入抗日洪流，少数继续作恶的，也被八路军消灭。如今说不上四海一统，但有了统一的抗日政权，老百姓在共产党领导下，一心一意和日本侵略者作战，这有多好呀！"说到这里，焦杰三忽然问道："今天你能住在这里吗？我们已许久不见，晚上可以好好叙谈叙谈。"

"不行，我今天要赶到城里去。"

焦杰三知道留他不住，又说："其树、其兰姐妹俩现在也在南宫城里。她们参加八路军办的妇女训练班，学习好几个月了。这样吧，今天我也进城，我在城里有爿小铺子，有点事要处理。吃了饭，咱们一起走好不好？"

王建国欣然同意。焦杰三便叫家里的人提前开饭，饭后两人一同进城。

第二天上午，王建国向东进纵队首长汇报完平原县的工作，外面有人找他。出去一看，原来是焦其树、焦其兰姐妹俩。她们已不是去年穿着旗袍、披着围巾的小姐打扮，而是剪了短发，穿着短袖衬衣和长裤，英姿飒爽，俨然是个女战士了。和去年相比，她们的脸颊更加红润，眸子也更加明亮，浑身散发出青春的朝气。刚见面时，焦其兰只是抿着嘴笑，她姐姐焦其树却大大方方地说："王同志，爸爸请你去。"

"他在哪里？"

"你就别问，跟着我们走吧！"焦其兰狡黠地笑着说。

王建国只得跟她们走。一路上，他搜肠刮肚地找些话来谈，问她们参加妇女训练班多久了，全班有多少人，学习些什么课程，集体生活是否过得惯,等等,大多是姐姐焦其树回答的,焦其兰有时也插上一两句话。

王建国被带到南宫城里最大的一家饭馆。这是一座中式二层楼房。楼下摆着十几张桌子,坐满了顾客,加上店伙计来回穿行、吆喝,显得十分拥挤、嘈杂。他们从墙角的楼梯上去,见二楼都是小间雅座,在临街靠窗的一间,桌上已放好四副碗筷,焦杰三正端端正地坐在那里。

"这……这怎么行?"王建国有些惶恐不安。

"王先生,不必客气。水酒一杯,不成敬意,主要是咱们在一起叙谈叙谈。请坐!"焦杰三说。

"王同志,你别客气。我爸爸不光请你,也请我和其兰,我们也是好几个月没有打牙祭了。"焦其树笑着说。

"三月不知肉味了,可把我馋死啦!"焦其兰调皮地说。

席间,姐妹俩逐渐活跃起来,话越说越多,到后来几乎是抢着说自己参加革命的一些感受。她们赞扬八路军纪律严明,说八路军的干部并不都是大老粗,给她们上课的那位姓胥的主任就很有学问,不拿讲稿一讲就是几个小时,而且很吸引人;她们还特别称赞八路军主张男女平等,使妇女能够得到彻底解放……王建国问她们:"学习结束以后,你们打算做什么工作?"

焦其树想了一下说:"我原来是读教育行政的,还想干本行,搞教育工作,咱们根据地也要办学校,培养人材的。"

焦其兰瞟了她姐姐一眼,说:"我可不想在后方当医生,虽然我在大学里是学医的。现在是战争年代,最光荣的岗位是在前方。我要上前线,到战斗部队中去,拿枪和日本鬼子打仗。我就不信,妇女为啥不能冲锋陷阵?为啥不能端起机枪扫射敌人?……"

焦杰三摸着下巴上的灰白胡子,呵呵笑着,不说一句话。

王建国便笑笑说:"其树同志的求实精神可贵,其兰同志的革命热情可嘉!"

谁知王建国这样一讲,焦其兰立即噘起嘴说:"王同志,你也是认为我好高骛远,不切实际,有点小资产阶级情调,是不是?"

"哈哈!这是你自己说的,我可没有这样说啊!"

"今后你就……怎么说的呢,噢,骑着毛驴看账本,走着瞧吧!"她又为自己刚学会这句歇后语而格格地笑了。

三

王建国离开焦家父女回到住地,见宿舍里坐着一个人,穿一身白洋布中式裤褂,手里拿着一把大折扇,抽着香烟,对着窗外张望。这个人的身影是那样熟悉,一时却想不起谁来,等走近一看,原来是去年在李景隆部队分手的宋鹤鸣。王建国赶紧上前握住对方的手,说:"哎呀!我以为谁呢,原来是你!啥时候来的?"

"我等你半天了。"宋鹤鸣笑道。

"你怎么知道我来南宫的?"王建国很惊奇。

"我到东进纵队司令部联系事情,听他们说你住在这里。"

"你现在在哪里?干什么事?"

"在冀县,还是干老行当。"

"在赵云祥部队?"

"对。现在赵云祥有两个旅,第一旅旅长是戴炳臣,第二旅旅长是周朝贵;我在炳臣那里当参议。"

王建国想起去年在李景隆部队时,宋鹤鸣就因为不满意参议这个虚职,后又无法去枣强收拢部队而离开的,可是混到今天,手中仍然没有一兵一卒,只不过是换了个部队当参议而已,所以便问:"怎么,你没有搞到部队?"

"难哪!老天不照顾,看来只能一辈子给别人帮忙了。"

第六章 南宫之行

"老宋，别灰心丧气呀！"

宋鹤鸣笑笑，突然凑近身子说："贤弟，你现在混得怎样？听说混得还可以。不过，共产党的饭不好吃，太不自由，你还是到炳臣那里去，咱们俩在一起干吧！我和炳臣说过，他欢迎你去。"

戴炳臣原是河北省交河县保安大队的大队副。"七七"事变以后，他的保安大队没有垮，随二十九军撤退后，又扩充了，最后投到赵云祥的门下，编为民军第一旅。赵云祥部队和八路军没有多少联系，口头上表示愿意合作抗日，但自恃手里掌握一把子人马，态度若即若离，时软时硬，从来不和八路军联合行动。王建国怎么可能到这样的部队去工作呢？所以摇摇头说："不，我不去。"

"为啥？我在炳臣面前保举你，他对你也很赏识，你去了会满意的。不然这样好不好？你先到冀县去看看，合适就留下，不合适再走嘛！"

王建国心想，到冀县去看看这个主意倒不坏，作为八路军的侦察科长，对各方面的情况都要了如指掌才好，所以便说："现在不像从前了，想来就来，想走就走，我若是要去，也得给领导说一声，经组织同意才行。"

"我说八路军就是规矩多，不自由。好吧，我先回去等你，你一定得想办法来！"

宋鹤鸣走后，王建国把情况向陈再道司令员作了汇报。陈司令沉吟一会说："你去看看也好。这个部队仗着自己有点力量，态度比较傲慢。我们把它当作友军看待，它就尾巴翘上了天。你既然有这个关系，去摸摸他们的情况，也可以做点统战工作。"

次日上午，王建国带两个骑兵通讯员离开南宫，顺着公路直奔冀县。到了那里，受到戴炳臣和宋鹤鸣的热情接待。晚上在旅司令部为他接风洗尘，摆了一桌子的酒菜。三杯下肚，脸红耳热，戴炳臣就开腔了：

"贤弟,你就别走了,留在我这里,在哪儿还不都是抗日?"

"是啊,是啊。"宋鹤鸣接着说,"眼下,赵司令要成立特务团,团长还没有人选;炳臣这里,缺参谋长;赵司令还打算成立一个教导队,教导队长也是空缺。贤弟,你愿意干啥,这几个缺就让你挑,怎么样?"

"这几个差使我都干不了。"王建国摇摇头说。

"有什么干不了的?我相帮你,炳臣兄也不是外人,都是自家兄弟,你怕啥?最主要的,从赵司令起,大家都盼望你能留在这里。常言道:天时不如地利,地利不如人和,你就占了人和这一条,为啥干不好呢?"宋鹤鸣劝道。

王建国和戴炳臣是初次见面,不想叫他过于扫兴,便说:"咱们再从长计议吧!"

第二天,戴炳臣亲自陪同王建国游览冀县古城,并参观他的部队。他们先来到城的西北角,这儿有一段"金鸡墙",在城墙这边轻轻敲击,那边就会发出咯咯咯好似鸡叫的声音。戴炳臣兴致勃勃地表演一番,得意地说:"金鸡报晓,天就要亮了,醒得最早、给天下司晨的该是我们冀县呀!"

在一旁作陪的宋鹤鸣也凑趣说:"昨晚我们讲天时地利人和,这又应着地利一条了。"

王建国只是笑笑,没有言语。

接着,参观了几处部队驻地。赵云祥的部队号称两万,实际上需要大大地打个折扣,不过五六千人。装备比较一般,有一些轻机枪,重机枪、迫击炮很少,弹药也不很充足。部队军纪很糟,王建国过去只是耳闻,今天可谓目睹,见到处都有三三两两的官兵,歪戴帽子趿拉着鞋,敞胸露怀,在街上闲逛;有的在馆子里猜拳行令,吵嘴骂娘,甚至酒醉以后寻衅闹事,大打出手。可是,几乎走遍了冀县县城,却没有见到一处在出操、上课的。

第六章 南宫之行

吃晚饭时，戴炳臣问王建国有何观感，他觉得一点不说也不好，就谈了些一般的印象，并表示向贵军学习到不少东西。戴炳臣忽然又说："贤弟，还是留下吧，在我这里当参谋长也行，保证亏待不了你。"

"我可干不了。"王建国连忙推辞说，"鹤鸣兄不是在这里帮你的忙吗？他是老行伍，有带兵治军的丰富经验，你有他这样的好助手，什么都不用愁了。"

"我是马勺上的苍蝇，混饭吃的。"宋鹤鸣笑道，"好在炳臣兄这里什么人都要，我也能混得下去。"

"你怎么能这样说？我是自己的人越多越好。"戴炳臣纠正他。

"我了解贤弟的心思，一心要抗日救国，对吧？"宋鹤鸣又对王建国说，"不过照我看，抗日就得手里有力量，武器要精良，光靠几条破枪，能成多大气候？"

王建国知道他是影射攻击八路军的武器差，装备落后，便正色道："不错，抗日需要有力量，但是最大的力量还是在人民群众之中。我们不论是扩充军队，还是筹集资财，军队的枪炮子弹、衣食住行，哪一点离得开群众的支援？所以，和群众打成一片，受到人民群众真心拥护的军队，才是最有力量的军队。"

"那是当然，那是当然。"他们两个连连点头说。

"可是，恕我直言。"王建国本想对他们作些开导工作，现在已开了头，便索性说了开去，"从赵司令起事以来，先是占威县，威县百姓有许多反映；后来到了冀县，人民群众中的不满之声，你们也可能时有耳闻。你们都是西北军出身，对冯玉祥先生当年治军的情况比我清楚。冯先生的国民一军在华北地区的影响比较好，战斗力比较强，一个很重要的原因，是部队纪律严明，注意和群众搞好关系。现在，赵司令未能很好保持冯先生的传统，放松了对部队的约束，而使扩军、供应都受到影响，这样怎么能壮大抗日力量呢？依兄弟愚见，今后部队要发展,要提高战斗力,在抗日救国事业中建立功勋,必须首先把部队的纪律整顿好。我讲这些话,是衷心希望二位仁兄能在抗战中建立功勋,成为国家的栋梁,人民的功臣,所以才这样不讲方式,直言相告,若有谬误之处,还望多多海涵!"

这一席话,把他俩说得面红耳赤,哑口无言,不知如何应答。过了好大一阵,戴炳臣才说:"整顿是要整顿,但是得慢慢来,不可操之过急,急了反而要坏事。"

"这点我自然能理解。"王建国说。

俗话说:话不投机半句多。王建国和宋鹤鸣虽然有一段时间堪称患难之交,两人的关系也比较密切,但是分道扬镳之后,已少有共同语言,王建国说了这些不投机的话语,大家就再也谈不下去,只有埋头吃饭,除了碗筷、杯盘之声,室内一片沉寂。

第二天一大早,王建国向他们告辞,他们并不挽留,只是说"今后多多联系",便把他送出城来。

王建国回到南宫,把了解到的情况向领导作了汇报,了却这桩临时差事,便骑马返回夏津去。

四

王建国回到部队不久,上级给独立旅的任务有了改变,不再过铁路去开辟冀鲁边区根据地,而是马上开赴南宫,和青年纵队合编。

青年纵队的前身是青年抗日义勇团。司令名叫段海洲,河北安平人,黄浦军校洛阳军分校毕业生,曾在张荫吾的四存中学担任过教官。抗战开始时,他以老家安平县为基地,招兵买马,迅速拉起了一支有几千人的队伍。一九三八年三月间,经过中国共产党艰苦细致的争取工作,段海洲同意把部队改编为八路军青年纵队,仍然由他担任司令员。改编以后,部队开到永年、曲周一带活动,后又移驻南宫。然而,这

第六章 南宫之行

支部队的成分比较复杂,多数是安平、武强一带的农民,也有一些市井无赖,地痞流氓,以及国民党军队的散兵游勇,因此军纪松弛,生活散漫。改编以后,虽然也派了一批政工人员进去,一时仍难以把部队巩固、控制住,许多官兵不受约束,逃亡现象非常严重,有时是整班、整排地开小差。于是,上级决定独立旅和青年纵队合并,想以老促新,以强带弱,尽快把这支新部队整顿好,巩固住。

经过几天行军,独立旅终于快要到达南宫了。

一天傍晚,部队刚宿下营来,老营长邵云臣突然出现在王建国的面前。

"老邵,你怎么来啦?"王建国又惊又喜,连忙拉住他的手问。

"我是来和你告别的。"

"怎么回事?"

邵云臣说,上级考虑他的年纪比较大,身体又不太好,难以适应紧张的部队生活,已经批准他请假回家休养的要求。为了照顾他,决定派一名通讯员,携带一支手枪、一支驳壳枪跟他回去。他真诚地说:"组织上为我考虑得很周到,我非常感激!"

"你还有什么事要我做的?你别客气,只管讲。"王建国说。

"我想换你的那匹马,你舍得吗?"他笑着问。

他们两人的马,都是在打赵山峰的战斗中缴获的。王建国的那匹白马,是一匹好走马,身长,脚细,膘肥,体壮,长得英俊威武,跑得既快又稳,谁见了谁爱,好多人愿意以优厚的条件和他换马,他都没有同意。现在,邵营长要退休回家了,他们俩过去一起带着部队投奔革命,又在一起战斗了很长时间,今天要分手,怎能拒绝他这一个最后的要求呢?所以便说:"你把我的马牵去吧,也是留个纪念!"

邵云臣高兴了,捋着胡子,眯起两眼,呵呵笑道:"贤弟,我算完成任务了,今后就看你们的啦!"

"你把这么多人交给了革命,尽到了你的责任,回家好好休息吧!我以后会去看你的。"王建国激动地说。

两人又说了些闲话,邵云臣正要起身告辞,又忽然问:"你知道吗?咱们的王政委王昌才开小差跑啦!"

"你听谁说的?"王建国问。

"下面好多人都这样说。老革命还开小差,这真是奇怪事。"

"说奇怪也不奇怪。"王建国笑笑道,"有的人在战场上经受住了考验,在金钱、女人面前就倒下了。王昌才在临清时,经常往妇救会那里钻,和个别女人关系暧昧,下面就有反映,我们为了维护他的威信,还做了工作,现在看来,群众的眼睛是雪亮的,当时反映的问题竟是真的。他是昨天在行军路上开的小差,说不定现在已经和那个女的到了临清了。"

"咱们打唐园时缴获的一些金条,也都叫他带走啦?"邵云臣问。

"我查问过,他没有交给组织。这些金条一直由他保存,把他的心熏黑了。"

"他妈的,这家伙也喝兵血!"邵云臣气愤地骂了一句,又说:"你忘啦?打李海、白堂时,你和他争辩了两句,他就拔出手枪来威胁,当时我就觉得这个人像军阀,和别的老革命不一样。"

"革命就像黄河、长江,虽然不断有些泥沙、石子在岸边沉淀、淤积,但决不会影响它激流滚滚,一泻千里!"

"贤弟说得对。今后我人虽回了家,但心仍要关心抗日,关心咱们的部队,要随着时代的潮流永远前进!"

夜渐渐深了,第二天还要继续行军,这两位忘年战友不得不握手告别。王建国把他送到村头,看着邵云臣骑上白马越走越远,最后完全消失在黑暗里。

独立旅到达南宫城郊指定地区住下后,就和青年纵队开展联欢活

第六章 南宫之行

动，互相走访，互相取经，积极开展合编的准备工作。不久，上级关于合编的命令正式下达。合编以后仍然叫青年纵队，段海洲任司令，徐深吉任副司令，李聚奎任政委，卜盛光任参谋长。领导机构也合并办公。王建国的侦察科增加了参谋、测绘员，还有十多个侦察员，从此，他就不再是光杆司令了。

一天，纵队政委李聚奎突然把王建国叫去，布置一项紧急任务。他的湖南口音很重，说话不好懂，说了几遍，也不明白他的意思，没有办法，王建国便说："政委，你写一写好吗？"李聚奎笑着点点头，拿起铅笔写道："二团三连的连长今晚要带部队逃跑，你去调查处理。"王建国立即带一个参谋来到二团，见到团政委刘复胜，说明了来意，刘复胜说："有人报告，情况可靠。"并问如何处理。王建国让他把三连长叫到团部来，先同他谈谈再说，刘政委同意了。不大一会，那位连长来了，二十几岁，歪戴着军帽，军服倒很整洁，脚上穿着漆黑的马靴，很有点青年军官的派头。王建国叫他坐下后，问道："最近连队情况怎样？"

"很好呀，一切正常！"他坦然答道。

"最近你有什么活动？"

"活动？什么活动？没有。"

"不是吧！是不是觉得八路军的纪律太严，有点吃不消，想自由行动，把部队拉出去打游击？"

"没……没有啊！"他矢口否认。

"那你为什么通知半夜里紧急集合？"

"紧急集合是正常的军事训练。"

"王连长，你单独发布自己的口令也正常吗？"王建国突然厉声问。

他把头一低，面色苍白，不吭声了。

"段司令、李政委请你去谈话。"王建国说。

"好吧。"他自知事情已经败露,无可奈何地站起身来,跟着走了。

在王建国和三连长谈话的同时,刘复胜政委带了干部赶到连队,进行细致的思想工作。当夜,除少数人逃亡外,这个连基本上保存了下来。

合编以后,一二九师副师长徐向前给全纵连以上干部讲了一次话。他指出,"七七"事变以来,敌后形势发展很快,我们的队伍不断壮大,根据地日益巩固,只要我们坚持党中央的正确方针,独立自主地开展游击战争,抗战的形势一定会越来越好。他号召青年纵队的官兵加强团结,互相帮助,互相学习,继承、发扬老红军的光荣传统,严格遵守群众纪律,和人民群众保持良好的鱼水关系,这样就能无往而不胜。

会后,举行会餐。就在村外的树林里,大家席地而坐,用盆子端上菜来,边吃边谈,气氛融洽而热烈。徐向前副师长说:"菜一端上来,你们就猛打猛冲,消灭得越彻底越好!"首长一声令下,大家积极响应,不管三七二十一,大口咬馍,大块吃肉,一齐狼吞虎咽起来。只有段海洲司令一人,还保持他的一贯作风,不苟言笑,细嚼慢咽,真像是在参加什么宴会呢。

第七章 豫北侦察

一

向南，向南，一直向南！

从南宫出发，经过几天的连续行军，青年纵队的一万多人马，聚集在漳河北岸以秤钩湾为中心的几个村子里。过去，这里是惯匪郭清盘踞的地方。他们凭着手中有枪，在光天化日之下劫道绑架，杀人越货，闹得这一带天昏地暗，道路几乎断绝行人。不久以前，陈再道司令员率领东进纵队来到这里，消灭了郭清土匪部队，郭清本人带着少数人渡过漳河，逃到河南安阳地区去了。于是，冀南抗日根据地又得到进一步的扩大和巩固。在这次战斗中，东进纵队作战科长肖建友光荣牺牲，副营长刘武兴幸免于难，敌人的子弹没有穿透他腰带的铜扣，卡在那里了，他拔出滚烫的弹头，身上只留下轻微的擦伤。

东进纵队打跑了郭清，为青年纵队南下开辟豫北根据地扫清前进道路上的障碍，所以青年纵队很顺利地推进到漳河北岸。

乌云笼罩着宽阔的漳河。一连下了好几天大雨，河里涨满了浑浊的洪水，日夜汹涌着，咆哮着，奔泻而去。侦察科长王建国伫立河边，越过四五百米宽的河面，眺望着隐没在白茫茫雨雾中的对岸的树木、庄稼以及远处的村庄，脑子里幻现出一幅千军万马渡河的壮丽画面。

俗话说：近怕鬼，远怕水。这些从远方来的人，不了解地势，弄不清水情，当然不敢轻易徒涉过河。部队刚到时，纵队首长指示抓紧时间侦察渡口，寻找渡船。可是找了很久，只找到两只小船，根本不解决问题。怎么办？只有重新侦察渡河点，测量河水深度，水流速度，以便部队及时、安全地徒涉过河。

王建国到工兵连挑选了十几个水性较好的战士，组织他们分多路下水，探测水深、流速以及河床土质等情况。他自己也乘马下水探测。他知道，马会游水，水流再深、再急，都淹不死它。他稳稳地骑在马背上，向中流淌去，走不多远，遇到一个很深的陷坑，马失前蹄，人和马都栽到漩涡里去了。他紧紧抓住马笼头，借助马的浮力，才露出水面，然而已浑身湿透。就这样，经过大家齐心协力，在河里来回趟着，测量了大半天，终于找出几条可以徒涉的渡河路线，逐一插上标杆，作好明显的识别标记。

现在，一切准备工作都已完成，只等首长一声令下，全纵的人马就要踏破漳河汹涌的波涛，向豫北挺进了。

中午，青纵侦察科的测绘员陈文蔚和赵卜之，正在专心绘制渡河行军路线图，外面突然传来一阵防空号音，接着，敌人飞机的马达声也能听到了，王建国出去一看，见日寇的一架轰炸机，从安阳方向飞来，到秤钩湾上空，就绕开了圈子。这时，部队早已按计划疏散隐蔽在田野里、树林里，这一带顿时成了"无人区"，敌机没有发现什么目标，盲目扫射一通，飞走了。王建国回到屋里，见两个小鬼正钻在一张方桌底下，趴在地上画图呢。他看了忍不住好笑，说：

"出什么洋相？钻到桌子底下就能躲避炸弹了？"

"防空号叫大家防空，也得应付一下，我们这样既防了空，又绘了图，两头都不耽误！"陈文蔚说得大家都笑了。

敌机飞走后不久，部队开始渡河。从上游到下游，几个渡河点秩序井然，依次下水，奔腾的河水中出现了一条条逶迤的长龙，场面异常壮观。最近处,是一队后勤人员在过河,战士们肩挑背扛,小心翼翼地负重涉水。有个背行军锅的战士稍一不慎,滑倒在水里,背上的行军锅像只小船把他托住,顺水漂流,等他挣扎站起,已经离开队伍十几米远了。再远处,一队牲口要渡河。大多数骡马都很温顺驯服,跟着自己的主人涉水而过,有匹骡子却犟性大作,任凭驭手拉它,推它,打它,就是不愿下水,后来把它和别的牲口拴在一起,在那些牲口的带动下,才壮起胆子下水过河。

徒涉是顺利的。如果不出现意外情况,两个多小时就可以全部渡毕。可是过了不久,河岸上又响起防空号,部队只得停止抢渡,在两岸的青纱帐里隐蔽起来。这时,从安阳方向又飞来一架敌机,嗡嗡哼着,飞到上空,大概发现了我军的渡河人员,突然把头一低,俯冲扫射起来,接着又翻上滚下地扔炸弹,漳河水面发出震耳的巨响,激起冲天的水柱。对空射击的人员架起机枪朝敌机开火,一串串子弹追逐着敌机,敌机也不敢再肆无忌惮地低飞了,马上升高,在下游的渡口投下两颗炸弹,然后朝安阳飞去。

敌机的影子刚消失在远处的云层里,漳河两岸又沸腾起来。

二

渡过漳河,部队直扑回隆镇。

回隆镇,是个非常奇特的地方,地处两省(河北省、河南省)四县(临漳、安阳、内黄、大名)加一州(河南濮阳旧称开州)的交界,是个谁也不愿管,谁都管不了的地方。人们说,街北打死了人,河北省的官员来验尸办案,凶手把尸首往街南一挪,就该由河南省来管,河北省就无权干涉、也不想干涉了。因此,这里成了藏污纳垢之所,歹徒麇集之地,抢劫、贩毒、赌博、卖淫等罪恶活动根本不避人耳目,在光天化日之下猖獗泛滥。这里有一股地方顽固势力,既是官,又是匪,还是民，三位一体，不好对付。他们控制着地方权力，平时化整为零，各自携带武器住在家里，一旦有事就集中起来，打家劫舍，什么坏事都干。他们的头目就住在回隆镇上，名字叫做程希梦。青年纵队这次挺进豫北，首先就要占领回隆镇，站稳脚跟，因此必须把这股地方顽固势力解决掉。

王建国率领侦察队员们走在通向回隆镇的路上。走在最前面的，是三个携带短枪、骑自行车的侦察员，王建国骑马走在后面，相距不过里把路。乡间的土路蜿蜒曲折，两边是密不透风的青纱帐，王建国不敢有丝毫麻痹大意，手握着枪，大张机头，紧张地向两边张望，提防有人突然钻出来打闷棍。大概离回隆镇不远了，三个侦察员却骑车往回跑，王建国吃了一惊，赶紧问："有什么情况？"

他们跳下车来，其中一人说："我们的枪，叫那些老百姓下了。"

王建国一听就火了，批评说："连自己的枪都看不住，你们还算啥侦察员？你们的警惕性到哪里去啦？"

"他们人多，又是突然从高粱地里钻出来的……"

"有多少人？带什么武器？"

"十来个人，多数拿的短枪，有两支长枪。"

王建国知道，对方人多势众，和老百姓几乎没有区别，冷不防地出现在面前，是不大好防备的，所以也就不再批评，只是暗暗地说：回隆镇真是名不虚传，我们刚到，就给来个下马威啊！于是，嘱咐大家提高警惕，继续前进。

前面出现一座小镇，四周的土围子很高，像是坚固的城堡，但围子外面房舍颓败，树木稀疏，街上行人很少，显得有点荒凉。他们伏在附近的青纱帐里观察了许久，没有发现有敌对的武装，王建国一招手，侦察员们便迅速向回隆镇走去。

在西街口，他们向两个老乡打听情况。老乡说，程希梦是这个镇

第七章 豫北侦察

上数得着的头面人物，他早就听说从漳河北边过来了大部队，也弄不清是八路军还是中央军，便通知所有带枪的人都把枪插起来，在家里听候命令，他自己也很少出门。在老乡的指点下，王建国等便直奔程希梦的家去。

他们穿过十字街口，向北拐弯走不多远，就进了路西一座高大的门楼。里面是座宽敞的四合院，东西什物放得井井有条，收拾得干干净净，说明主人是个能干、精明的角色。王建国正想喊人，一个身板高大、壮实的老汉急匆匆地从屋里跑了出来。

"你是程希梦吗？"

"程希梦就是敝人，老总。"

"我们有事找你。"

"老总只管吩咐。贵军来了，有失远迎，请多多原谅！"

"你的人已经去迎接了，不过，我们不需要这样的迎接。"

"怎么回事？老总。"

"在你们镇子的西北面，我们丢掉三支驳壳枪，请你帮我们找回来。不知是哪里的歹徒，大白天竟敢抢夺军队的武器，胆子还真不小。"

"真有这样的事？"他表示很是惊奇。

"不会冤枉你们的。"王建国毫不客气地说，"下别的军队的枪，你们可能是家常便饭，不算一回事，可我们是八路军，打鬼子的队伍，找茬找到我们头上，那是找错了门。"

"老总息怒，一定是误会了。"程希梦连忙解释。

"误会也好，不是误会也好，你赶快把枪给我找回来。"

"枪号是多少？"

王建国竟被他问住了。丢枪的侦察员不在身旁，一时答不上来，心中暗想：别看这家伙一身老百姓打扮，像个庄稼汉，还真是个有经验的行家呢。王建国只得含糊地答道："你去查吧，不会有错的。"

"枪要是在附近丢的，那好办，我一定想办法帮老总们找回来。"

"好吧，我们就在这里等。"

他见这些八路不走了，愣了一下，但是黑黑的布满皱纹的脸马上又堆下笑来，点头哈腰地说："老总，请到屋里坐，稍等片刻，我出去打听打听就来。"

屋里的陈设并不讲究。北墙上贴了一张关圣帝君的画像，红脸长髯，手捧《春秋》，是根据《三国演义》里的故事画的。画像下面，是一张红漆长条桌，上面放着香炉、烛台等物。对关羽的崇敬，大概反映了主人的尚武精神吧。靠东墙摆了一张八仙桌，几张木椅，一张藤躺椅；桌上只有一本账本似的册子，别无他物。王建国随手拿起来翻了一下，见每一页的上行写着人名，下行写着枪名、枪号，原来是他的一本花名册。这真是一个意外发现，便坐下仔细地看起来，并把一些重要内容默记在心，看完后，仍把它放在原处。

同来的几个侦察员等得有点不耐烦，甚至怀疑程希梦会不会脚底板擦油，溜了。但是他的家里有人，在别的屋里走动，只是不敢过来，所以王建国想，跑得了和尚跑不了庙，他会回来的。果然，大约过了一个多小时，程希梦手里提了三支驳壳枪，急匆匆地赶回来，一进门就说："实在抱歉！有些人不知天高地厚，竟然抢夺贵军的枪，真是胡闹。我已经教训了他们，请老总多多原谅！"

王建国接过枪支，验明正是刚才丢失的，便没有再说什么。临走的时候，对程希梦说，我们的大部队马上就到，在镇上要住些时候，八路军欢迎一切真心抗日的朋友，坚决反对破坏抗战、祸害百姓的行为，希望能好自为之。

程希梦把他们送到门口，不住地点头说："敝人拥护贵军抗日！坚决拥护贵军抗日！"

青年纵队把小小的回隆镇住得满满的。程希梦看在眼里，主动找王建国联系，要向八路军上缴武器。他说，过去回隆镇没有驻军，他不得已才出来维持地方治安，如今就没有必要再保存这些武器了。青纵首长对他的举动表示欢迎，对他过去的所作所为也就不再追究。

八路军占领回隆镇后，便准备攻打楚旺。楚旺是道楚铁路的终点，卫河从这里流过，是个水陆码头，物资集散中心，在棉花、花生上市的时候，更显得繁荣。这里住着一股土顽，自知力量悬殊，不是八路军的对手，便派人前来联系归顺投诚，所以青年纵队兵不刃血，就顺利占领了楚旺。

内黄是座空城，青年纵队进驻楚旺以后，乘胜长驱直入，把内黄这座县城也置于掌控之中。

然而，楚旺西南有一片地方，大大小小十三个村子，村名的最后都有"太保"二字，故号称"十三太保"，旁边还有个柳园村，这些地方为几股顽匪盘踞，他们不抗日，专扰民，对八路军的行动进行阻挠、捣乱，于是，纵队首长决定派部队去肃清匪患。经过几次战斗，这些顽匪逃的逃，散的散，降的降，很快便彻底瓦解了。

从此，豫北地区的形势大变，战委会、青救会、妇救会等群众团体纷纷建立起来，减租减息活动逐渐开展，这个一向十分落后的地区，终于掀起了团结抗日的高潮。

三

有一天，王建国心事重重地走出驻在楚旺的青年纵队司令部。徐深吉副司令员刚才说的话，还在他的耳边萦回。

"有一个新的重要任务，需要你尽快想办法去完成！"徐深吉虽然是用他惯常的轻声细语的方式开始这次谈话的，但从他严肃的神情里，王建国已经感到任务的重要和艰巨。果然，他仍不紧不慢地说："咱们进入豫北地区，局面已经初步打开，但根据地还要继续巩固、扩大。

在咱们南边的浚县、滑县一带,有一股土匪部队,人数不少,大概有四五千人,司令叫胡全录,这个人思想反动,和日伪军勾勾搭搭,对共产党、八路军却抱敌视态度。纵队党委研究决定,必须把这个钉子拔掉。可是,我们对胡全录的情况知道得很少,连他的司令部设在哪里也搞不清楚。所以,你要在三四天内,把敌人的兵力部署情况调查清楚,我们好制定作战方案,争取把这股土匪部队一网打尽,全部消灭。"

王建国丝毫没有犹豫就把任务接受下来,但怎样去完成,心中却一点底也没有。因为不论浚县还是滑县,都是人地生疏,两眼漆黑,这会给侦察工作带来意想不到的困难。当他从司令部出来,仍是紧皱双眉,心事重重。

"老王,上哪去?"

突然有人叫他,抬头一看,原来是楚旺武委会主任。这是一个二十五六岁的青年人,地下党员,对豫北地区的情况比较熟悉,所以王建国马上拉他到僻静处,小声问:"向你打听一件事:浚县、滑县一带有没有咱们的地下党?"

"有没有,不清楚,可能没有。"他含糊地说。

"有没有党员?"

"从前有一个,抗战一开始他就走了,到延安抗日军政大学去学习,说是毕业后还要回来的。"

"他家呢,他的家在哪里?有亲属吗?"

"他的家在浚县乡下,他姓宋,父亲就在浚县衙门干事,好像是当什么科长的。"

"真的?"王建国简直喜出望外了,又问:"你再想想,他父亲叫什么名字?有什么特征?"

"他父亲叫宋敏修,还有个雅号,叫好古,人们都叫他好古先生。"

"他的为人怎样?我指的是政治态度方面,比如对咱们,对抗

第七章 豫北侦察

日……"

"这就说不上了。"

武委会主任摇头表示抱歉，王建国却对意外收获感到满意。他决定顺藤摸瓜，沿着这条线索走下去。回到司令部，便以青年纵队的名义给宋敏修写了一封信，盖上关防，揣在怀里，第二天一早就换上便衣，骑车出发了。

下午来到井店，和当地的党组织接上头，进一步打听浚县、滑县两地敌人的情况。他们建议王建国不要骑自行车，因为骑车显眼，且不安全，如果遇到土匪，为了抢车而对人下毒手，是常有的事。王建国接受他们的劝告，把车子存放在井店，第二天早晨就迈开两条腿步行前往。

天上没有云彩，地上没有风，当空的烈日像在喷火，王建国走得唇干舌燥，汗流浃背。中午，来到了浚县的北关。他见离城门不远处有一爿小茶馆，就走进去歇脚，泡上一壶茶，一边喝着，一边瞅那城门洞口的动静。

城门没有大开，有半扇门是关闭的，开的半边外面也堆着沙包，有四五个站岗的，穿军装的扛着枪，两个穿便衣的拿着梭标。对进出城门的人，检查得很严格，一律要看证件，进行盘问，甚至叫解开衣服搜身。只有一些和哨兵熟识的，到那里点点头，就大模大样地进去了。

王建国坐在茶馆里，一杯又一杯地喝着茶，表面上不动声色，脑子里却在紧张地思考，怎样才能混进城去。青年纵队给宋敏修的信，他早已缝在单衫的后襟里，一般不容易被查出，但是自己没有证件，且不会说本地话，一旦被敌人看出破绽，人被扣住，岂不麻烦？即使不被扣住，敌人不让进城，任务也没法完成呀！正在无计可施时，王建国见有个推车的老汉从北面走来，他的车上装了满满两筐香瓜，小车吱呀吱呀地叫着，老汉弯腰躬背，推得非常吃力。王建国见机会来了，马上站起身，疾步走出茶馆，来到推车老汉的面前，和气地说："老大爷，你进城卖瓜？"

"嗯。"老汉以为要买他的瓜，便把车子停下来。

"有绳子吗？我帮你拉一段路。"

"那哪能行？"

"不碍事，你是推车的，我是玩八股绳的（挑筐做小买卖的），一家人，不要客气。"没等老汉答应，王建国就从车上解下一根绳子，栓在车梁上，一头拉在手里，说："老大爷，咱们走吧！"

两人一个推，一个拉，小车吱呀吱呀地叫着，向城门洞走来。那几个站岗的见来了一车香瓜，眼睛瞪得溜圆，嘴里几乎要淌出口水来。一个哨兵老远就笑着说："是进城卖的吧！这样的大热天，准能卖个好价钱。"

老汉似乎也熟悉这里的规矩，到了跟前，主动把小车停下，从筐里挑了七八个大香瓜，用秤盘恭恭敬敬地送到哨兵面前，点头作揖地说："老总们，尝尝吧，甜着呢！"

哨兵们一齐围上来，抓起瓜就啃，边吃边说："好，好，走吧，走吧。"

老汉推起车，王建国拉紧绳，不慌不忙地朝城里走去。

进城后又走一段路，前面即是闹市，老汉不让王建国再拉，并要送个香瓜给他吃，他谢绝了，老汉不满地嘟囔着："看你这人！该吃的请都不吃，不该吃的，不给吃还不行！"

王建国告别卖瓜老汉，朝县衙门走去。他走进衙门对面的一家小饭馆，打算吃点东西，看看情况，然后再去找那位宋科长。

他在临街靠窗的一个座位上坐下来，要了一碟盐水花生米，二两白酒，独自品味起来。因为已经过了午饭时间，店里的客人不多，乱哄哄的苍蝇倒不少。王建国向窗外看去，见一队当兵的从街上走过，队伍还算整齐。店伙计过来问他要几个馍，他摇摇手说"不急"，顺

第七章 豫北侦察

手拉张凳子叫伙计坐下，便闲聊起来。

"店里的生意咋样，不错吧？"王建国递给他一支香烟，自己也点了一根。

"好啥！"他双手接过烟说，"这兵荒马乱的年月，生意难做。"

"你们的店开在县衙门门口，生意还不好做，别处就更没有办法了。"

"唉，这叫一家不知一家难哪！"他猛吸一口烟说。

"你们常给衙门里当官的送饭？"

"饭倒常送。"

"他们有的是钱，不会赊账吧。"

"这就要看给谁送饭了，有的当面付钱，还赏小费；有的要欠账，过时再还；也有的一钱不给，专吃白食的。"

"有这样的人？兔子不吃窝边草，对你们还不照顾点？"

"兔子吃不到远处的草，照样吃窝边的草。"他环顾一下周围，压低声音说："自从北边来了八路，这些人吓得城门都不敢出，尽靠吃窝边草过日子呢。我看那也是兔子的尾巴长不了啦！"

"噢，这就难办了。"王建国同情地说，"衙门里有个宋科长，你认识吗？"

"你说的是宋敏修、好古先生？认得认得，这是个好人，规规矩矩，和和气气，一点架子都没有，也从来不欠账，要了客饭都是当场付钱，小费给得也多。你认识好古先生？"

"不，我的一个熟人认识他。他在家吗？"

"在的。今天早晨我还看见他呢。"

吃完午饭，王建国从小饭馆里出来，穿过马路，直奔县政府大门口走去。走进传达室，说有事要见宋敏修科长。传达室的人叫他坐下等着，进去通报了。

不大一会，从通向里院的石子甬道上走过来一个人，中等身材，上身穿件白绸中式单褂，下身是浅灰西式裤子，步履急促，身子微微有些摇晃。他走到跟前，见找他的是个陌生人，怔了一下，王建国赶紧迎上去说："你是宋科长吗？"

"敝人就是宋敏修。你从哪里来？"他警惕地打量着。

"我从你儿子那里来，给你捎了几句话。"

"啊？"他吃惊地瞪大两眼，很快又说，"好，走吧，到我宿舍去谈。"

宋敏修把王建国领到一间不大的单人卧室，小心地掩上门，关上窗，而后请坐，递烟，沏茶。王建国从单衣后襟里取出青年纵队的信，交给了他。他默默地、仔细地看了两遍，随即擦根火柴，把信点燃。他显然十分紧张，烧信的时候，手颤抖得火苗跳动不已。他大概觉得关着窗子说话容易引人注意，又轻轻地推开窗子，说了声："天气真热！"

"宋科长，你儿子到延安后，进入抗日军政大学学习，表现不错，身体也好，学习快要结束了，可能不久就会回到前方来工作。"

他听了很高兴，小声说："孩子走后，一直没有来信，也不晓得他到哪里去了。现在既然有信来，走上了正路，我也就放心了。"

"说不定你们父子很快就会见面的。"

"那就太好了。在这离乱的年月，我还不敢存此奢望，只盼大家都能平安。"他高兴地说，"王先生，你大老远跑来，就在我这里住下，休息数日再走。"

"不，我这次来另有任务，想见见胡全录司令。"

"你要见胡司令？"他大为吃惊，几乎不相信自己的耳朵。

"对。我们的部队要过来，叫我先来取得联系，免得将来发生误会，伤了和气。"

"胡全录不住在这里，住在道口，恐怕不容易见到他。他对八路军的成见很深，多次表示决不同八路军联合。他和日伪军虽表面上没

第七章 豫北侦察

有什么来往,却是河水不犯井水,和平相处。"

"他究竟有多少人?"王建国问。

"他号称五千,实际上不过三千多人,我们县每次按五千人送的白面馍,他们吃不了,大批拿到街上来卖,老百姓见了很有意见。"

"他的部队都住在哪里?"王建国又问。

"番号是五个团,住在浚县、滑县、道口三地,司令部设在道口,主力部队也都住在那里,我们浚县城里只有一个团,不到一千人。"

"部队的装备怎样?修了些什么工事?"

"这个我不大懂。不过据我看,武器并不怎样好,许多枪支是从民间搜集来的,驻道口的部队好像有几门小炮,别的部队至多有几门机关枪。"

第二天,王建国到浚县城内各处转了转,实地观察敌人的兵力布署。所得的印象,和宋敏修讲的大致相同。第三天清晨,他便告辞返回。宋敏修怕他出不了城,亲自送出北门,目送他走了好远才回去。

王建国当天赶到井店,第二天骑车回楚旺,把侦察得来的情况向纵队首长作了详细的汇报。

青年纵队首长经过反复研究,认为要打开豫北的抗日局面,必须扫除这股顽匪。于是,部队积极进行战斗的准备。这些情况很快传到胡全录的耳朵里,这个土匪头子十分狡猾,发觉情况不妙,未等八路军行动,就弃城逃窜,逃往汲县、延津一带去了。

八路军占领浚县、滑县、道口以后,深入开展抗日宣传,建立救亡组织,并发动群众破坏了道(口)楚(旺)、道(口)汲(县)铁路,以迟滞和阻挠日寇对豫北的进犯。从此,漳河以南,安阳、新乡以东的豫北地区,作为和冀南根据地比邻的又一抗日根据地,终于建立起来。

第八章　争夺南宫

一

一行行大雁，排着整齐的队列，掠过湛蓝的天空，向南方飞去。

在收完秋庄稼的褐色平原上，一支浩浩荡荡的队伍，正日夜兼程地向北方开进。它，就是八路军青年纵队的队伍。

一九三八年十月，武汉失守。侵略者逐渐停止了正面战场的战略性进攻，将其主要军事力量移到敌后根据地，集中力量对付使它越来越感到头疼的八路军、新四军和根据地的抗日群众。就在这时，战斗在豫北地区的青年纵队接到上级的命令，迅速返回冀南，参加保卫冀南根据地的战斗。于是，青年纵队将豫北根据地移交给兄弟部队六八八团，即回师北上。

十月下旬，青年纵队回到阔别两个多月的冀南，驻在巨鹿以西的邢家湾一带。

冀南根据地是青纵的老家，战士们对它的一山一水，一草一木，都怀有无比深厚的感情。当青纵重回它的怀抱时，这块平原根据地比从前更加巩固、更加扩大了。它北靠石德线，西抵平汉路，东依卫河，南临漳水，全区约有三十个县，大家最熟知的巨鹿、广宗、威县、清河、南宫等县，是根据地的中心区域。人们更难忘记的是，在中心区域广、威、巨、南诸县的交界处，有一大片沙丘地，东西二十余里，南北三十余里，

第八章 争夺南宫

不大长庄稼，平原上的庄户人爱惜土地，怎舍得让它荒芜，便种上桃树、梨树、杏树、李树、枣树、沙果等，连绵不断，枝繁叶茂，春天花团锦簇，夏天浓荫蔽日，秋天果实累累，冬天雾霭沉沉，真是一片好处所啊！老百姓称它为"沙行子"。在沙行子里，还有草楼、杜庄、杨庄、核桃园等几个大小不一的村子。事变以来，这里成了开展平原游击战争最理想的地方，冀南的部队把医院、兵工厂、被服厂等后勤单位，多半放在这里，沙行子成了八路军隐蔽的后方基地。

回到冀南不久，上级决定以青年纵队为核心，加上冀豫支队的两个团和骑兵大队，组成一个保卫冀南根据地的青纵临战集团。部队集中在南宫、巨鹿以西地区，沿滏阳河进行活动，防备平汉路的日寇进攻根据地的中心地区。这个临战集团由青纵徐深吉副司令负责指挥，李聚奎担任政治委员。

这里要交代一下青年纵队司令员段海洲的去向。段海洲虽然把他的人交给了八路军，却没有把心交给八路军。自从部队合编以后，他始终闷闷不乐，郁郁寡欢，像一滴水掉到了油里，和同志们总是格格不入，无法融洽相处。在青年纵队从豫北返回冀南的路上，他不顾新任务的繁重、紧急，毅然向一二九师首长请假，要求回安平老家探亲。他的假期满了，不见他回来，纵队首长派人去接他，他却写了一封表示要"请长假"的信，交给去接他的人捎回来。八路军为了争取他共同抗日，以一二九师刘（伯承）邓（小平）首长的名义写信请他回来，他仍然不归。最后，又以八路军最高领导朱（德）彭（德怀）首长的名义去函表示诚挚挽留，然而，他只是把回家时带的随从人员、枪支和马匹送了回来，表示自己去意已决，从此和八路军割断一切联系。人各有志，牛不喝水怎能强按头？既然如此，也只有听之任之了。但是，他却以小人之心度君子之腹，怕住在家里不安全，不久就去了天津，后受石友三的兄弟石友信的拉拢，到他那里当了个教导大队的大队长。

徐深吉副司令担负起统一指挥临战集团的重任,指示侦察科要加强对平汉铁路敌人运输情况的侦察,密切关注日本侵略军的动向。当时,侦察的重点是邢台、内丘、高邑三个车站,很快发现日寇兵力调动频繁,一列列兵车由南开来,一部分队伍在邢台、内丘、鸭鸽营等站下了车,其余的列车仍然满载着凶神恶煞似的鬼子兵,继续风驰电掣般地向北开去。山雨欲来风满楼,大战之前的气氛越来越浓了。

一天,王建国正在侦察科汇集敌情,派往内丘的侦察员回来报告了一个紧急情况:日寇出动了一百多辆汽车,沿乡村土路开来,有经过牛家桥进占南宫之势。过了不久,去邢台方向侦察的人员也回来说:鬼子出城了,有四五十辆汽车,正向邢家湾开来,看样子要占领巨鹿。

两地敌人同时出动重兵,成钳形攻势向冀南根据地腹地进击,这是非常重要的情报,王建国一分钟都不敢耽误,马上去见徐副司令,向他作了报告。徐副司令当即指示说:"你们派得力人员继续侦察,严密监视敌人,有情况及时向我报告。"他又对身旁的作战科长指示说:"通知二团作好准备,随时投入战斗。马上召开军政委员会,研究对敌作战方案。"

无疑,敌情是十分严重的。会议的气氛也显得有点沉重。大家明白,在一望无际、道路四通八达的平原上,青纵还没有和大批摩托化敌人交过手,缺乏这方面的经验,战斗决心真不好下。然而,情况紧急,时间有限,不允许深思熟虑,从长计议。大家沉默片刻,便纷纷发言。发言中,很快出现两种不同的意见,甚至互相争论起来。

一种意见认为:敌人是采取长驱直入的战术,向我根据地进行试探性进攻,它必然会孤军深入,为我军打击敌人提供了有利条件;然而敌人开始兵力比较集中,武器装备较好,而且乘坐汽车,机动性大,这又是对我军的不利因素。我们虽然集中了六七个团的兵力,但新部队较多,在平原上还是初次同日寇作战,只能打胜,不能打败,所以

第八章 争夺南宫

不宜硬拼。可是，不打不行，不打会挫伤部队的战斗积极性，在人民群众中也会造成不好的影响，因此，主张使用主力团和骑兵大队，依托滏阳河阻击从朱家桥东来之敌，并沿途设伏，不断消耗其有生力量，最后择机消灭孤军深入而又疲惫不堪之敌。

另一种意见认为：两处敌人同时出动，是有组织、有计划地进攻我根据地的重大行动，来势凶猛，我军应该避其锋芒，不与之战。敌人占领南宫、巨鹿之后，发觉是座空城，必定会出城寻我主力作战，到那时我们再选择有利时机、有利地形，不间断地骚扰它，使它疲于应付，再狠狠打击它。

徐深吉开始是倾向第一种意见的。但是，经过激烈的争论，第二种意见占了上风。因为当时不少指挥员虽在山地同日寇作过战，在平原上却顾虑两条腿跑不过汽车的四个轮子，怕战斗失利后不好收拾，因而主张稳一点。在这样的情况下，徐副司令最后作会议结论，同意了多数同志的意见，即不正面迎敌，部队立即向东面的沙行子转移。

漆黑的夜。锅底似的天空紧扣着黑沉沉的大地。田野、树木、村庄、河流，都消失在夜的帷幕里，微弱的星光偶然从云隙间漏出，闪烁了一下，又悄然隐去。队伍顺着田间的小路向东走，没有灯光，没有笑语，没有歌声，只有刷刷的脚步声，武器的磕碰声，和偶然传出的低沉的咳嗽声。

"灯光！"队伍里突然有人惊呼。

大家向北望去，只见在漆黑的夜色里，突然出现一盏雪亮耀眼的灯，这灯像明晃晃的大火球，缓缓地向东移动，接着，两盏、三盏、十盏、二十盏、七十盏、八十盏……越来越多，越排越密，那么整齐，那么明亮，像是一串璀璨夺目的明珠，又像是一条逶迤游动的火龙，给平原的夜空增添了多么耀眼的亮色啊！

"这是敌人的车队！"队伍里又有人叫道。

大家猛然醒悟过来。转眼间，车灯已经增加到二百多盏，在队伍左翼十余里通向南宫的公路上向前移动。这说明敌人一改白天出动的惯例，也抓紧时间连夜调动，妄图给我以迅雷不及掩耳的打击。此时，在战士们的眼里，那些灯光再也不迷人了，它是危险的信号，死神的眼睛，大家似乎已听到马达的轰鸣和鬼子的狞笑。此时队伍里更加肃静，既无声响，更无火光，只怕一旦被敌人发觉，这条火的毒蛇会掉转头向这里扑来。

就这样，八路军和日寇同在平原上夜间行军，相距不远，擦肩而过，直到东方露出晨曦，日寇进了南宫城，八路军也走进了笼罩着淡淡寒雾的沙行子。

二

日寇没有遇到有力的抵抗，没有遭受什么损失，轻而易举地占领了南宫。群众中就传出一些议论来："这么多八路军住在这里，遇到鬼子一枪未放，像耗子见了猫似的都跑了，难道就是这样打游击战？"

一二九师师部也来电询问：敌人进攻南宫，你们出于何种考虑没有打？这样对开展敌后斗争是否有利？

面对群众的舆论，上级的质询，再加上基层干部、战士的埋怨，纵队领导自然会感到有巨大的压力。徐深吉提议再次召开军政委员会，总结这次军事行动的经验教训，研究如何有力打击侵占南宫之敌，挽回不良影响。会议认为，敌人虽然占了南宫，但是斗争刚刚开始，我们要想尽办法袭扰它，拖疲它，消耗它，直至消灭它。

于是，每天夜间都派部队去袭击敌人，或是朝城里打枪，或是摸城外的哨所，鬼子弄不清情况，惊恐异常，用轻、重机枪盲目射击，往往从黄昏打到天明，一夜不停，其实八路军的小分队早已撤出战斗，安全返回驻地了。

第八章 争夺南宫

同时,全纵排以上干部集合在一起,演练攻城、巷战的战术和技术,积极作攻打南宫的准备。同志们纷纷表示:要争一口气,把南宫从鬼子手里夺回来。

日寇占领南宫以后,几乎日夜未能安宁,大约过了八九天,又突然坐上卡车,弃城向石家庄方向撤退了。青纵得知这一消息,立即派部队追击,企图趁敌人在运动中狠揍它一顿,消灭其有生力量,也可挽回南宫失守时造成的不良影响。可是毕竟两条腿撵不上敌人的四个汽车轮子,追了一天也没有赶上,敌人已跑得无影无踪。这时,青纵掉过头来,想重新去收复南宫,南宫却又传来意外消息,从冀县开来的孙良诚部队已经捷足先登将它占领了。

既没有打上鬼子,又没有收回南宫,却让一个不劳而获的人拣了便宜,部队上上下下都觉得窝火。纵队首长也感到事情棘手:打吧,它是友军,于团结抗日不利;不打吧,眼巴巴看着好端端的南宫城落入他人之手,真不甘心。有的说:南宫本是我们的,怎能听任孙良诚窃占?首长们经过研究,决定派七七一团的一营进驻南宫的西关,摆出我军决不会放弃南宫的架势。同时,派人持刘伯承师长的函件,进城同孙良成交涉,要他明智一点,把南宫交还给我军。

这一办交涉的艰巨任务,纵队首长交给了侦察科长王建国。

王建国经过七七一团一营的驻地,来到南宫的西门外。南宫的城墙,八路军虽然已把它拆除,但日寇占领后,又强拉民夫修复了,此时,孙良成部队又在日寇修复的基础上加高、加固,企图长期驻守。西门的两扇城门紧紧关闭,城门楼上站着全副武装的哨兵。

"你们的卫兵司令呢?"王建国站在城外大声喊道。

"干什么?"哨兵问。

"请他讲话。"

不一会儿,出现一个军官模样的人,手扶城墙,俯身问道:"你是哪部分的?"

"我是八路军一二九师刘伯承师长派来的,有事要见你们的孙司令。"

那军官见对方来头不小,不敢怠慢,说:"请稍等!"

几分钟后,城上放下一张长木梯,叫王建国爬上去。他一步一步爬上城墙,那军官没有再问什么,就把他带下去,穿过市区街道,来到城北的烟草公司。这里曾经是青纵司令部住过的地方,现在孙良诚也住在这里。那军官和司令部的一位副官联系后,王建国很快被引进一间客厅,见到了孙良诚。

孙良诚是个大高个子,五十上下年纪,一身灰布军装紧紧裹着他肥胖的身躯,一双大眼,由于面颊太鼓太圆,从正面几乎看不到他的两只耳朵。王建国进屋以后,向他敬个军礼,便把刘师长的信交给了他。

他一边拆信,一边请坐。王建国坐下说:"孙司令的办公室,我来过。"

孙良诚怔了一下,问:"什么时候?"

"过去青年纵队的司令部就设在这里,所以我经常来。"

"噢!原来如此。"孙良诚似乎也理解了王建国的言外之意。

孙良诚看完信,王建国便说:"我奉刘师长之命前来拜访孙司令,我们刘师长向孙司令致意,问候孙司令的健康。"

"谢谢你们刘师长。"

"我们刘师长殷切希望和贵军密切协同,联合抗战,保卫冀南,保卫南宫,保卫祖国的每寸土地。"

"这也是我孙某的愿望。"他点点头说。

"希望孙司令能够督促所部见诸行动。"王建国说。

"此话怎讲?"孙良诚十分警惕地问。

"这次日寇撤离南宫,主要是由于我军日夜袭扰,并作了攻城的充分准备，所以敌人坐卧不宁，日夜不安，最后不得不弃城出走。我军得知日军逃跑的消息后，又全力以赴追击敌人，所以才没有在第一时间收复南宫，没有想到贵军却乘虚而入了。孙司令想必看过《失空斩》这出戏吧，诸葛亮有这样一句道白：'司马大兵来得好快呀！'现在我们说：'孙司令的大兵来得好快呀！'"

"哈哈！兵贵神速嘛！"他突然一阵狂笑，掩饰尴尬的局面。

"当然，中国的土地，中国的城市，只要不被日寇侵占，哪一部分抗日军队占领是个次要问题。然而不好理解的是，贵军进据南宫以后，四门紧闭，昼夜戒严，不准我军进城，我这次来还是用梯子爬上城墙的。这样做，恐怕难以说是密切协同，联合抗日吧！"

"你说的情况可能是暂时现象，等各方面的工作走上轨道以后，会改变的。"孙良诚解释道。

"那好，我们希望能够尽快改变。"王建国说，"我们刘师长知道孙司令是一位能够以大局为重的将领。过去孙司令是西北军的名将，带领的部队素有'铁军'之称，所以期望与孙司令精诚团结，共同抗日。"

几句恭维话，马上使紧张气氛缓和下来。孙良诚笑道："不不不，伯承兄，你们的师长，才是中国的一员名将，著名的军事家、战略家，可惜至今我还无缘见面，亲聆教诲！"

"只要我们真诚合作，共同抗日，说不定将来孙司令和刘师长在一起指挥作战，都是有可能的。"

"是的是的，今后我们要紧密配合，共同抗日。"孙良诚说到这里，忽然提议："至于南宫城，那也好办，我们两家共同来防守。"

王建国见他说出这话，喜出望外，马上接着说："共同防守，这太好了，我们的部队也可以听从孙司令指挥。"

"哪里哪里，我们共同指挥。"

"孙司令，我们的部队什么时候可以进城？防区在哪里？望孙司令吩咐。"王建国紧追不舍地问。

他想了一下说:"我待会儿通知部队,叫他们把西门打开,你们的部队就住在西街一带,行不行?"

"当然可以,我马上回去向我们首长报告。"

当天下午,在南宫城墙上进行加固、增高工程的民工,全部撤走了。傍晚,侦察人员报告说:孙良诚部队已经把南宫的西门打开,西街也让了出来。徐副司令指示:七七一团一营立即进城,插到西街的东头,控制几所高房子,二营也跟着进城,三营可住到西关原来一营住的地方;青年纵队其他部队,也都相应向南宫靠拢。

第三天,孙良诚突然派一名副官来到青纵司令部,要求见徐深吉副司令,说:"我们孙司令向长官致意!我们孙司令说,本来很乐意和贵军共同防守南宫,但是考虑到南宫过去是你们的防区,日寇侵占后,围攻袭扰也是你们,所以孙司令的意思是仍由你们单独防守,我们撤回冀县去了。"

"好吧,我们去送送孙司令。"徐副司令说。

"不必了,孙司令已经先走了。"副官说。

"请代我向孙司令致意,希望今后我们两军在抗日战场上能够互相支援,紧密合作!"徐副司令客气地说。

三

南宫虽然又回到了青年纵队的手里,但整个形势告诉人们,敌人大规模的进攻迫在眉睫,保卫根据地的任务是十分艰巨的。

根据地的军民紧急动员起来了,各项反扫荡的准备工作在加紧进行着。敌人重新修复的南宫城墙,以及城墙上的各种工事,数日之内统统拆除,夷为平地;同时动员群众坚壁清野,防备日寇卷土重来。还进一步发动全区群众改造地形,把平原上的大车路挖成一米五深、

第八章 争夺南宫

两米宽的沟,加上两边堆起的新土,沟深两米以上,部队在沟里行军,远处根本看不见,敌人的汽车却无法通过,所以群众称之谓"抗日沟"。这种抗日沟纵横交错,四通八达,密如蛛网。根据地的广大群众,靠自己的双手,迅速改变了一望无垠的平原的地貌。此外,又积极改造村形。每个村子的路口,都用土坯墙堵住,使敌人不能一下子就冲进村来,一旦发现敌情,村里的军民可以有应变的时间。战争教育了人民,人民就积极行动起来,去赢得战争!

果然,一九三八年年底,日寇大举出动,在平原上肆意扫荡,不仅再次侵占南宫,而且占领了冀南所有的县城。

八路军本着坚持独立自主的游击战争的方针,不与敌人硬拼,所有部队及时转入农村,继续与敌周旋。

创建未久的敌后根据地,经历着一场血雨腥风的严峻考验。

就在这时,石友三奉行消极抗日、积极反共的方针,趁机插足冀南。

石友三是蒋介石委任的冀察战区副司令长官兼察哈尔省主席。一九三九年年初,他率部从鲁南开来,占据了临清以西和清河附近的大片乡村。他根本不打算到察哈尔抗日前线去,却滞留在河北对付八路军。所以他的部队开到冀南以后,便采取蚕吃桑叶的办法,今天多占一村,明天多占一镇,逐渐扩大他占领的地盘,妄图最后把八路军挤走。大家气愤地说:日寇侵占城市,石友三占领乡村,使我军腹背受敌,他们配合得何等默契!八路军必须开展两条战线上的斗争,根据地才能得以保持和巩固。

当然,石友三部是以友军的面目出现的,对他们的斗争不得不注意方式方法,和他们的关系也显得更为微妙。

一天下午,八路军青年纵队司令部住在件只镇西面的一个小村子里。已经调任作战科长的王建国,正在临时布置起的作战室里,汇集情报,分析研究周围的敌情。太阳已经西斜,大概是三四点钟的光景,王建国听得门外传来杂沓的脚步声，接着有人问哨兵："司令部是不是在这里？"

"是的。"哨兵回答。

"徐深吉在家吗？"

"徐副司令不在家。"

王建国心想：这是谁呢？标准的山西五台口音，挺耳熟的，说话的口气也像是位大首长，所以赶忙出来，一看果然是徐向前副师长，便迎上前去，把他接到屋里。

"你们徐副司令呢？"他坐下后问道。

"到团里去了。"

"参谋长呢？"

"也到团里去了。"

"作战科长呢？"

"我就是。"

"好，有个紧急任务，马上打电话叫你们首长回来。"接着，他又笑笑说："我还没有吃中午饭呢，肚子饿得咕咕叫，唱开空城计了，你能不能给我搞点饭来吃？"

王建国一边叫参谋给纵队首长打电话，一边把司务长找来，吩咐他烙几张白面饼，给徐副师长充饥。

"你来，坐这里。"徐向前叫王建国坐在面前的一张凳子上，目光炯炯地盯着他说，"你知道吗？现在石友三到处和我们为难，想把我们挤走。他从东往西，一步一步侵蚀我们的根据地；同时，他还邀买人心，和我们争夺群众。根据情报，今天夜间，石友三的暂编第三师师长米文和，带了他的部队和山炮营，要打巨鹿。他们计划，黄昏七点钟前部队开到林家庄，九点钟前运动到巨鹿城下，发起攻击。打鬼子嘛，这是好事，我们支持。不过，巨鹿的敌人已经站稳脚跟，构

第八章 争夺南宫

筑了坚固的工事，我估计他们很难打下来。"

说到这里，徐向前站起身在室内来回踱步，思索着什么。王建国却回想起不久以前，七七一团攻打巨鹿的战斗，虽然部队一鼓作气攻进了城，消灭了城里的全部伪军，但由于鬼子据点的工事坚固，火力又强，几次攻击都没有奏效。天亮后，不得不撤出战斗，留下了很大的遗憾。现在，石友三部队又要打巨鹿，它能够得逞吗？

"当然，我们希望他们把巨鹿打下来，把城里的鬼子统统消灭。"徐向前回到座位上继续说，"假若他们真把巨鹿打下来了，我们也有点小小的被动，有人会说：'八路军吃小米，打软仗；中央军吃馒头，打硬仗。'这种说法对我们坚持冀南抗战不利。因此，我们最好和他们共同作战，一起来打巨鹿。你明白我的意思吗？"

"我明白了。"王建国点点头说。

炊事员把烙饼送来。徐向前立即拿起一张，熟练地卷起一根大葱，吃了起来。他边吃边说："今天晚上，你拿着刘师长和我的信，去见米文和，向他提出我们的意见，争取和他们联合行动，一起打巨鹿。我估计他很可能会婉言拒绝，那你就要多做说服工作，使他觉得很有必要取得我们的帮助，同意我们的建议。"

"是！坚决完成任务。"王建国回答。

不大一会，徐深吉等纵队首长先后回到司令部，对王建国作了些补充指示，他就骑马出发了。

王建国赶到林家庄，米文和的部队也刚到不久，许多人员还没有进屋，司令部正在搬东西、架电话、挂地图，处于安顿之前的忙乱状态。一个姓陈的副官接待了他。两人对坐在两只木箱上，副官皱着眉说："师长刚到，要召集会议，没有时间接见你，你把信留下吧！"

"请陈副官去通报一声，我有重要事情和米师长面谈，话不多，用不了多长时间。由于情况机密，我们首长的信上不便写明，叫我面告米师长本人。"

陈副官到里院请示以后，终于出来带王建国去见米文和。里院也没有收拾好，在昏暗的烛光下，地上横七竖八地堆放着各种东西。米文和与王建国握一下手，叫他坐在一张折叠木椅上，便问："你有什么事？"

"贵部攻打巨鹿，我们听了很高兴，并表示坚决支持。"王建国说。

"对！已经布置好了，夜里就动手。"米文和说。

"我们首长叫我来联系，有没有需要我军配合的地方。"

"谢谢你们首长，用不着了。"

"米师长不必客气，我们的任务是一致的，你们和日寇作战，我们不能袖手旁观，应该派部队支援你们。"

"不必了。巨鹿的敌人不多，我们自己的力量已经足够，用不着麻烦你们部队了。"

"我们在这个地区活动时间较久，对情况比较熟悉，或许对贵军作战会有所帮助的。"

"我们作了侦察了解，基本情况已经掌握。"

看来，米文和拿定主意不同八路军配合作战，要单打独斗，所以态度十分冷淡。王建国心想：怎么办呢？我能这样回去向徐向前副师长复命吗？他决心再作一番努力，便说："米师长，你能不能把你们的作战方案对我谈谈呢？"

他这回倒很痛快，马上叫副官把地图拿来，又点了几支蜡烛，指着地图，讲了他的战斗部署：哪里是主攻方向，哪里是助攻方向，山炮营的阵地在哪里，阻击打援部队的位置在什么地方……讲完后，问："怎么样，你看有什么不妥之处？"

王建国觉得他的作战部署有个致命的弱点，就是在巨鹿以西只放一个营的部队打阻击，兵力过于单薄，如果敌人增援，很难顶得住，于是便说:"米师长,战斗部署很好,考虑得很细致、周到,然而有个问题值得注意。"

"什么问题?"

"从邢台到巨鹿五十公里左右,敌人坐汽车一个半小时即可到达。贵军攻打巨鹿,邢台必定增援,你们只用一个营的兵力打援,恐怕少了点。我认为这次打巨鹿,打援非常关键,是夺取胜利的保障,不能不引起高度重视。"

米文和认真地听着,点点头说:"嗯!看来是少了点。"

"最好作些调整。"

"已经部署下去,调整来不及了。"

"米师长,不打则已,打则必胜,不然反长他人志气。"王建国抓紧这一大好时机,向他建言:"如果你们的部队调整不开,我们可以派部队打阻击,保证你部的侧翼安全。"

"你们能派多少部队?"他问。

"你放心。我们一定派足够的兵力,坚决顶住邢台出来的敌人,不让它越雷池一步,贵军就专心一意打巨鹿,不要有后顾之忧。"

这个建议终于使他心动了,他侧着头看看这个自己闯来的八路军干部,半信半疑地说:"军中可没有戏言啊!"

"那当然,咱们一言为定!"

王建国立即策马赶回驻地。徐向前副师长和纵队首长都在等他的消息。他把情况汇报后,首长们都同意,并当即给二团下达命令,要部队赶往指定地点,连夜构筑工事,准备阻击邢台增援之敌。

半夜以后,米文和部向巨鹿守敌发起攻击。在黑沉沉的平原上,火光闪闪,炮声隆隆,仗打得很激烈。不久,突击部队一个营攻进了城,和敌人展开巷战。拂晓前后,邢台之敌果然乘汽车前来增援,当即遭到青纵二团的顽强阻击。日寇急于救援巨鹿之敌,轮番向二团阵地发起攻击，火力很猛。八路军依壕固守，成了敌人无法逾越的防线。可是，米文和部的突击队进城以后，发展不很顺利，米文和又不大相信八路军能够顶住增援的敌人，所以一遇挫折，便动摇决心，以致慌了手脚，未等突击营退出城来，便命令所有部队停止攻击，撤出战斗。敌人重新组织火力，把突破口封死，可怜突击营冲得进去却退不出来，米文和就丢下不管，带着他城外的部队慌慌张张退回清河去了。

巨鹿城里的枪声逐渐稀疏，最后完全沉寂。米文和的部队已经离远。这时阻击援敌已毫无意义，首长便给二团下达了撤出战斗的命令。

第九章　粉碎扫荡

一

还在一九三八年一月下旬，日寇撤出南宫、青年纵队从孙良诚手中收回南宫以后不久，一个振奋人心的消息在部队里广泛流传着：一二九师师长刘伯承、政委邓小平以及参谋长李达带了师直属队，在一个团的部队护送下，出太行，越铁路，来到了冀南平原。

首长们是来传达党的六届六中全会精神的。他们一到，就在沙行子里召集旅以上干部开会。

自从拿下武汉以后，日本帝国主义停止正面进攻，对国民党政府采取政治诱降为主、军事打击为辅的方针，同时迅速转兵华北、华中，对敌后抗日根据地进行灭绝人性的扫荡。国民党顽固派在日寇的引诱下，越发动摇，"和则存、战则亡"的投降妥协言论一时甚嚣尘上。中国共产党的六届六中全会就是在这样的情况下举行的。会议针对国民党顽固派准备妥协投降的严重危机，强调必须坚持统一战线中的独立自主原则，把反对妥协投降作为当前首要的紧急任务。会议号召共产党员在民族民主革命中，应该成为执行抗日民族统一战线的模范战士，自觉地担负起团结全国人民克服妥协投降倾向的重大责任。毛泽东在会议的报告中指出：在长期战争和艰难环境中，只有共产党员协同友党友军和人民大众中的一切先进分子，高度发挥其先锋的模范的作用，才能动员全民族一切生动力量，为克服困难、战胜敌人、建设新中国而奋斗。这次会议还确定了把党的主要工作方面放在战区和敌后，大力巩固华北、发展华中的战略方针，并作了相应的组织决定。

无疑，对奋战在抗日前线的广大指战员来说，党的六中全会精神是及时的春雨，指路的明灯，它使大家心明眼亮，透过前进道路上的重重迷雾，看到了光明的前程，美好的未来。

此后不久，日寇就向根据地大举进犯，把冀南地区所有的县城都占领了。这时，刘伯承师长、邓小平政委便率领一二九师直属队及掩护部队，经威县、清河之间，向临西地区转移。在转移途中，打了一个漂亮的歼灭战——香城固战斗。这一仗是由师首长亲自布置、陈赓具体指挥的。全歼日寇二百多人，还有一部分伪军，缴获了两门九二式步炮，一门四一式山炮，一门迫击炮。敌人一下损失这么多人，又丢掉几门大炮，恼羞成怒，气急败坏，发疯似的四出寻找八路军报复，妄图把这几门炮夺回去。青年纵队为了减轻师首长身上的压力，吸引、牵制敌人，成功组织了一次伏击战——黄家屯战斗。

南宫和巨鹿相距六十华里，中间有这样两个村子，一个是林家庄，再一个就是黄家屯，两个村子相距六七里路。那天，从南宫城里出来一股敌人，绝大多数是鬼子，只有少量伪军，总共四百余人。他们走到林家庄，天色已晚，便住下宿营。当夜幕笼罩平原的时候，村子里篝火四起，鸡飞狗跳，女人哭，孩子叫。那些披着人皮的禽兽，见鸡捉鸡，见猪杀猪，抢劫财物，奸淫妇女，以杀戮为游戏，以暴行为壮举，顷刻之间，把一座寂静、安宁的村庄变成了惨绝人寰的人间地狱。

青年纵队得到日寇在林家庄宿营的消息后，估计它第二天要去巨鹿，便决定在黄家屯附近伏击这股敌人。林家庄到黄家屯的大路两旁，有一片树林、坟地，高低起伏，杂草丛生，有利于部队隐蔽设伏。拂晓之前，七七一团的一、三营悄悄地在大路两边埋伏下，二营则隐蔽

第九章 粉碎扫荡

在离林家庄不远的地方待命。

翌日,太阳刚从平原上升起,枯草叶上、秃树枝上和战士们的衣帽上,都凝结了一层闪亮的霜花。

砰!砰!两下尖厉的枪声撕破了早晨的沉寂,鬼子从林家庄出来了,耀武扬威,神气活现,成两路纵队向伏击圈走来。开始是一个个小黑点,后来可以看出是活动的人,渐渐可以看清敌人肩上扛的什么枪,背上背的什么包,最后连鬼子的眼睛、鼻子也能看清了,穿着大皮靴的脚,咔嚓咔嚓地从冰冻的土路上走过去,走过去……战士们伏在坟丘后面,伏在矮树丛中,屏息静气,鸦雀无声,两手紧握着武器,枪口随着目标缓缓地移动。当敌人的先头部队快要走出伏击圈,队伍的后尾也早已脱离了林家村,指挥员一声令下,大路两边的各种武器突然同时开火,急雨般的枪弹射向毫无防备、毫无遮挡的敌人。

这是愤怒的枪声,这是仇恨的子弹,战士们咬牙切齿地为父老乡亲们报仇,严惩这些双手沾满中国人民鲜血的强盗。

敌人死的死,伤的伤,滚的滚,爬的爬,顿时失去控制,乱作一团。一个拿指挥刀的军官嚎叫着,指挥士兵向两边还击,他叫了几声,一颗枪弹将他击中,他手中的军刀当啷落地,他的身子栽倒在路旁的水沟里。

战士们射击一阵以后,又甩出一排排手榴弹,爆炸声震耳欲聋,炸得大路上黄土四溅,血肉横飞。

敌人的指挥官见地形对他们极为不利,一面组织抵抗,一面指挥部队收缩靠拢,准备突围。战士们向密集的敌人射击,效果更为显著,几乎是一枪一个,弹无虚发。

最后剩下一百来个鬼子,沿路丢下尸体、伤员,慌慌张张向林家庄退去,妄图利用他们昨夜宿营时构筑的工事坚守待援。但是敌人没有料到,他们前脚走,二营后脚就进了村,占据了那里的工事。敌人刚退到村口，就遭到迎头痛击，又死伤一批。残余的鬼子像一头头被猎人追捕的困兽，立即掉头向村子的西南落荒而逃，见那里有一个大水塘，顾不得天寒地冻，纷纷跳入水中，凭借水塘的堤岸作依托，进行顽抗。

八路军决心消灭这股残敌，组织部队向敌发起攻击。由于敌人有所依托，逐渐恢复了战斗力，几挺轻机枪交叉射击，火力很猛。我攻击部队却处于不利位置，几次冲击都没有成功。

时间已近晌午。侦察人员回来报告：南宫、巨鹿都出来了大批敌人，正快速向这里赶来。这时，指挥员才不得不十分遗憾地下达了撤出战斗的命令。

青年纵队打了黄家屯战斗，一二九师首长带着部队继续向南转移，顺手牵羊消灭了惯匪王兰贤的部队，肃清了临（清）、馆（陶）、丘（县）地区的土顽武装，而后渡过卫河，进入鲁西、豫北，最后在汤阴、淇县间越过平汉路，返回太行山根据地。

师首长回去不久，给青纵发来一份电报，说：陈赓的爱人王根英在冀南夜间行军时，掉队失踪，希望你们尽快把她找到。王根英是个一九二五年入党的老同志，长期在上海做工运工作，曾经参加著名的上海工人武装起义，起义胜利后担任上海特别市临时政府委员，以后又任全国总工会女工部长。一九三三年被捕入狱，直到一九三七年才获释，转赴延安，后来到太行根据地，担任一二九师供给部政治指导员。青纵首长对这样一位老同志的安全当然极为重视，接到电报后就派人四出寻找，终于很快把她找到。但一时无法回原单位去，便暂时留她在青纵司令部任政治指导员，等将来有机会再派人送她回太行山根据地去。

二

东方越来越亮，星星渐渐从深蓝的天幕上隐去，村里的公鸡高一声低一声地啼叫着，部队到达指定地点宿营了。

第九章 粉碎扫荡

当日寇占领冀南各县县城之初，由于忙着深挖护城河，修筑、加固城墙，强化城内治安，所以轻易不出城，农村仍是八路军的天下，可以自由活动。后来石友三部队从鲁西开来，不断挑起事端，制造摩擦，给八路军增添了不少麻烦。但相互间还没有发生什么严重的问题。到一九三九年二月，日寇突然调动频繁，各县城的鬼子纷纷向南宫集中，企图不明，使人感觉有什么重要行动可能发生。

领导上分析情况认为，不久以前日本政府发表"近卫声明"，提出建设什么"东亚新秩序"，叫嚷实行"中日亲善，共同防共"，现在日寇集中兵力，显然不是为了对付国民党军队，而是对着八路军来的。有些人还认为，日寇集中兵力也许是为了战略上进攻大西北，甚至是进攻中国共产党中央的所在地延安。青年纵队记取上次日寇撤出南宫的教训，防止石友三部队钻空子，抢占南宫，坐收渔人之利，因此，纵队首长决定，把部队转移到南官以南、以东地区，司令部就设在离城二十余里的振南村。

早晨，队伍进村以后，立即紧张地忙碌起来：有的往屋里搬文件箱，有的往墙上挂地图，有的往团里拉电话线，有的构筑四周的防御工事……作战科要各所属部队的宿营部署图，并给各团分派侦察任务，还要部署直属队的警戒。这一切刚做完，天就大亮了，王建国正想去打个盹儿，休息一下，侦察人员突然跑来报告：南宫的敌人出城了。有百十辆汽车，经过明化镇正向南开来。这是一个十分重要、紧急的情报，必须马上报告纵队首长。徐深吉已经躺下，立即从床上坐起，听完报告后，说："继续监视敌人动向，通知部队赶快吃饭，准备战斗。"他想了想又说："敌人往南来，先要经过石友三部队的驻地，他们可能会先打起来，要是这样，我们来得及准备。"

大约过了一个小时，有的部队已经吃完饭，有的还在吃，突然，从七七一团的驻地方向传来一阵阵激烈的枪声。大家心里不由得一怔：

日寇为何来得这样迅速？石友三部队为何没有一点动静？原来，日寇出城以后，故意绕道而行，避开石部驻地，直奔八路军而来，所以一下就和七七一团接上火了。

枪声一响，纵队首长徐副司令、李参谋长和政治部吴主任，都分别到各团去指挥部队同日寇作战，纵队直属队便暂由作战科长王建国负责指挥。

首长到前面一看，发现日寇这次出动兵力较多，来势凶猛，而且一式乘坐汽车，行动快速，如果我军在这里与敌死打硬拼，十有八九要吃亏的，所以立即派通讯员送信回来，指示直属队尽快撤离，并说部队抗击一阵以后，也很快就要转移的。

王建国立即通知各直属机关撤离振南村。然而，直属队毕竟不同于战斗部队，司、政、供、卫各部门的摊子刚刚摆开，无线、有线通信器材、药材、医疗器械、粮食、被服、弹药等物资，行军时都是用驴马驮载的，收拢起来当然得费一些时间。王建国来回奔走，督促各单位抓紧时间收拾，尽快向沙行子转移，但仍有一些人员一时离开不了。政治指导员王根英身材比较瘦小、单薄，腰间别支小手枪，跑来跑去指挥大家，说："同志们，沉着，不要慌乱，突围时注意疏散隐蔽，从西边冲出去，到沙行子里寻找队伍！"

王根英的英勇和无畏，使大家倍受鼓舞。但是，王建国考虑到她是陈赓的夫人，又是临时随队行动的，应该对她的安全负责，所以说："王指导员，你先走！"

"直属队没有撤完，我怎么能先走？我不走！"她非常坚决地说。

"你是女同志！"王建国急了。

"不！我首先是直属队的政治指导员。"她斩钉截铁地回答。

这时，村子东面传来猛烈的枪炮声，敌人已经接近振南村，和纵队的警卫一连打上了。子弹嗖嗖地在村子的上空飞过，炮弹带着啸音飞来，爆炸声震得耳朵嗡嗡直响。村里的一个柴火堆被打着了，腾起一股浓烟。一头小牛被炸倒在街道上，鲜血正汩汩流淌。王建国快步跑到村口，伏在一堵土墙后面，观察敌人的动向，见许多鬼子分散趴在空旷的田野里，向村里开枪打炮，另一些鬼子仍然坐在汽车上，分别向村南、村北运动。看来，敌人企图四面包围村子，阻止我军突围。王建国命令警卫二连和教导队全力阻止敌人合围，巩固村西的缺口，让直属队人员从抗日沟里突围出去。

战斗进行得非常激烈。八路军凭借村落作依托，敌人则完全暴露在空旷的田野上，它的攻击虽猛，却一次次被击退了。教导队的学员全是连排干部，思想觉悟高，战斗经验丰富，在队长罗绍启的指挥下，打得沉着果敢，英勇顽强。学员们分散隐蔽在临时构筑的掩体里，一动不动地用枪瞄着，鬼子一露头，他们就射击，命中率极高，打得敌人动都不敢动。罗绍启还不断提醒大家："同志们，注意节约子弹，狠狠教训这些强盗！"

王建国正向警卫二连的阵地走去，见警卫一连连长杨代兴提着驳壳枪，神色慌张地跑来，老远就大声嚷道："咱们赶快撤吧，再不撤，就撤不下去了！"

"直属队还没有撤完，你们不能撤！"王建国说。

"直属队大部分人已经撤了，我们不能因小失大，快撤吧！"他仍然坚持自己的意见。

"要等直属队撤完了你们才能撤，这是命令！"王建国不得不强调"命令"二字。

"等敌人进了村，想撤也晚了。"他不满地嘟囔着。

王建国火了，把手里的驳壳枪一挥，厉声喝道："杨代兴，你要撤，我就一枪把你定在这里！"

他吃了一惊，不再说什么，转身走了。

战斗一直进行到下午。两个警卫连和教导队同优势的敌人作了殊死的拼杀，多次把冲进村子的鬼子打了出去，终于掩护直属队的人员从村西安全突围。这时王根英还没有离开。王建国为她担心，为她着急，对她说："你快走！我们的连队也要撤了。"她沉着地点点头，叫她的饲养员把牲口牵过来。恰在这时，敌人发起新的攻击，一发发炮弹在村里爆炸，打断了树木，打塌了房屋，发出团团火光和震耳的巨响。王建国打算回阵地看看，所以一边嘱咐王根英快撤，一边朝村北跑去。他刚跑不远，回头一看，见她的那匹骡子突然受惊，在原地直打转，不让人骑，王根英一只脚跨在镫上，几次要骑上去，都没有成功，王建国便对饲养员喊道："抓住它！抓住……"话音未落，猛听得空中传来嘘嘘的啸音，他知道情况不好，赶紧卧倒在地，"轰！"山崩地裂一声巨响，一团火光在眼前闪了一下，他抬起头来，只见一股浓烟笼罩着王根英刚才骑牲口的地方。他叫了一声，狂奔过去，见王根英一动不动倒在血泊里，乌黑的短发掩着她苍白的圆脸，她的手里还捏着一段被炸断的缰绳……饲养员和那匹牲口，也倒毙在一旁。

　　打退了敌人这一次进攻，警卫连和教导队撤离了振南村。

　　那天上午，纵队首长带着部队撤出战斗，安全转移到沙行子，才发觉直属队没有及时撤出，陷入敌人的重围，他们当然为直属队的安危着急、担心。后来直属队分散突围，陆续跑回去一些人，首长向他们询问，但是众说纷纭，莫衷一是，有的说还在坚持，有的说已经突围，有的说……首长们听了更不放心。后来，警卫连一连长杨代兴回去了，徐深吉副司令问他："你怎么一个人，部队呢？"

　　"打光了。"他垂头丧气地说。

　　"怎么回事？"

　　"我要撤，王科长不让，还说谁撤就枪毙谁！"

　　"王科长呢？"

"王科长也牺牲了。"

徐副司令信以为真,以为留下的人全部打光了,异常痛心。可是天黑以后,人员陆续跑了回来,特别是王建国带了教导队和警卫连,又出现在他的面前,他喜出望外,立即把报告假情况的杨代兴找来,怒气冲天地说:"杨代兴,你贪生怕死!你说部队都打光了,王科长也牺牲了,你睁眼看看,他是谁?"

杨代兴面红耳赤,低下了脑袋,答不出一句话。

深夜,日寇已经撤回南宫。纵队首长派人到振南村去掩埋烈士遗体,并找回王根英的一包遗物。人亡物在,睹物思人。人们想起王根英在青纵工作的时间虽短,却以自己的模范行动和优良作风给大家留下了难忘的印象,好多人都禁不住失声痛哭。后来,纵队首长把这包遗物送回太行根据地,交给了她的丈夫陈赓。

三

沙行子的果树枝头,已经萌发出幼嫩的叶芽,细小的花蕾,在明亮、温暖的阳光照耀下,远远看去像是一片淡淡的绿纱,一团隐隐的红云。一九三九年的春天,来到了战火纷飞的冀南平原。

自从振南村战斗以后,青年纵队直属队一直住在沙行子中心的草楼。徐深吉副司令带着七七一团在威县以东、临清以西活动,二团在滏阳河两岸打游击,三团则由李聚奎政委带着开辟鲁西北根据地去了。这时,沙行子里除了有青纵直属队外,还有杨秀峰任司令员的冀西游击队。这是一个组建时间不久的部队,人员、装备都不很充实,战斗经验也比较少,所以经常和青纵在一起活动。青纵直属队在振南村战斗后,首长指示要好好休整一下,补充人员,整顿组织,总结经验教训,准备迎接更加严峻的考验。

没有料到,严峻的考验竟来得如此迅速!

一天清晨，太阳刚刚从树梢头升起，林子里飘浮着乳白色的晨雾。王建国在草楼附近的果园里散步，吸着新鲜、湿润的空气，心情极为畅快，不禁自言自语：啊，又是一个好天气！

可是，当他回到村里，一个意外的消息把他刚才的好心情完全破坏了。侦察人员报告，从威县、南宫、广宗三地出动大批日寇，乘坐的汽车总共一百七八十辆之多，把整个沙行子团团围住，看来，敌人想用拉网战术把这里的八路军一网打尽。

情况是严重的。纵队首长和战斗部队不在附近，当然不能和敌人硬拼，只有和它在这密密层层的果树林子里兜圈子，捉迷藏。根据敌情分析，敌人的汽车虽然不停地围着沙行子转，进行严密封锁，但下车进林子的，只有东南角一股敌人，正逐步向西北方向压过来，如果能够避开它，就可以脱离危险。草楼地处沙行子的中心偏南，敌人越来越近，大家不敢迟疑，队伍悄悄地向北面的杜庄、杨庄转移。到达这两个村庄附近，全体人员在一片茂密的果树林里隐蔽下来。

突然，一阵激烈的枪声从西南方向传来。开始闹不清是怎么回事，后来知道，是冀西游击队向西突围，冲出沙行子时和敌人遭遇，打了起来。枪声渐渐远去，说明他们突围成功了。过不多久，一个三十岁左右的女干部赤着脚、露着头，急匆匆地跑来，王建国定睛一看，她是冀西游击队的政治部主任杨克冰，便把她叫住，问："你到哪里去？部队呢？"

"部队突围了，我跑散了，好不容易找到你们。"她气喘吁吁地说。

"鞋子呢？"

"跑丢了，光着脚跑得更快！"她笑嘻嘻地答道。

"帽子呢？"

"叫树枝刮掉了。我正隐蔽在树丛里，两个小鬼子端着枪朝我走来，我扭头就跑，帽子掉了，来不及捡起来，一定是叫那两个小鬼子发了洋财了。"

她笑哈哈地说着，那样轻松，那样随便，仿佛不是讲个人的惊险遭遇，而是说一段有趣的故事。啊！战争真是一座熔炉，能够锻炼人、改造人，它把这个知识分子出身的妇女锻炼得如此勇敢，如此坚强！

"你就别走了，跟我们一起行动吧！"王建国建议道。

"行！"她用手指梳理蓬乱的头发，点了点头。

直属队隐蔽在杜庄、杨庄附近的树林里，大家不准讲话，不准抽烟，特别是不能让牲口嘶叫。那些饲养员们使出了全副本领，把所有的牲口都侍弄得伏伏贴贴，安安稳稳。马通人性，好像它们也懂得敌情严重，明白主人的心情，不管平时是调皮的还是老实的，都低头肃立，一声不响，连响鼻都很少打，只有它们换腿站立时，才发出短促、轻微的蹄子踏地声。人们更是自觉遵守纪律，饿了，抓一把炒米塞到嘴里，慢慢地嚼着；渴了，找点凉水，咕咚灌上几口。就这样，整整一个上午，听见敌人占领了草楼，搅得那里鸡飞狗叫，不久又从草楼出来，继续向北搜索。

"老王，你看情况怎样？"王建国正伏在一棵苹果树下，纵队政治部副主任陈元龙弯着腰，向他跑来，趴在他的身旁。

"陈副主任，情况明摆着，非常严重！我看，敌人要是没有发现咱们，就这样隐蔽着，一旦被敌人发觉，那就只有和鬼子拼，坚持到天黑再突围。"

"敌人离咱们越来越近了，得换个地方。"陈元龙说。

"转移到哪里去呢？"

"核桃园西边那片小树林。"

"能不能隐蔽得住？"王建国问。

"也许正因为它小，敌人不注意，不进去搜，反而安全些。"陈元龙说。

两人的意见一致了,便通知全体人员立即向核桃园西边转移。这里离杜庄、杨庄七八里地,在沙行子的边缘,很快就到了。进了林子,教导队、警卫连立即构筑工事,机关人员编成战斗班排,划分了警戒方向;机要人员把收发报机、密码以及机密文件都埋起来,作好轻装突围的准备。陈元龙操着他的东北口音,给大家作动员:如果和敌人打起来,能冲出去的就冲出去,自己想办法寻找部队;冲不出去就在这里死守,同鬼子拼到底,打死一个够本,打死两个赚一个,决不当俘虏!

大家都作了出现最坏情况的思想准备,下定与日寇决一死战的决心,情绪反而比刚才更加稳定了。离部队不远的树林外面,日寇的卡车风驰电掣般开来开去,扬起阵阵尘土,飘到林子里,落在树枝上,草叶上,甚至战士们的衣服上。卡车上鬼子的钢盔、刺刀,在日光下闪着寒光,隆隆的马达声震得大地似乎也在颤抖。突然,两辆卡车在路边停下,鬼子纷纷跳下车,朝林子走来,走了几步,一个鬼子举起枪来,朝林子射击,除了惊起一群鸟雀,没有别的动静,鬼子们看看不像有人的样子,哇哇叫喊一阵,又掉头回去了。当时,这些鬼子只要继续往前走几十步,一场血腥的战斗就会立即爆发。在敌我力量十分悬殊的情况下,那将是一场难以想象的苦战,许多战友或许要在这里为自己的祖国献出鲜血和生命!

太阳渐渐偏西了。大家多么盼望它早点落山,让夜幕快些降临啊!然而,时间的脚步并不按照人们的意志前行,依然一分一秒地朝前走去,是那样的缓慢。

终于,太阳向西边的地平线坠落下去,暮色把树林完全笼罩了。恶狼般嚎叫一天的卡车,已经不再围着沙行子奔驰。前面不远的柏城和三里外的核桃园村里,升起一堆堆血红的火光,大概败兴而去的鬼子正拖着疲惫不堪的身子,在烧烤他们抢来的食物吧!

这时,大家才松一口气,脸上露出了笑容。机要人员赶紧刨出埋藏的电台、文件,战士们互相检查着武器和行装……虽然指挥员还没有下令,但大家都已经做好了黑夜突围的准备。

四

青纵直属队撤出沙行子,跳出敌人的包围圈,很快就和主力部队七七一团会合。直属队在丘县北面的大省庄住了几天,听说鬼子已缩回县城,纵队首长便决定再回到根据地沙行子里去。

按照预定计划,今天夜晚部队要越过邢(台)济(南)公路,进行长途行军,所以晚饭吃得特别早。太阳没有落山,离出发的时间尚早,徐深吉副司令提议到村外去走走。在村边的小路上,几个人边走边聊,突然,徐副司令站住了,朝远方望着,接着又举起望远镜进行瞭望。身旁的人问:"有什么情况?"

"你们看,像是一支敌人的部队。"他用手指着远方说。

王建国接过望远镜,向远方望去,果然,地平线上有一支队伍,衬着明亮的天幕,像是一条黑色的长蛇在游动,从头至尾大约四百多人,一个营的兵力,看样子不是鬼子,十有八九是伪军。他们站在那里望了很久,见那支队伍朝马头镇走去,进了西门,就没有再出来。

"这是皇协军,到马头来干什么?"徐副司令问。

"是不是李景隆这小子回来了?"王建国猜测道。

"你怎么知道?"

"他是马头人。"

接着,王建国便把怎样认识李景隆,怎样争取他的部队改编为游击独立第一师而没有成功,他投降日寇后又争取他反正,当了我军营长的经过,详细地说了一遍。

"这叫江山易改,本性难易!"王建国说,"后来的情况我是不久前听人说的：李景隆从临清回马头后，只收拢了三四百号人，编为一个独立营，叫他当营长，他嫌官小，又说不出口，一直闷闷不乐。没有多久，他说和邢台的伪军头目高德林私交很深，可以去做争取工作，动员高德林把队伍拉过来，领导上估计他去了不一定回来，但还是同意了，果然，他到邢台就留在那里，又当上了汉奸。"

他们慢慢地走回村里，谁也没有说话，都在思考眼前这一新的情况：这股敌人到马头镇来干什么？这和近来日寇连续发动的大扫荡有什么关系？

回到村里不久，丘县地方党组织来人送信说：李景隆回来了，带了一个营的皇协军。噢！果然是他。纵队首长和地方党的同志在一起研究，最好能对李景隆施加影响，至少争取他站在中间立场，不要助纣为虐，为虎作伥。他们分析，只要把工作做好，也不是没有可能。所以，徐深吉马上把王建国找去，说："今天晚上你到马头镇去一趟，会会李景隆，怎么样？"

王建国没有立时回答，他考虑李景隆这家伙反复无常，毫无信义，争取此人很难，闹不好翻脸不认人，岂不是自己的安全也成了问题？徐深吉见他有顾虑，便说："你只管放心去，我们的部队在这里，李景隆没有那个胆，他不敢对你下毒手。他要是今晚不放你回来，我们明天就去把他连窝端了！"

首长的信任和鼓励，使王建国增添了信心和勇气，他站起身说："好，我去一趟，马上就去！"

王建国换上便衣，牵出牲口，趁着夜色出发了。

刚到马头镇的西门口，两个站岗的伪军把王建国拦住。他说是李景隆的老朋友，有事特来拜访，并报了自己的姓名，要他们赶快去通报。哨兵不敢刁难，其中一个马上回去报告。

不大一会，王建国被带到李景隆的家门外。这里曾是他常来的地

第九章 粉碎扫荡

方,房舍依旧,只是人事全非了。只见两扇大门敞开,一个瘦长的身影快步走了出来,到跟前双手抱拳,说:"贤弟,没有想到你来,失迎失迎!"

"不必客气!听说你回归故里,特来祝贺!"王建国笑道。

"有啥值得祝贺的?"李景隆挽住他的一只胳臂,往屋里走,笑嘻嘻咧着大嘴说,"好久不见,贤弟,怪想你的!"

坐下以后,勤务兵给沏上茶,李景隆突然长叹一声,说:"唉!贤弟,我真没有脸见你。上次我是听你的,回来整顿了部队,把部队都交给八路军了,后来……后来我是实在受不了才不得已走的!"

王建国没有答理,喝了一口茶,问:"你这次回来干什么?"

他说,开春以来,日军在平原上连续进行扫荡,强化治安,今后不仅县城要驻军,乡村集镇上也要驻扎部队,他就是最先被派到马头镇上来的。接着,他又自我吹嘘说:"我也有自己的打算,回老家看看,扩充点部队。我要是不来,别人也会来,糟蹋地方,祸害乡亲,我李景隆于心何忍?所以我是主动请求派驻马头镇的。贤弟,咱们把话挑明,从今以后,你们八路军在这一带活动,我们决不干涉,咱们两家井水不犯河水,各自方便。"

"你带来多少部队?"

"一个营。营长叫侯子良,原是子儒(高德林的号)手下的一个排长,现在他带领五百多个弟兄,跟我回来的。"

"你给高德林捎个口信,说我问他好。我和他也有一面之交,事变后不久,在龙王庙他带我和张树勋去见高树勋,谈抗日的事,想不到他倒降了日本。你就说我还问他,难道就这么当汉奸当下去?"

"哎呀!你叫我怎么向他开口说这话呀?"他十分为难地说,"当初,我是想说服子儒,叫他过来的,他挽留我,我情面上过不去,只得留下。我现在名义上当个处长,手里没有一兵一卒,这个侯营长是子儒的亲信，我能指挥得动？我现在没有别的路好走，只有跟子儒在一起。"

"高德林当汉奸，将来的账不好算！"王建国义正词严地发出警告，"别看日本鬼子眼前这样猖狂，不可一世，我就不信，中华民族是那么容易灭亡的，总有把它打跑的一天，到那时高德林该怎么办？不说为国家、为民族吧，人总不能不为自己留条后路吧，不要把事情做绝了，狡兔还有三个窝呢！如果目前不能反正，将来有机会再反正也行，但得同八路军保持联系，经常送情报，在物资方面积极支援抗日军民，做到这两条，你们面前的路就活了。"

"是的，是的，我回去一定对子儒转达贤弟的意思。"李景隆诚惶诚恐地说。

"鬼子要你配合扫荡，你可别那么积极。"王建国把话锋一转，直接对着李景隆说，"第一，你别出马头镇，出去八路军就有打你的可能；第二，不能在这里扩充队伍，扩充抗日的队伍可以，扩充伪军不行，我想这个道理你应该明白。"

"回到老家不扩充点人，我在子儒面前不好交代。"

"有啥不好交代的？就说人心向着抗日，老百姓都痛恨汉奸，不愿当亡国奴，这不就完啦！"

听了这些话，李景隆的脸红一阵白一阵，结结巴巴说不出话来。

时间已近半夜，王建国起身告辞。李景隆到里屋拿出一副新望远镜，一块手表，算是对王建国刚才一番忠告的回应。王建国也不客气，接受下来，并嘱咐他尽快给八路军送一批西药来，他也爽快地答应了。

夜色正浓，繁星满天。王建国骑马离开马头镇，一阵急驰，很快回到驻地。首长们都还没有休息，等待他回来汇报情况。当晚部队没有走成，第二天夜间才回沙行子去。

五

青纱帐终于起来了。

平原上茂密的庄稼，郁郁葱葱，一望无际。这是大地母亲赐给她的儿女——抗日游击战士的绿色屏障。在她的慷慨、无私的庇护下，平原上的游击战争异常活跃起来，那些异族侵略者再不敢肆无忌惮地下乡扫荡了，相反，八路军却捕捉一切战机，频频主动袭击敌人。

连日来，侦察员们在耿家桥一带活动，了解到一个重要情报：来往于高邑和巨鹿之间的敌人，一般都是中午经过牛士屯；牛士屯村外有一段土路，两边都是高粱地，如今高粱长得又高又密，结出了黑红的穗子。这里正是埋伏、隐蔽的理想处所。纵队首长研究决定，立即派部队到那里去伏击敌人。

那天拂晓前，七七一团一营悄悄地进入设伏地点。庄稼叶上的露水沾湿战士的衣帽，太阳出来后，又很快晒干了。天空没有一丝云彩，烈日在当头烤，暑气在脚下蒸，知了在树上聒噪，虫子在草丛里低吟。战士们伏在蒸笼似的高粱地里，汗流如水，嗓子干得冒火，但大家忍耐着，耐心等待着鬼子们的"光临"。

上午，各级指挥员一遍又一遍地检查部队的战斗准备情况，好像敌人马上就要来到似的。随着时间的推移，日影的升高，战斗的气氛更加浓重，战斗的情绪也更加高涨。

在焦急的等待中，时间过得真慢，一个小时简直抵得上平时的半天、一天。七七一团团长吴成忠身子趴在地上，耳朵贴着地面，倾听远处有没有敌人汽车的马达声，但每次都是失望地摇摇头。

十一点，十一点半，十二点……直到下午一点多，还是没有一点动静，不见敌人的影子。吴成忠不忍心大家在烈日下长期潜伏下去，跑来向徐深吉副司令请示说："今天敌人可能不会来了，咱们是不是……"

"不一定。要等，等到太阳落山。"徐副司令截住他的话说，"太阳不落，部队不能撤出阵地。"

徐副司令的命令立即传达到每一个参加伏击战斗的战士。指挥员决心既定，部队的情绪也随之稳定下来。阵地上，干部、战士们互相送水，分吃干粮，并热情鼓励着："坚持，坚持到底就是胜利！"

下午两点多钟，敌人仍无踪影。吴成忠团长对徐深吉副司令说：附近有个瓜园，看瓜的老乡摘了两个大西瓜，说要慰问指挥打鬼子的首长。徐深吉深为人民群众的热情支援所打动，决定去看看老乡，当面道谢。

看园的是个五十来岁的老汉，长年在烈日下劳作，浑身晒得黝黑，脸上刻满皱纹，咧着缺了两颗门牙的嘴笑着，算是对八路军首长表示亲热和欢迎。

"老大爷，我们要在这里打仗，你不怕吗？"徐深吉问他。

"怕啥？俺又不是小日本鬼，哪有怕咱们八路的道理。同志，天气太热，快来吃瓜吧，我刚从水井里捞上来的。"

说着，他钻进棚子，捧出两个大西瓜，一个足有十多斤。他拿刀要破瓜，徐深吉要先给钱，他高低不要，徐深吉说：你不收钱，我们不能吃瓜。他才勉强收下。瓜被剖开，黑子红瓤，皮薄肉厚，味甜汁凉，真是解渴消暑的佳品！他们正要美美地享受一番，一个侦察员突然跑来报告说："敌人来了！"他们扔下西瓜，迅速回到各自的指挥位置。

随着越来越响的马达声，大路那头扬起一股黄尘，四辆卡车向这里急驰而来。第一辆是打前站的，车上坐着十多个木偶似的鬼子，头戴钢盔，钢盔的阴影下是一张张阴沉、凶狠、丑恶的脸。徐副司令决定放它过去，伏击后面的三辆。果然，第一辆通过以后，后面三辆便放心大胆地密集跟进，很快进入了伏击圈。吴成忠团长把满腔的怒火凝成了一个"打"字，埋伏在大道两边的部队同时开火。只听得一阵猛烈的步枪声、机枪声、手榴弹爆炸声，火光四射，硝烟弥漫，似乎田野里的每一棵高粱都是锋利的投枪，要刺向敌人。三辆卡车像是三只落入陷阱的凶兽，在作垂死的挣扎。幸存的鬼子无处可逃，钻到汽车底下盲目还击，汽车被打着了火，燃起浓烟烈焰，鬼子只能趴在路面上当活靶子。战斗很快就结束了，绝大多数敌人被打死，但是有两个鬼子躲在汽车残骸后面，战士冲上去，他俩举手投降，成了八路军的俘虏。

突然，远处传来汽车的马达声。难道是日寇的援军来了？仔细一听，原来是敌人第一辆汽车加速逃跑了。战斗打响以后，它虽然停下妄图回头支援，但由于战斗发展太快，后面三辆车上的敌人很快被歼，眼看救援无望，只有开足马力逃跑。

夕阳西坠，晚霞似火。战士们打扫完战场，携带着缴获的武器、弹药和物资，押着两个惊魂未定的俘虏，告别自动出来欢送部队的乡亲们，踏上了归途。

那个看园的老汉见八路军打了胜仗，抱了两个更大的西瓜来慰问、祝贺。徐深吉副司令拉住他的手，说："老大爷，刚才打仗害怕吗？"

"不怕，不怕，俺们老百姓就盼着咱们军队多打胜仗哩！"他咧着缺了两颗门牙的大嘴呵呵笑着，黝黑的脸上的皱纹舒展开来，像是一朵祝捷的花。

第十章　讨逆战斗

一

冬天的阳光，照耀着褐色的平原，照耀着平原上褐色的树木、道路和村庄。

这天，南宫明化镇地区的一个小村子里，突然热闹红火起来，来了许多骑大马、跟着警卫员的干部。细心的老乡很快发现，有些人是从老远的地方赶来的。他们穿的衣服和本地的八路干部不同，一式是洋布面子的棉衣，大衣还有一条很好看很暖和的皮领子，本地的干部哪里有呀！他们军容整齐，军纪严肃，风纪扣扣得严严实实，腰皮带束得整整齐齐，处处都像是在作客，一举一动都很谨慎小心。可是那些本地的八路干部呢，他们就随便得多，见面时互相说说笑笑，打打闹闹，吃东西你抓我抢，毫不客气，你看，一群人围在一起，两个老大不小的干部还像孩子似的抱着摔跤呢！

群众的眼睛雪亮，这些干部果然来自两个不同的军区，被称为"从老远的地方赶来的"，是冀中军区的干部，他们和冀南军区的同志一起参加一个重要会议。会议开始了。冀南军区司令员兼政治委员宋任穷首先站起来讲话。他有三十多岁，湖南浏阳人，却操着一口流利的北方话，说："同志们！日本侵略者从卢沟桥打到武汉，在军事上取得很大进展。但是，由于它的战线越拉越长，兵力分散，伤亡不断增加，特别是敌后游击战争的大发展，严重地威胁了它的占领区，所以日寇占领武汉后，便停止了对正面战场的战略进攻，被迫回过头来巩固它的后方。

"日军占领武汉之前，重视国民党，轻视咱们共产党。占领武汉之后，它认识到抗战最坚决的是中国共产党，所以它抽调大批兵力，进攻我敌后抗日根据地，而对国民党采取政治诱降为主、军事进攻为辅的方针。

"有人引诱，有人就上钩。大家都知道，去年（一九三八年）十二月，国民党的亲日派头子汪精卫跑到南京去了。蒋介石虽然没有降敌，不过也改变了他的内外政策，从此消极抗日，积极反共，他在内部成立'防共委员会'，秘密颁发了《限制异党活动办法》。正是在这一政策的指导下，各地的反共摩擦事件不断发生。今年四月，秦启荣的部队袭击兄弟部队山东纵队，杀害我军干部、战士四百多人。六月，张荫梧部队袭击我军在冀中深县的后方机关，又杀害四百多人。同时，他们在湖南制造平江惨案，屠杀我新四军平江通讯处的工作人员；在河南制造了确山惨案，程怀汝部队围攻、袭击新四军后方留守机关，杀害我方人员包括家属共七百多人。至于在咱们冀南地区，大家就更清楚了。石友三部队从鲁西开来，就是准备到我根据地来'收复失地'的。刚来时还装模作样和鬼子打一下，后来就干脆脱去伪装，明地暗地和敌人勾结起来，一起对付我们……"

听着首长的讲话，大家不禁回想起一些令人愤慨的事情。石友三部队自从打巨鹿失利后，再也没有同鬼子打过仗。他们不打鬼子，鬼子也不打他们。那次南宫鬼子袭击振南村，就故意绕道避开石友三部队的驻地，直接向八路军扑来，才使青纵直属队猝不及防，遭受损失。石友三部一贯热衷于制造摩擦，枪口对内，活埋我根据地的工作人员，缴我游击队的枪，还抢劫我部的军需物资，扣留我押运物贸的人员……

凡此种种，使两军关系越来越紧张。我军目前处于敌顽夹击、腹背受敌的境地，在和日军作战的同时，还要提防顽军从背后捅刀子。因此，部队早就纷纷建议，反击石友三的无理挑衅，搬掉这块妨碍根据地军民团结抗战的绊脚石！然而，上级始终没有表态，采取了忍让、克制的态度。

"现在，我告诉大家一个好消息。"宋任穷提高声调说，"上级根据国际国内的形势，经过慎重考虑，决定把这股反共逆流打下去，在咱们冀南要组织一次反击石友三的讨逆战斗。因为，他私通日寇，积极反共，不给以必要的回击，咱们的冀南抗日根据地就不能巩固和发展。当然，我们不打则已，打必取胜，要掌握有理、有利、有节的原则。总部为了打好这一仗，决定从冀中抽调七个团，加强冀南的部队，今天这些兄弟部队的领导同志都赶来了，我们向他们表示欢迎！"

宋司令员的话音未落，会场里响起热烈的掌声。冀中军区的同志也鼓掌答谢。掌声里，两个军区的战友表示要紧密团结，协同作战，争取在讨逆战斗中取得重大胜利。

宋司令员接着讲了讨逆军的战斗编成，共分三个纵队：左纵队七个团，青纵的七七一团和冀中军区四个团编入该纵队，由陈再道司令指挥；右纵队六个团，中央纵队五个团，均配合、协同左纵队作战。第一仗打郭固，石部司令部所在地。俗话说：射人先射马，擒贼先擒王。打掉它的首脑机关，部队就会不战自溃。这是关系到全局的一仗，一定要首战告捷。说到这里，宋任穷司令员坚定地说："突击任务交给青纵七七一团。你们要坚决把郭固打下来，若有损失，将来给你们补充。如果打不下来，要拿你们团长、政委是问！"

郭固，是平原上的一个大村子。石友三的部队进驻以后，在村子的四周修筑了坚固的围子，并构建了半永久性工事，特务团在这里担任守卫，村子的东面和北面，也有其他部队驻扎，构成犄角之势，一旦有事，相互可以策应、支援。无疑，这是一块难啃的硬骨头。七七一团接受任务后，进行了周密的侦察、了解，反复研究了作战方案，对各种可能出现的情况都作了充分的估计。

发起战斗的那天夜间，下着小雪，田野里白茫茫一片，村庄、树木都消失在漫天的风雪里。战士一律反穿棉衣，把白布里子翻穿在外，与白雪融为一体。天一断黑，部队就顶着凛冽的寒风，迎着扑面打来的雪花，向攻击的目标郭固村出发了。

石友三部队十分狡猾。它知道来者不善，忍让了许久的八路军终于主动反击，必定憋足了一股劲，锐不可当。所以，它没有组织像样的抵抗，就仓促退出郭固村。原来估计它撤退时要往南逃跑，便把中央纵队布置在南边堵击，可是它出乎意料地向东南方向跑去。七七一团跟踪追击，在狼窝截住一个团和工兵营一部，一阵猛打，消灭了这股敌人，生擒二百余人。

石友三部到了临清附近，未敢停下脚步，又突然折向西南曲周方向逃去。七七一团追到丘县西北的大寨村时，发觉敌人已经先到，立即攻击，只抢占了半座村庄。他们一边构筑工事，一边要后续部队跟进支援。后来捉到一个俘虏，供称当面之敌仍是石部的工兵营，在狼窝被消灭一部，早已成了惊弓之鸟，所以七七一团没有等待后续部队，就发起攻击，经过几十分钟战斗，除营长只身潜逃外，其余两百余名官兵全部被歼。

石友三的主力部队继续南逃，经曲周、广平、大名以东，向南乐、清丰跑去。这时，奇怪的现象出现了，明明是石友三部受到追击，大名、广平的日寇却向它施以援手，等石友三部通过以后，日寇倾巢而出，挡住八路军的去路。于是，八路军不得不停止追击，立即转入反扫荡战斗。可日寇并不恋战，解救了石友三部队的危难后，又缩回县城去了。石友三部队如漏网之鱼，一路狂奔，到河南的东明、民权一带才惊魂稍定，停止下来。

讨逆军各部分散休整，做发动群众、建立政权、巩固根据地的工作。七七一团住在魏县以北的农村，突然接到一二九师的一份急电：

限你部于二月二十八日赶至阳邑待命

于是，部队立即出发，昼夜兼程，去迎接新的战斗任务。

二

时间紧，任务急，干部、战士都为之精神一振。行军路上，大家眉开眼笑地议论着、猜测着：

"上级调咱们调得这样急，准是有重要任务要咱们去完成。"

"那还用说？一定是打大仗，十有八九是要打朱怀冰！"

"早该收拾他了，这小子是个反共专家，'宁可错杀一千，决不放走一个'的口号，就是他发明的，蒋介石还是向他学的呢！"

"他这次自告奋勇到河北来当民政厅长，还兼任九十七军军长，就是黄鼠狼给鸡拜年——没安好心，他是专门来搞反共摩擦的。"

……

部队的干部、战士对朱怀冰其人并不陌生。因为在参加打石友三部的讨逆军之前，青年纵队已经到平汉路西活动过，纵队司令部就设在太行山麓的渡口。

当时，在平汉路西的狭长地区，元氏、赞皇驻有侯如庸的部队，约三四千人；林县以北则是夏为礼、牛瑞庭的部队；国民党河北省政府主席鹿钟麟住在路罗镇。他是一九三九年上半年日寇加紧对平原进行扫荡以后，从冀县移驻这里的。据说，鹿钟麟自认为他在河北省兴旺不起来，永无出头之日，因为河北省有巨（拒）鹿、束鹿、获鹿、涿（逐）鹿等县，似乎都是以鹿为狩猎目标，当然对他这头"鹿"就太不吉利了。他离开冀县后，转移到段炉头（人们误读成"断鹿头"），恰与日寇遭遇，被打得狼狈不堪，连锅碗瓢盆等吃饭用具都被打得粉碎，所以老百姓笑说：鹿钟麟在断鹿头（段炉头）砸了饭碗了。

朱怀冰带着他的九十七军自辉县、林县北上，打算到元氏、赞皇和侯如庸的部队结合在一起，在太行山东麓，从北到南筑起一道屏障，把八路军的太行山根据地和冀南平原根据地完全隔绝开，并使从延安经太行、冀南到华中新四军的通道也截断，这样，国民党军队就可以对八路军、新四军实行分割包围，以达到限制、削弱直至消灭的罪恶目的。八路军领导早已洞察其奸，决定阻止九十七军北上，不让它与侯部会合。

当九十七军进到武安、涉县之间，八路军部队就主动接近他们，争取、影响他们。九十七军的部队住到哪里，八路军的部队也住到哪里。有时九十七军先进村宿营，八路军跟着挤进去；有时八路军先住下，九十七军来了就主动让出地方供他们住宿。两军经过近距离接触，八路军的官兵平等、民主作风等优良传统，与九十七军形成鲜明对比，对他们的士兵产生了极大的影响，他们有的背着长官发牢骚，有的开小差离开部队，有的甚至投奔八路军……那些当官的警惕起来，从此处处避开八路军。八路军住的地方他们绝不住，他们住的地方也不准八路军插足；像害怕洪水猛兽一样，害怕八路军的政治影响在他们的部队中蔓延。

朱怀冰终于到了鹿钟麟的驻地路罗镇。刘伯承师长曾主动前往拜访，并当面提出忠告："听说朱军长是自告奋勇到北方来的，想做什么反共英雄。我奉劝朱军长要好好考虑，如果你要当抗日英雄，老百姓都会拥护，我刘某也举双手赞成；如果要当反共英雄、摩擦专家，后果恐怕就适得其反了。"

朱怀冰面红耳赤，结结巴巴地说："哪里哪里，兄弟……当然要……

抗日，反共的话从何说起？"

谈话时，鹿钟麟在座，事后他单独找刘师长表白说："伯承兄，我和他们不一样，我是真心抗日，决不干反共的事。"

刘师长笑道："好啊，欢迎鹿主席和我们同舟共济，团结抗战，直至最后胜利！"

然而，朱怀冰是一个十足的两面派，当面说得好听，背后一意孤行。不久，他就驱使九十七军继续北上，坚决要与侯如庸部队会合，实现他的切断八路军通道，分割我抗日根据地的美梦。一二九师首长当机立断，趁他到达之前，派部队以迅雷不及掩耳之势把侯如庸部解决掉。朱怀冰大吃一惊，北方失去了支点，他不敢继续前进，马上调头南下，在邑城把我沙河县的独立营包围缴了械，而后继续南撤，到任村一线停顿下来，加紧构筑工事，与八路军相对峙。

当初，刘伯承师长从鹿钟麟住地路罗镇回来，曾途经青年纵队驻地渡口。他对徐深吉副司令说：朱怀冰是蒋介石的嫡系，这次北来不怀好意，看来这一仗他迟早非打不可，你们必须提高警惕，保持清醒头脑，切勿麻痹大意。后来事情的发展，完全证实了刘师长的远见卓识。

那天，刘师长还指示，为了做好打仗的准备，最好能有一张本地区的军用地图。当天，徐深吉就把这一找地图的任务交给了调任不久的敌工科长王建国。

三

王建国认为，要找军用地图，只有到驻在柴关的二十四师去借，因为别处根本没有军用地图。

二十四师的前身是东北军的骑兵第四师，师长叫白凤祥，西安事变前后受到过中国共产党的影响，这个部队和八路军的关系也比较好，后来蒋介石将它改编为步兵师，编入九十七军。现任师长张东凯，也是东北人，陆军大学毕业生。考虑到这些情况，王建国对徐副司令说："这个部队不是蒋介石的嫡系，向他们借地图，他们可能会借，不过，它现在毕竟属于九十七军领导，说不定也可能拒绝。不管怎样，咱们总得去试一试。我一个人去不好办，最好找个东北人一起去，那些人的乡土观念特别重。"

"好啊，你看谁合适？"徐副司令问。

王建国想起了今年春天一起在沙行子突围的纵队政治部副主任陈元龙，他从小在东北长大，说得一口地道的东北话，参军前又是大学生，举止文雅，谈吐不俗，可以担此重任。徐副司令当即表示同意，说："你们两个一起去，有事也好商量。"

柴关与渡口相隔一座山。他们两人并辔而行，下午三点多钟就到了二十四师师部。他们拿出一封以刘伯承师长的名义写的介绍信，负责接待的副官进去不久，就出来一个身材魁梧的军人，四十多岁，四方脸堂，浓眉大眼，是个标准的关东汉子。他就是师长张东凯。

"久仰久仰。我们刘师长事情较忙，不能亲自前来拜访，特派我们来向贵军致意，希望我们今后加强联系，密切合作！"陈元龙站起身说。

"哪里哪里。刘师长率贵军长期在敌后抗战，劳苦功高，国人有目共睹，理应我们去拜访刘师长，没有想到你们倒先来了。"

寒暄几句以后，便一边喝茶，一边聊天。陈元龙很快就和张东凯拉上了老乡关系，谈起家乡遭受日本侵略者铁蹄的蹂躏，父老乡亲过着悲惨的亡国奴生活，不禁都激动万分，唏嘘叹息。

"入关以来，我做梦都想回东北去，看看那里的亲友故旧，这些年来，不知他们是怎么熬过来的！"陈元龙说。

"我又何尝不是如此？我作为东北军人，带了这么多东北百姓的子弟，却不能为家乡的亲人解除痛苦，我内心有愧，不好受啊！"张东凯同样十分动情地说。

"那也不是张师长的责任。"王建国劝慰道。

"是的，不该由我负责，也不该由我们的少帅负责。当时少帅年轻，奉命不抵抗，上了人家的当。真正该负责的是那些外战外行、内战内行的民族罪人！"

谈得十分投机，不觉外面天色渐渐暗下来。张东凯吩咐副官，叫在他的隔壁房间安排两位客人住下。吃晚饭就在他的宿舍兼办公的地方。他俩一跨进门，就看见墙上挂着印刷得颇为精致的地图，两人心里不禁一动，对地图端详了好久。

第二天吃早饭，仍是那间屋子，除了张东凯，还有他们的副师长徐明山作陪。吃饭时，王建国就有意把话题引到墙上的地图上来，说："你们这张地图不错，比较详细，印得也清楚，用起来就方便。"

"这图是今年年初到洛阳见卫司令长官时领的。"张东凯说。

"卫司令长官当时还说，要注意保密，不得遗失。"徐明山补充道。

"那是当然，军用地图是军队的重要机密材料，不同于一般的民用地图。"陈元龙说，"不过，所谓机密，主要对敌人要保密，然而日本侵略我国用心已久，作了充分的准备，我们缴获他们的军用地图，甚至比我们自己的还要详细，还要准确。"

"那倒也是，那倒也是。"张东凯和徐明山都连连点头，表示赞同。

上午，陈元龙和王建国在徐明山陪同下，参观了二十四师的部队。吃中午饭时，桌上摆了七八个菜，两瓶酒，算是正式宴请。可是客人的心思只在地图上，图不到手，食不甘味，所以举杯祝酒之后，王建国再次夸奖墙上的地图，并单刀直入地问："这样的图你们有多少？"

"这种地图，我们只有三份。"张东凯说。

"只有三份？太少了。"陈元龙说，"你们到北方来抗日打游击，部队住得分散，没有地图怎么行？像这样的图，最好每个连队一份。"

"是呀，我们也感到太少，不方便。"张东凯说。

"别说一连一份，能让每个营有一份就不错了。"徐明山说。

"张师长，徐副师长，你们看这样好不好？"王建国见机不可失，便马上建议道，"我们有个测绘队，也有印刷设备，我把图拿去，叫他们帮你们复印，你们需要多少，就复印多少，几天后就可以送来。"

张东凯和徐明山互相看看，有点犹豫，后来张东凯说："别……别麻烦了。"

"这有什么麻烦的？我们是友军，互相帮助是应该的，谈不上麻烦，测绘人员闲着也是闲着，交给点任务，也是培养、锻炼他们嘛！"陈元龙说。

"好，你们拿去，最好快点复印。"张东凯终于下了决心说，"我打算发到营，请你们复印二十份就够了。"

饭后，他叫副官从墙上把地图取下，叠成一包，交给了陈元龙和王建国。两人如获至宝，心中大喜，表面上却不动声色，和张东凯等闲谈一阵，才告辞出来。两人离开柴关，立即策马狂奔，天黑前就赶到渡口。向徐深吉副司令汇报后，马上召集测绘人员，张灯点烛，连夜突击绘图，争取尽快复制出一份完整的地图来。

第二天上午，王建国正在敌工科研究工作，徐深吉派人来叫他，说二十四师的徐明山副师长来了，让他去接待。王建国马上想到，他们准是变卦了，来要地图的。于是，便先到测绘人员那里了解，地图什么时候能复制出来？测绘员们说，最快也要到下午两三点钟。王建国心中有了数，便不慌不忙地去见徐明山。果然，见面以后，没有说几句话，徐明山就说："师长叫我来取地图，我们军里正在想办法自己印，就不麻烦贵军了。"

"那好。"王建国说，"我马上派人去取来，请徐副师长稍候。"

王建国并不马上起身去取图，而是和徐明山闲谈起来。两人聊了个把小时，炊事员送来热气腾腾的小米饭，于是两人便吃午饭。饭后，王建国提议参观部队，徐明山欣然同意。参观部队后，王建国又说："渡口是太行山的一个隘口，地势险要，徐副师长有没有兴趣看看地形？"

"我是个老军人，对看地形有特殊兴趣。"他说。

"好，我陪你看。"

王建国便带他走出渡口镇，在沟壑纵横的山坡上跑上跑下。徐明山见山坡上筑有工事，问："能去看看吗？"

"当然可以。"

王建国带他到工事里参观。他看后大加赞赏，说："贵军的工事修得好，不仅坚固、隐蔽，而且都是对着鬼子的。"

"我们不像朱军长（朱怀冰），他的碉堡好多枪眼都是对着我方的。"王建国说。

徐明山笑笑，没有吭声。

回到司令部，已是下午四点多钟。徐明山要走，王建国说："我们徐副司令请你吃便饭，你得赏光！"伙房宰了一只鸡，炒了几盘菜，主食仍是小米饭，便算是待客的好饭菜了。餐毕，王建国把一包地图交到徐明山手里，并把他送到镇外，看着他骑马朝柴关走去。

从此，八路军也有了林县地区的军用地图。徐副司令很快派人给刘伯承师长送去。

不久，冀南军区组织打击石友三的讨逆军，青年纵队奉命参加，徐深吉副司令便率领部队返回平汉路东，参加了讨逆战斗。

四

现在，青年纵队再次来到平汉路西，在上级规定的二月二十八日之前到达指定地点阳邑。

今天的太行山东麓，已是山雨欲来风满楼，弥漫着大战前的紧张气氛。朱怀冰的部队夜以继日地修筑工事，用石头垒起一座座坚固的碉堡，黑魆魆的射击孔像鬼眼似的瞅着八路军的阵地。和朱怀冰的九十七军紧密配合，庞炳勋的四十军开到太行山南麓的陵川、高平、辉县一带，范汉杰的二十七军渡过了黄河，正向焦作方向前进，刘勘的二十九军也开到黄河以北的济源地区……一时间，大军云集，一齐向太行山抗日根据地扑来，黑云压城城欲摧，大有一口把整座大行山吞掉之势。

党中央早已识破蒋介石决心掀起一次大规模反共高潮的阴谋，在政治上作了坚决的斗争。毛泽东主席早在一九三九年九月十六日，在和中央社、扫荡报、新民报三家记者的谈话中，就公开表明了中国共产党反摩擦的严正立场：人不犯我，我不犯人，人若犯我，我必犯人。在军事上，也作了相应的部署。一九四〇年二月以前集中到武安、涉县地区的部队就有：冀南的青年纵队、冀中的警备旅、晋察冀的南进支队和太行山边区纵队。一二九师的五旅、六旅、十旅、新一旅、二一二旅和决死纵队等主力部队则在山西的平顺、壶关、晋城一线，以对付高平、陵川、济源、洛阳方面的四十军、二十七军和二十九军。直接和朱怀冰部队对峙的则是两纵（青纵、边纵）一旅（警备旅），南进支队的两个团担负迂回任务。

此时，在朱怀冰九十七军东北侧的磁县、武安地区，有范子侠的三个团。范子侠是江苏徐州人，黄埔军校毕业生，为人正直，有爱国思想，对蒋介石消极抗日、积极反共的政策早就不满，今天见蒋又调集大军进攻太行山区，更是坚决反对，遂毅然率部起义，加入了八路军的行列。范子侠部队起义，给热衷于打内战的蒋介石当头棒喝，对冲在内战最前线的朱怀冰部队起到分化瓦解、削弱士气的作用。于是，上级决定不失时机地进行反击，打击这股以反共为己任的蒋介石嫡系部队。

战斗打响之前，刘伯承、邓小平曾写信给二十四师，争取他们保持中立，不要卷入这场冲突，但是张东凯很客气地回了信，说：朋友是朋友，公事是公事。我是一个军人，军人以服从命令为天职，到时候我得听从上级的命令。他的意思十分明显，一旦打起来，他不能也无法采取中立的立场，置身事外。既然如此，八路军也就顾不得许多，虽然他"张松献地图"，对八路军有过帮助，目前这地图已经成了刘邓首长指挥这次战役的重要工具，正在起着不小的作用哩！

三月一日上午，参战部队排以上干部集合在阳邑北面柏林村的一座大庙里，听师首长作战斗动员。开始，师政治部主任蔡树藩根据中央指示精神，讲了打退这次反共高潮的重大意义，强调朱怀冰是蒋介石反共的急先峰，这一仗必须打好，要开一朵红花，限三天内结束战斗，如果打成胶着状态，将会给抗日统一战线带来不利影响，国共合作甚至有破裂的危险。接着，师参谋长李达讲了作战的具体部署以及山地战斗的战术问题。散会时，主持会议的人通知青纵七七一团的干部留下，大家正纳闷，师政委邓小平健步向大家走来。他单独给七七一团的干部做了补充动员，说：你们团是这次作战的突击力量，一定要发扬老红军英勇顽强、不怕困难和猛打猛冲的光荣传统，在战斗中起模范带头作用，给兄弟部队作一个榜样。要是打不好这一仗，不仅你们觉得耻辱，我们也会脸面无光，蒋介石的反共气焰会更嚣张，他的尾巴就要翘到天上去了。邓政委的亲切教导，热情勉励，使大家深受鼓舞，决心以打胜仗的实际行动来回答首长的殷切期望。

三月三日凌晨四时，几颗耀眼的信号弹划破漆黑的夜空，照亮了太行山巍峨的山影。战斗打响了。八路军的突破口选择在九十四师和二十四师的结合部，实施中央突破。但是敌人居高临下，凭险固守，从坚固的碉堡里喷吐出一条条火舌，遏止八路军的凌厉攻势，使它的突击部队无法前进。拂晓时，八路军调来了炮兵，山炮连摧毁了几座碉堡，师直炮连又用两门小炮作抵近射击，摧毁了另两座碉堡，这样就把敌人的防线撕开一个几百米的口子。七七一团立即发起攻击，从口子里钻进去，向纵深发展，后续部队也跟着冲了进去。这时，敌人的其他阵地也有多处被突破。战斗在崇山峻岭间激烈进行着，山头上，山腰间，山谷中，战火纷飞，硝烟弥漫，枪声、炮声、军号声、厮杀声，响成一片，山鸣谷应。敌人哪里经得住这样的打击？迅速全线崩溃，有的落荒逃窜，有的举枪投降。八路军打击的重点是敌九十四师，到中午十一时许，就把该师主力基本上消灭，活捉一个副师长、一个团长、三个副团长和若干个营长。朱怀冰本人负伤，只带了残部一千余人南逃，连他的宠妾、一个十九岁的扬州姑娘也扔下不管，让她当了俘虏。和她同时被俘的，还有十几位官太太，一个个蓬头散发，提着旗袍角，踮着高跟鞋，在八路军战士押送下，步履艰难地走下山来。

　　八路军突破九十七军的防线，歼灭其主力部队后，继续乘胜追击。夏为礼、牛瑞庭两股顽军不自量力，螳臂挡车，妄图阻止八路军胜利进军，结果被顺手牵羊，落了个顷刻瓦解，彻底失败。只有孙殿英比较狡猾，惯于看风使舵，投机取巧。他见九十七军一败如水，八路军攻势排山倒海，便命令部队把枪插在家里，士兵徒手站在大路两旁，向快速通过的八路军队伍鼓掌迎送。他这一手真是掌握了八路军"人不犯我，我不犯人"的精髓，他的部队毫发未损，仍然驻在原地没有任何变动。朱怀冰却马不停蹄，向南狂奔。千余人的部队沿途散失，最后只剩下几十名贴身随从，通过林县伪军的关系，才穿过县城逃脱。

　　八路军停止了追击。七七一团作为全军的前锋部队，住在林县西北二十余里的东姚集。一天，侦察员和步哨同时报告，南边烟尘蔽天，战马奔腾，似乎有敌人的骑兵向我冲来。团长吴成忠立即通知部队全部进入阵地，迎击来敌。但是，等了好久，不见敌人发起进攻，只有一个信使模样的人单枪匹马向阵地跑来。

　　"站住！干什么的？"哨兵喝问。

"我是四十军骑兵团的,有事要见你们首长。"那人跳下马背说。

哨兵把他带到吴成忠团长面前。他着急地说:"首长,你们赶快放开一个口子,让我们过去,我们部队起义了,后面有追兵!"

"你们起义?你们是谁?"吴团长问。

"我们是四十军骑兵团,团长叫马任兴,原来上级命令我部北上增援九十七军,后又命令停止待命,我们团长决定起义,把部队带上来了。"

吴成忠听了仍是将信将疑,便说:"回去告诉马团长,你们部队就在我们前面的村子住下,如有敌人上来打你们,我们一定全力支援,你们放心好了。"

那人走后,吴团长将情况报告了一二九师师部,师部又请示了党的北方局。北方局迅速答复说,马任兴是中国共产党秘密党员,希望你们尽快和他接洽,协助该部起义。七七一团接到指示后,立即遵照执行。当日,该骑兵团五百多匹战马像一条矫健的长龙,浩浩荡荡通过八路军的阵地,向北方开去。

第十一章　重返冀南

一

　　山谷里一株株杨柳，摇曳着嫩绿的枝条，杏树林盛开着红霞般的花朵，阳坡上的草发芽了。那些吃了一冬干草的牛羊，贪婪地啃着刚刚冒尖的青草，时时抬起头来，发出悠长而悦耳的鸣叫。

　　王建国骑着马，顺着山间的小路，向涉县的河南店走去。太行山明媚迷人的春色，简直把他陶醉了。那是打朱怀冰部队战斗刚结束，领导上通知他到一二九师干部轮训队去学习。学习，这是他长期以来的一个心愿。现在刚打完仗，能在一个比较安定的环境里学习理论，总结实践经验，这是多么好啊！

　　涉县坐落在崇山峻岭之间，湍急的漳河从它的南边流过。这是华北地区八路军从日寇手里夺回的很少几个县城之一，后来鬼子又多次到这里"扫荡"，烧杀抢掠，肆意破坏，把一个本来就残破不堪的山区小县城糟蹋得遍地瓦砾，简直成了一片废墟。王建国没有在城里逗留，出了南门，涉过漳河，河那边就是他要去的村庄河南店。

　　王建国来到轮训队的大队部。大队长张贤约看过介绍信后，伸出手来和他紧紧地握了握，说："欢迎！欢迎你来学习。"接着便简要地介绍了轮训队的情况，最后说："我们决定把你分配在一区队二班当班长，你除了自己学习外，还要帮助那些当八路军不久的起义军官。"

"我要帮助那些起义军官?"王建国颇感意外。

"对,刚起义不久的,范子侠部队的军官。"张贤约点点头说,"范子侠起义后,送了十二名团长、营长到轮训队来学习。我们把他们编为两个班。对他们主要是进行政治思想教育,使他们逐步了解、接受我们党的主张,适应八路军的工作、生活习惯。你到班里以后,要和他们打成一片,多谈心,多交换意见。他们对我们党还不很了解,有一些错误的观点是难免的,要耐心帮助,说服他们,不能操之过急,更不能用压服的办法。"

"我明白了。"王建国点头答应道。

"你要特别注意帮助班里那个叫宗凤洲的,他是范子侠的一个团长,对那些营长们很有点影响。他对我们的一套做法,似乎有自己的看法,却又不愿说出来,你要和他多谈谈,摸清他的思想才能做工作。"

张贤约又嘱咐一番,然后帮助王建国提了背包,送他到班里去。

"他就是你们新来的班长。以后你们若有闹不明白的问题,可以和他说;有啥要求或者意见,也可以向他提,由他向组织反映。"

在一间老乡的土屋里,张大队长介绍的话音刚落,大家鼓掌表示欢迎。王建国却觉得面前都是一些陌生的面孔和淡漠的目光。宗凤洲有二十八九岁,中等身材,河北藁城人,过去当过小学教员,从他的外表看,白皙皮肤,举止文雅,像个文弱的书生。他远远地站在大家的后面,脸上的表情似乎比其他的人更冷淡一些。

大家围坐在一起,王建国先作自我介绍,讲了自己的工作经历、优点和缺点,希望今后在一起生活、学习,大家能够互相帮助,共同提高。说完以后,让大家发言,他们却你推我让,都不愿讲,王建国只得点将了:"还是请宗团长说说吧!"

"我?"宗凤洲看了王建国一眼,摇摇头说:"我没有什么要说的。"

第一次班务会就这样冷淡收场。王建国心想,这些人还真不好对付呢,但是他并不灰心,而是更加细心周到,千方百计去接近他们。他们上课他上课,他们休息他休息,他们上街他也上街。王建国发现,他们喜好运动,爱打篮球,课余时间便和他们一起赛球,经常滚得一身泥巴,大汗淋漓,一起到漳河边洗脚、洗脸、洗衣服。在学习中,有人对一些理论概念搞不明白,大家在一起切磋、讨论、研究,畅所欲言。日子一长,渐渐熟了,相处就比较随便,有什么想不通的问题也能在班务会上谈,或者向班长汇报。

有一天,吃过晚饭以后,王建国和宗凤洲来到漳河边散步。太阳已经落到山背后去,天空仍然十分明亮,晚霞把远近的山峦抹了一层淡淡的紫色。晚风徐徐,迎面吹拂,使人觉得非常舒适、惬意。他们走在河边的沙滩上,漫无中心地闲聊着,忽然宗凤洲站住了,问:"咱们队里那位姓汪的女同志,她真是刘伯承师长的爱人?"

"是呀,她叫汪荣华。"

"那位齐同志是李达参谋长的爱人?"

"那还有假?怎么啦?"

"八路军真不简单!"他十分感慨地说,"这些女同志穿布衣,吃粗粮,出操上课,和普通士兵一样,没有任何特殊,太令人钦佩了。在国民党军队,别说是高级将领的眷属,就是一般官长的太太,哪个在家不是好几个人侍候,出门要用轿子抬着?真是一个天上一个地下,没法相比!"

"是啊,两种根本不同性质的军队嘛!"王建国趁机解释说,"八路军是革命的队伍,人民的子弟兵,是以为人民服务为宗旨的,所以它的干部、战士都保持劳动人民的本色;而国民党军队呢,是统治、压迫人民的工具,它怎么能和八路军相比呢!"

"是啊,是啊。"宗凤洲连连点头说,"不过,我有一点小意见,不知该不该提?"

"什么意见？有意见尽管提。"

"八路军不是讲官兵平等吗？我们和你们也完全平等吗？可是，咱们现在吃饭就不平等。你们吃小米饭，啃窝窝头，叫我们吃白面馒头，顿顿有鱼有肉，好几个菜，这怎么能说待遇平等呢？"

"原来是为了这个呀。"王建国笑了起来，"领导上主要考虑生活习惯问题。习惯不是一两天能够养成的，要适应某种生活环境得有一个过程，强迫适应就会不舒服，甚至痛苦。八路军的生活是艰苦的，我们对这种生活已经习以为常，可是你们还不习惯，因此在生活上不能同大家一样要求，必要的照顾还是需要的。这样做，决不能认为有你们、我们之别，更不能认为咱们之间有什么不平等，你说对吗？"

"领导的好意使我们很受教育，很受鼓舞。但是我们已经参加革命，领导就应该用对待革命战士的要求来严格要求我们，不习惯的事很快会习惯的。我们很多人也来自劳苦群众，如果过去很长一段时间里，我们没有能够保持劳动人民的本色，那么今天就应该努力恢复这种本色。可是，如果领导上总把我们当客人看待，就会不利于我们这些人的思想改造，所以我们恳切希望在生活待遇方面和大家一样，不要有任何特殊。"

"老宗，我一定转达你的意见。"

王建国见他态度诚恳，言辞坚决，心中十分高兴，回来就向轮训队领导作了汇报。后来，领导又征求其他人的意见，取得共识后，决定接受宗凤洲的意见，取消了他们在生活待遇方面的特殊照顾。

从此，宗凤洲的情绪越来越高，平时不再沉默寡言，而是和大家有说有笑，在生活上严格要求自己，过去很少亲自动手的打饭、打水、扫地、整理内务等具体事儿，也能争着去做。军事、政治学习也比过去认真，讨论时积极发言，有时为一个问题和别人争得面红耳赤，不弄明白决不罢休。同志们反映：宗凤洲真像换了一个人。在他的影响下，

第十一章 重返冀南

几个营长也都积极起来，二班很快出现团结紧张、朝气蓬勃的新气象。

有个星期六的傍晚，王建国和宗凤洲在院子里的大青石上下棋。下到一半，宗凤洲忽然问："老王，每到星期六下午，就找不见你，你躲到哪里去了？"

"开会去了。"

"开会？开什么会？"

"党的生活会。党员每个星期要过一次组织生活。"

"组织生活怎么过？有些什么特殊事吗？"宗凤洲好奇地问。

"没有什么特殊事，把自己一周来的思想、工作、学习情况向党组织汇报，作批评和自我批评，听取同志们的意见，使自己能够克服缺点，不断进步，按照党员的标准要求自己，起到一个党员应该起的作用。"

"哦，原来是这样！"宗凤洲陷入沉思，似乎考虑下一步棋该如何走，突然又抬起头来，问："老王，你觉得我这个人怎样？有哪些缺点？"

"你最近进步很快。"王建国说。

"你看，我能不能加入中国共产党？"宗凤洲神色庄重地说。

王建国早就希望他提出这样的要求，早就等待他提出这样的要求，现在，他终于自己庄严地提出了，王建国的心里是多么高兴啊！所以当即表示："能啊，怎么不能？党的大门对每个愿意革命的同志都是敞开着的，只要坚决抗战，坚决执行党的路线，服从党的决议，党就欢迎他加入组织。"

宗凤洲沉吟一会，把棋盘上的一个小卒推过界河，坚决地说："我愿意做党旗下的普通一兵，坚决抗战，革命到底，请党组织考验我！"

一个月以后，党支部经过教育、考察，认为宗凤洲的思想觉悟已经达到无产阶级先进分子的水准，一致同意吸收他为中国共产党预备党员。

学习结束以后，宗凤洲朝气蓬勃地回原部队工作去了。一九四一年春天，六分区司令员范子侠在柴关与日寇作战，不幸壮烈牺牲，当时任分区参谋长的宗凤洲就接替司令员的职务，继续领导根据地的军民和日寇进行坚决的斗争。

二

我们在太行山上，
我们在太行山上，
山高林又密，
兵强马又壮。
敌人从哪里进攻，
我们就叫它在哪里灭亡；
敌人从哪里进攻，
我们就叫它在哪里灭亡！

山西榆社县坐落在太行山的脊背上。打完朱怀冰部队，七七一团奉命开到榆社县的一个山沟沟里，进行短期整顿、训练。每天，指战员迎着东方升起的一轮红日，对着千山万壑的林涛雾海，一遍又一遍地唱着这支嘹亮的战歌。

王建国调干部轮训队学习时，已被任命为七七一团的副团长，由于学习，没有到职。在学习期间，八路军的部队进行整编，一二九师新发展起来的纵队、支队，都正式编为旅，每旅的番号之前都冠以"新"字。青年纵队改编为新四旅，徐深吉任旅长。整编以后，七七一团就被调来太行根据地进行整训。

刘伯承师长对七七一团的整训表示了特殊的关怀。他亲临部队，

第十一章 重返冀南

对全体人员讲了话。他除了表扬大家仗打得不错外,着重指出在作风方面存在的问题。他操着很重的四川口音说:"部队要有部队的样子,不能散散漫漫,拖拖拉拉。当兵的不是老百姓,要讲究军容风纪,军人姿态,有一种团结、紧张、严肃、活泼的作风。有的同志说:'不讲军容风纪照样打胜仗。'这种说法不对。打个小仗也许问题不大,若是打大仗,要是缺乏严格的纪律和紧张的作风,怎么行呢?那样就打不赢敌人,要被敌人打败。你们七七一团不要打了胜仗就骄傲,要多想想自己的缺点和存在的问题。我告诉你们,这一次,你们如果不把作风整顿好,就别想去参加战斗。"

刘师长果然说到做到。不久,一二九师组织了白(圭镇)晋(城)公路破袭战,兄弟部队和日本鬼子打得难解难分,战斗异常激烈,但是上级没有要七七一团参加。他们仍在僻静的山沟里,一个劲地立正、稍息,"一二一"地搞制式训练。有时,干部、战士伫立在高高的山梁上,凝神倾听从远处传来的隆隆炮声,大家就像久经战阵的老马听到了冲锋的号音,搏斗的呐喊,每一条神经都亢奋、激动起来,恨不得马上结束这乏味的训练,投身到硝烟弥漫、战火纷飞的战场上去。

可是,领导上并不理会大家的心情,给干部讲战术课时,介绍过去的一些战例,好似火上浇油,在大家渴望战斗的心田里激起更加强烈的战斗欲望,但到最后领导总是讲:打铁需要自身硬,只有加强作风建设,将来才能多打胜仗。

有一天,徐深吉旅长给排以上干部讲课,讲到了著名的响堂铺战斗。他绘声绘色地说:"那是一九三八年二三月间,我军侦察到鬼子有一支辎重部队要经过邯(郸)长(治)公路的响堂铺,便在那里埋伏了三个团,并作了这样的分工:七六九团拦头,七六二团截尾,七七一团实施中间突击。部队拂晓前就进入设伏地点,时时盼望从涉县方向出现敌人的汽车,可是左等不来,右等不来,直到太阳快爬到头顶了,还不见一点动静。有些人沉不住气了,认为侦察有错误,情报不准确,敌人不会来了,咱们应该马上撤出阵地。但是上级批评了这些人:注意服从命令听指挥,别动摇军心!当然,这个批评是够严重的,这些人再也不敢乱咋唬了。不久,公路那边隐约传来汽车的马达声,很快,一百七八十辆汽车像一条长龙,顺着盘山公路开来,搅起的黄尘遮天蔽日。敌人的车队越来越近,全部进入了伏击圈,指挥员一声令下,战士们甩出一排排手榴弹,接着就跳出战壕,冲下山去,在公路上和敌人展开白刃战。那真是一场血战,刀光闪闪,杀声震天,天昏地暗,日色无光。经过反复拼杀,敌人全部被歼,汽车烧得精光,一辆也没有逃走。"

干部们虽然不止一次地听人讲响堂铺战斗的经过,有些人就是这次著名战斗的参加者,但是,今天由七七一团的老团长来讲本团的光荣战绩,听起来更加令人兴奋、自豪。大家眉开眼笑,情不自禁地鼓起掌来。但是,徐旅长把话锋一转,神情严肃地说:

"就是这样一个大胜仗,战后徐向前副师长作战斗总结时,出乎大家意料地说:'我要是敌人的指挥官,今天非把你们打垮不可!'开始大家思想不通,当他具体指出我军在战斗中的一些漏洞,如发起攻击时间早了些,对面山上那个营的动作太慢,配合不够紧密,等等,大家就心悦诚服。所以,我们在伏击战中,要做到'坚决、勇敢、秘密、迅速'八个字,在平时就要注意部队作风的培养,不然就不能取胜,胜了也是由于敌人指挥员犯错误,侥幸取得的。"

反复的教育,严格的要求,终于使七七一团的指战员们提高了对作风、纪律等问题的认识,行动上也更加自觉了。在短短一个月的时间里,部队整训达到了预期的要求,取得了明显的效果。

最后,刘伯承师长再次来到七七一团,主持了一次校阅。为了表示这是一支有光荣传统的红军部队,校阅之前,干部、战士都自己动

第十一章 重返冀南

手打草鞋,一人两双,一双穿在脚上,一双塞在背包上,再配上不久前新发的单军装、绑腿、腰带、水壶,部队的面貌焕然一新。当大家精神抖擞、步伐整齐地从校阅台前走过,刘师长把右手举在帽沿上,四方脸上露出了满意的笑容。

三

一九四〇年的初夏来到了太行山麓,南风吹在身上热烘烘的,在明亮的阳光下,平川里、山坡上的大片麦子泛起了金色的波涛。

七七一团结束了榆社的整训,回到新四旅的驻地渡口,渴望着上级赋予新的战斗任务。副团长王建国就在这时从干部轮训队学习结业,来到了该团。

新的战斗任务果然很快就下达了。上级命令,新四旅尽快越过平汉铁路,返回冀南,到大名、临漳之间进行活动,以配合冀鲁豫兄弟部队粉碎敌人的"扫荡"。于是,全旅紧急动员起来,积极进行长途行军的各项准备工作。

有一天,七七一团的供给人员到附近的沙河县政府联系部队给养,县政府的工作人员却说:"给养有,我们保证供给,但是你们要把三皇村的皇协军打掉。这些天他们天天出来抢收麦子,如果不打掉这股敌人,麦子都被他们抢去,别说军队没有吃的,老百姓也要饿肚子。"

供给人员空着两手回来了,把情况报告了团长。

"那怎么行?"吴成忠团长皱着两道浓眉说,"我们有任务,很快就要出发,哪有时间打三皇村?"

团首长正在作难,忽听得外面街上吵吵嚷嚷,人声嘈杂。团政治处的干部跑来报告说:来了一百多个老乡,都是沙河县农村的,他们要求见部队首长。

这是在根据地极为少见的一次自发的集体请愿行动。当团长吴成忠和副团长王建国走出大门，来到街上，那些老乡立即围了上来。吴团长举起两只手，叫大家静下来，然后说："乡亲们！我是团长，你们有啥事，就说吧！"

"首长，俺们来请求咱们的部队去收拾三皇村的黄狗子。那些不得好死的坏蛋，天天出来抢庄稼，麦子是俺们老百姓的命啊，眼看到嘴边的粮食，叫那些家伙抢去，俺们咋生活呢？俺们拿啥支援军队抗战呢？乡亲们说，八路军不会看着不管的，大伙儿才派俺们作代表来反映意见。首长，你就带队伍去打这一仗吧！"

"打上这一仗吧，把那些皇协军消灭掉，解解俺们的心头恨，那些坏蛋太欺侮俺们老百姓了！"

"打吧，把那些害人精给俺们消灭掉！"

"打吧，快打吧！"

人群乱哄哄地叫嚷起来，一个比一个嗓门大，声音高。吴成忠虽是老红军，多年的戎马生涯，也是头一次遇见如此急切地要求部队去为他们打仗的群众，所以一方面为群众对自己军队的无限信任而感到由衷的喜悦，另一方面又为无法明确回应他们而觉得十分为难。他和王建国商量一下，最后大声说："乡亲们！你们的要求是合理的，我们坚决支持。八路军是人民的子弟兵，不是一句空话，就应该积极为民除害，保护群众的利益。不过，我们要请示上级，上级批准了才能行动，你们先回去等讯好不好？"

"好！那还有不好的？首长有了这话，俺们走吧。"老乡们高高兴兴地回去了。

七七一团立即向旅首长作了报告，旅首长作不了主，又请示师首长。师首长答复说，你们和沙河县政府、沙河县的群众讲清楚，这个敌人一定要打，麦收一定要保卫，但是你们有紧急任务，不能在此久留，师首长将派别的部队来执行这一任务。七七一团把这一指示精神传达

第十一章 重返冀南

下去以后，群众非常通情达理，表示满意，并很快给部队送来了充足的给养。

出发的时刻到了。这是异常艰苦的长途行军。从出发地点到铁路有九十华里，因为要绕过一个敌人的据点，又得多走二十里路，越过铁路以后，部队起码再走一二十里才能宿营，所以，这一夜的行程少说也在一百三十里以上。夏天的夜又短，早晨四点多钟天就亮了，更增加部队行军的紧迫性。为此，各级领导反复动员，大家思想上对困难也作了充分的准备。

七七一团担任前卫，下午五点多钟出发，副团长王建国和三营一起行军，几乎一直在跑步前进。战士们奔跑着，喘息着，汗水把军衣湿透了，军用水壶喝得滴水不剩，又渴又累，经过老乡地头的井边，想打些清水喝，但是没有时间，前面队伍走远了，指挥员一个劲地催促着：跟上！跟上！于是，战士们咬紧牙关，坚持赶路。

东方渐渐露出鱼肚白，平原上的村庄、田野，在淡淡的晨雾里，显露出清晰的轮廓。一些早起的农民，站在村口、田头，吃惊地瞪大双眼，看着浩浩荡荡的八路军队伍健步如飞地向东开去。

队伍来到平汉路附近，天已大亮，太阳很快就要喷薄而出，四周的一切都已看得清清楚楚。这时，长长的铁路线上，到处是黑压压的人群，潮水般地漫过铁路，向路东的平原冲去。这哪里是偷越铁路线，完全是大模大样、堂而皇之地公开过路。那浩大的声势，壮阔的场面，早把附近据点里的小股敌人镇住了，根本不敢轻举妄动，连火车也被迫停开，躲在几里以外的地方冒白烟，呜呜叫唤，就是不敢越雷池一步。

王建国和三营的战士一起越过铁路，回到阔别半年多的冀南平原。当大家在离铁路线十多华里的永年县一个村子里宿营，吃到冀南群众送的白面蒸馍，都高兴地说：咱们又回到老家啦！

部队在永年县北部的农村稍事休息，继续前进，到魏县、临漳、大名一带活动。

为了迅速把在冀鲁豫地区进行"扫荡"的日寇吸引过来，以减轻兄弟部队的压力，七七一团故意在大白天行军，甚至到靠近据点的地方转一下，似乎在告诉敌人：你们来吧，冀南的老八路又回来啦！然而，敌人的反应却十分迟钝，一直对他们没有重视，直到他们连续对旧魏县、临漳、羊羔等据点进行了袭击，把它打疼以后，敌人才沉不住气了。

留岗，是敌人新建的据点，炮楼还没有修起来。一百多名伪军住在一家地主院里。白天押着老百姓给他们修炮楼，夜晚就躲在院墙里喝酒、赌钱、吸毒品。那天夜间，七七一团的一个连乘黑夜摸进村子，神不知鬼不晓地干掉了哨兵，而后冲进院去。当战士们大声喊"缴枪不杀"，在那里赌钱的伪军还不满地说："开什么玩笑？"有个军官抬头一看，发觉情况不对，拔枪抵抗，当场被击毙，其余的人立即大乱，四散逃窜。这一仗，共抓了三四十名俘虏，几乎缴获了敌人的全部武器。第二天，又动员群众把尚未修好的炮楼拆毁，把炮楼四周的壕沟填平。

旧魏县没有城墙，只有一道不很高的土围子，这里住着日寇，修筑了比较坚固的碉堡。一天夜间，七七一团派了一个小分队去进行骚扰性袭击。鬼子摸不清到底来了多少八路军，意图是什么，只听得到处是枪声，所以十分惊恐，便盲目朝外射击，轻、重机枪像泼水似的扫射，从深夜一直打到天明，其实，袭扰的小分队早已悄悄地离开，回驻地休息去了。

从此，敌人警觉起来，从清丰、南乐等地抽调大批作战部队，回冀南寻找八路军作战。旅首长见吸引敌人的目的已经达到，并不恋战，马上率领部队回到广宇、南宫，钻进枝繁叶茂、果实累累的沙行子进行休整。

第十二章　二次讨逆

一

漆黑的夜，伸手不见五指，瓢泼似的大雨，从墨黑的天空倾泻下来，平地上到处都是哗哗的流水声。

七七一团的队伍正在雨夜中艰难地行军。无数双脚板在泥水里拍打着，发出噼噼啪啪的声响，黑暗中，时而传来人的咳嗽声、马的响鼻声，以及短促而低沉的吆喝声："跟上！别掉队。""注意，小心水坑！"

今天是党的生日——七月一日。白天，全团还在东黎集庆祝中国共产党建党十九周年，召开了大会，团政委张百春给大家作形势报告。这时，旅部发来电报，说：石友三在鲁西南的东明、菏泽一带休整了半年，部队有所扩大，最近妄图再次北上，重占冀南，其先头部队已经到达濮县，正向范县、冠城前进。上级决定再次组织讨逆军，由宋任穷任司令，肖华任政委；冀南军区五个团组成讨逆军中央纵队，由徐深吉旅长任纵队司令。七七一团接电后，要迅速渡过卫河，赶赴鲁西冠县以南、朝城以西地区集结待命，限一星期之内到达。于是，开完庆祝会马上又开动员会，指战员们纷纷表示：要以打胜仗的实际行动向党的生日献礼！

出发时，宋任穷、徐深吉两位首长来到七七一团，他们要随部队一起行动。

半夜，部队来到临清与尖塚之间的卫河边。团部立即派出警戒分队，监视临、尖之敌，保证部队安全渡河。

雨渐渐停了，乌云的缝隙中偶尔露出几点闪烁的星光。前面是白茫茫的一片，湍急的河水哗哗地向下游流去。根据事先安排：重武器和物资器材用船摆渡，人员一律徒涉过河。王建国勒马伫立岸边，借着微弱的星光，看部队从几个渡河点秩序井然地渡河，心里感到十分欣慰。因为不久以前吴成忠团长调走了，新团长徐绍华又调北方局党校学习，上级叫他暂时负责全团的行政、指挥工作，他深感自己肩上担子的份量不轻啊！

王建国正想驱马下水，到河对岸去指挥部队，迫击炮连的姚连长突然急匆匆地跑来，说："坏事了，副团长，一门炮掉到河里去了！"

"你说什么？"王建国大吃一惊。

"一门炮掉到河里去了。"他沮丧地又说了一遍。

"怎么搞的？叫你们要小心……"

"船头上太滑，炮没有固定牢，一个浪打来，船身一侧，炮挣断一根绳子，就哧溜下去了。"

王建国立即随姚连长来到出事地点的岸边。河面上黑沉沉的，什么也看不见，只听到有人哗哗弄水的声音，姚连长说那是几个身体强壮又熟悉水性的战士，正在潜水捞炮。王建国睁大双眼，看着发出水声的地方，希望能从那里传来好消息。因为，这金陵造的迫击炮，全团只有六门，是战友用鲜血和生命作代价，从敌人手里缴获来的。在当时重武器奇缺的情况下，从首长到每个战士，都把它们视作比自己生命还贵重的无价之宝啊！

"找到没有？"姚连长站在岸边焦急地问。

"没有呢！"河面上传来令人不安的声音。

"把搜索范围再扩大点！"

"知道了。"

半小时过去了。部队在一批又一批地渡河。王建国心里越来越着急：不论是丢掉火炮，或者因为找炮耽误了整个部队的行动，都是重大事故。正在这时，河面上传来一阵欢呼声，接着就是兴奋的叫喊："找到了！找到了！"听到这声音，他俩心上的一块石头才落了地。

渡过卫河，部队沿着临（清）馆（陶）公路继续前进，到唐元东南一带，天已大亮，便准备宿营。可是这里的大小村庄都有土围子，处处都有耍刀弄枪的红枪会，老百姓对八路军很不了解，总认为自古兵匪一家，因而抱有敌视态度。

七七一团来到一座大村庄的外边，只见寨门紧闭，寨墙上刀光闪耀，气象森严。昨夜指战员们在泥里水里，深一脚浅一脚地赶路，后来又涉水渡河，军衣湿得能拧出水来，人困马乏，精疲力竭，多么需要好好地休息，吃饭，睡上一觉啊！但是，如果进不了村，这一切都谈不上，因为村外既无水井又无柴禾，连生火做饭都不可能，更不要说宿营休息了。这时，各营也陆续派人来请示：老百姓不让队伍进村，怎么办？王建国不禁冒起一股怒火，气呼呼地说："派人交涉，说服不行，他娘的，就打！咱手里拿的又不是烧火棍，该给点厉害他们看看！"

王建国的这些话，让正坐在一棵大树下休息的宋任穷听到了，他立即制止说："不能打！打还像话吗？那都是些老百姓，八路军能打老百姓吗？"

"他们不是一般的老百姓，是红枪会，他们敌视八路军，有意刁难我们，不准部队进村……"王建国不服气地争辩说。

"那也是老百姓。同志，对群众做工作嘛，要有耐心，做细致的思想工作。这一带是敌占区，老百姓受敌人的欺骗宣传，对我们不了解，要和他们多讲道理，不要动不动就来武的，那样会把事情搞得更糟！"

宋司令员的批评，使王建国副团长认识到，急躁、莽撞，企图用武力来对付群众，都是十分错误的，不禁满面通红地低下了头。

于是，张百春政委带人到寨墙底下喊话，说服老乡让部队进村。费了半天口舌，总算达成一项协议，就是部队不进村，村里把柴禾和水从寨墙上吊下来，让部队做饭吃。这样也成。好在是盛夏，天已转晴，部队吃过饭，在附近的树林里休息，倒也凉爽宜人。只是宋、徐两位首长怎么办？他们和大家一起行军，还要考虑指挥作战的大事，应该休息得好一些。王建国和张百春商量后，决定再去和老乡交涉，能不能让部队首长进村休息？这次比较顺利，村里的老乡答复说：欢迎八路军的首长进村来住。王建国赶紧去找宋、徐两位首长，他们已经在一棵大树下躺着休息了。听王建国说后，宋任穷司令员连连摆手，说："不要不要，这儿很好，和同志们睡在一起，比哪儿都强！"他们执意不去，只好作罢。

当天夜晚，部队继续行军。

第二天，肖华、杨勇来电说，鲁西部队在旧范县同石友三部激战一天，已全歼其十六支队。这一消息迅速传遍各个部队，大家很受鼓舞。有人知道石部十六支队司令叫邵宏基，便开玩笑说："一只红烧鸡被老大哥部队吃掉了。"

仍是夜间行军。走到下半夜，天空忽然乌云密布，雷电交加，狂风大作，暴雨倾盆。部队在风雨中举步维艰地前进，人马淋得浑身湿透，像刚从水里捞出来似的。东方欲晓，云散雨收，料峭的晓风一吹，大家冷得又牙齿打颤。王建国骑在马上，阵阵倦意袭来，眼睛怎么也睁不开，便晃晃悠悠地在马背上睡着了，睡呀睡呀，身子一歪，从马背上滚了下来，滚到路旁的沟里，竟仍然未醒，犹留在梦乡。张百春从后面走来，见马匹伫立路边，感到奇怪，仔细一看，见副团长在泥水里呼呼大睡，连忙把他唤醒。后来，这件事成了干部们和王建国开玩笑的一桩笑柄。

为了抢时间，白天又继续赶路。碧空如洗，万里无云，火辣辣的太阳跳离地面，就以灼热的光焰烤着这支疲惫不堪的队伍。指战员们唇干舌燥，饥渴难忍，仍机械地拖着两条似乎不是自己的腿在走着。中午，有些战士中暑倒地，甚至有个别人抢救无效，猝然死去的。战士们掩埋了同伴的尸体，又毅然赶上队伍，继续前进。

经过艰苦的长途行军，七七一团终于按时赶到朝城的马集。鲁西军区首长肖华、杨勇赶来迎接，并向宋任穷司令员汇报了石友三部队的情况和动向，研究了讨逆军的战斗序列。当时确定，以鲁西军区司令部为基础组建讨逆军司令部，下辖三个纵队：冀鲁豫地区的部队为右路纵队，鲁西地区的部队为左路纵队，冀南地区的部队为中央纵队。

翌日，宋任穷司令员离开七七一团，移驻讨逆军司令部。

二

七月十五日下午，徐深吉司令员在他的住处召集讨逆军中央纵队所属各部队的领导人员开会，布置具体战斗任务。

天气异常闷热，老乡的土房里热得像蒸笼，会议临时改在树林里开。树上的知了不知疲倦地叫着，使人听得心烦。徐司令首先传达了上级的作战意图。他说："石友三这半年和日寇勾结得更紧了。由于得到鬼子的保护，他的部队不仅没有受损失，反而有所发展。他现在要向我根据地进攻，也是得到日寇默许的。所以，我们一定要狠狠给他一个教训，叫他不要在卖国求荣的道路上走得太远！

"至于具体作战分工，上级研究确定，左纵队集结在旧范县地区，从东往西打；右纵队集结在清丰、南乐地区，从西往东打；我们中央纵队渡过前面的马家河，正面突破，打击马口的敌人。这一片有十三个村子，都叫什么'马口'，统称'十三马口'。同志们别小看这个地方，它还是古战场呢！古时叫马陵道，据说就是孙膑捉庞涓的地方。

今天石友三的部队住在这里,我们就要当一回孙膑,向他大喝一声:石友三在此受死!"

话音未落,大家都高兴地笑了,会场顿时活跃起来。当研究具体分工时,各部队的领导都争着报名,要当第一梯队,担负主要突击任务。张百春和王建国商量以后,也提出了七七一团的请求。可是,出乎意料的是,徐深吉作结论时却说:"今晚打最前面的两个马口,二十团、二十二团作第一梯队,七七一团作第二梯队。大家如果没有别的意见,就回去抓紧时间准备吧!"

会议就此结束,大家纷纷离去。张百春和王建国却没有走,他俩都想不通,旅长放着自己的部队不用,却叫兄弟部队去打头阵,是如何考虑的呢?

徐深吉看出了他俩的心思,笑着问:"怎么,没有当上第一梯队觉得不光彩?放心吧,仗有你们打的。我估计第一线可能不是石友三的主力,叫他们打比较好。你们就等着吧,有艰巨的任务在后头呢!"

"好,那我们就回去等着啦!"两人异口同声地说。

黄昏,部队开始往前运动。在马家河上,临时用老乡的大车架起两座浮桥,兄弟部队快速通过后,七七一团也跟着过了河,在距离前线不远的一个村庄集结待命。

午夜,在南面不远处,三颗红色信号弹腾空而起,兄弟部队发起攻击了。在深蓝色的天幕下,在黑沉沉的原野上,只见一团团火光,忽明忽暗,枪声密集得分不出点来,战斗打得十分激烈。张百春和王建国站在村口看了一会,张百春说:"回去吧,抓紧时间睡觉,看人家打仗,就像看人家喝酒吃肉一样没有意思。"

回到屋里,两人怎么也睡不着,一支接一支地抽着香烟。远处,"咯咯咯""通通通"的轻重机枪声像放水似的不停地传来。他们似乎看到,兄弟部队正高擎着红旗,奔跑着,呐喊着,越过战火与硝烟,向敌阵冲去,向胜利冲去……可是，两个小时过去了，枪声不见减弱，他们不禁焦急、担心起来。

"怎么搞的，还没有解决战斗？"张百春躺在对面的行军床上说。

"是啊，还打得挺激烈呢！"王建国又点燃一支香烟。

"今夜他们打不下来。"张百春说。

"为啥呢？"王建国问。

"你听这枪声，这是轻机枪，这是重机枪，这也是重机枪，这还是……敌人火力这样强，很可能是石友三的主力，不是一八一师，就是暂编第三师，我敢肯定！"

"那就啃上硬骨头了。"

"我看今夜打不下来，即使打下来，伤亡必定大。你听到手榴弹的响声没有？就是没有。咱们打仗，哪一次不是靠手榴弹解决战斗？什么时候手榴弹乒乒乓乓炸成一团，战斗就快结束了。现在只有敌人的重机枪声，像爆豆子似的，这说明敌人还在顽强抵抗，咱们还没有冲进去。"

"嗯，可能。"王建国把烟蒂掐灭，说："咱们还是睡吧！"

一觉醒来，已是凌晨四点多钟，窗户纸已开始透亮。晓风送来阵阵枪声，但和夜间相比，稀疏得多了。

天明后，是一个晴朗的早晨。阳光照着缀满露珠的树梢，两只喜鹊扑棱着翅膀，叽叽喳喳地欢叫。昨夜的枪声，似乎梦魇般地消失了。

司令部的作战参谋来报告：二十团、二十二团昨夜战斗失利，两个马口没有打开，队伍已经撤下来。

整个上午都是在焦急的等待中度过的。直到下午三点钟，徐深吉才把王建国和张百春叫去，布置战斗任务。他一上来就说："知道了吧？马口没有打下来。今夜打胡家洼和五路桥，你们团和教三旅的七团负责打，二十团、二十二团当预备队。七团打五路桥。这个部队是井冈山的红五团，战斗作风好，战斗力强，是一支能打硬仗的部队。不过，你们七七一团也不嫩呀！你们的一营原来是红二七六团，红四方面军退出川陕根据地，最后一仗打剑阁，是一次非常成功的战斗，就是这个团打的；三营原来是红二七三团，是一、四方面军在草地会师以后，由红一方面军对调到红四方面军的部队；二营也是老红军底子，打过不少胜仗的。所以，你们团也是一支有光荣传统的部队，相信你们能保持这个传统，今夜一定要把胡家洼拿下来，决不能落在七团的后面。如果打不下来，你们就别来见我！"

他神情严肃，语气严厉，王建国和张百春知道，昨夜战斗不利，对他这样一个高级指挥员是有很大压力的。所以，他俩当即表示："旅长放心，我们保证完成任务！"

回到团部，三个营的营长、连长已经自动集合在那里，等待他们回来布置任务。二营长向守志是个目光敏锐、脑子灵活的人，见他俩笑嘻嘻地进屋，就说："好，今晚有仗打了！"

"你怎么知道？"张百春问。

"我会算命。"

"哈哈，你还能未卜先知。"王建国笑道，"咱们不要在房子里研究了，现在就去看地形，边实地侦察，边明确战斗任务，好不好？"

"好。这样发现新的情况，可以及时研究解决。"大家一致同意。

他们穿过一片苞谷地，又钻进一片茂密的高粱地，离敌人住的胡家洼越来越近。由于高粱挡住视线，除了村里高大的树木露出树梢外，其他什么也看不见，他们便继续往前走。突然，有人说："有情况！"话音未落，只听得"叭叭"两声清脆的枪声，子弹扑哧扑哧地钻进了附近的泥地里。

"有敌人的潜伏哨，不能再往前走了！"向守志说。

王建国也考虑，现在敌人在暗处，我们在明处，容易遭到暗算。

如果地形没有看好，人却挂了彩，岂不吃亏？于是，他们决定放弃实地侦察，仍回团部布置任务：一、二营担任突击任务，三营作预备队，同时负责监视西边马口方向的敌人。

夜，终于扯开它的黑色帷幕，把村庄、田野、树木、河流都严严实实地笼罩住了。部队早已做好夜间战斗的一切准备。指挥员一声令下，小分队像一支支离弦的箭，消失在浓重的夜色里。不久，前面传来一阵紧似一阵的枪声，一营的突击分队最先和敌人接上了火。

王建国跟在二营的后面。二营长向守志把衣袖高高挽起，手里提着大张机头的驳壳枪，健步走在突击部队的前面。队伍从一片开阔地运动上去，开始还能看见他们隐隐绰绰的身影，后来越走越远，不仅看不见他们，连他们走路的声音也听不见了。王建国站在那里，期待着前面即将发生一场激烈的战斗，但时间一分一分地过去，没有一点声息传来，二营似乎在黑夜里消失得无影无踪了。突然，从敌人阵地上射出一串曳光子弹，借着眩目的火光，他又看见那些矫健、敏捷而熟悉的身影。其实二营离他并不很远。他清楚地听得向营长低低地喊了一声："打！"机枪、步枪一齐开火，向敌人倾泻去急雨般的子弹，敌人的火力点全都哑了。战士们一跃而起，向敌阵冲去。过了不久，向营长就派通讯员回来报告："二营已经突破敌人的前沿阵地，歼灭守敌一个排。"

"好！告诉你们营长，继续往里打，越快越好。"

"是！"通讯员转身向枪声激烈的地方跑去。

根据二营战斗的发展情况，王建国决定把指挥位置移到前面去。刚走几步，有人跑步赶来，是七团的刘团长派人送来一张纸条。就着微弱的手电光，见上面写着这样一行小字：

我已突破，敌人开始动摇，可能打算逃跑，望你部注意。

看完纸条，王建国对身边的一个通讯员说："你去告诉三营长，叫他派两个连，从马口、胡家洼之间插过去，插到敌人背后，阻止敌人逃跑。"通讯员走后，王建国给刘团长写了回条：

我已派部队迂回到胡家洼、五路桥背后方向，阻击逃跑敌人，坚决把它消灭掉。

写完后，交给来人，他拿了纸条走了。

王建国正要继续往前走，忽听得"叭"的一声，一颗子弹从正前方飞来，蹲在前面不远处的一个通讯员应声倒地，他也觉得自己的右大腿被烫了一下，虽然不疼，但意识到是负伤了。

"有敌人！隐蔽！"另一个通讯员说着，跑过来扶住王建国。

两人朝几米外的一条沟跑去。王建国跑到沟边，挣脱通讯员的手，往沟里跳下去，脚刚着地，右腿的肌肉像撕裂似的钻心地疼，他伸手去摸，摸到热乎乎的一片，伤口正在流血，他蹲下身子，再也站不起来了。

通讯员赶紧扶王建国靠着沟壁坐下，说："副团长，你负伤了，我去找军医来。"

军医跑步赶来，用绷带包扎，仍然血流不止，很快把纱布浸湿，王建国叫把他脚上的裹腿解下，用裹腿布把伤口紧紧缠住，血才被止住。

政委张百春闻讯赶来，着急地问："老王，怎么样？老王，怎么样？"

王建国抬起头，觉得一阵眩晕，便从衣袋里掏出那张刘团长送来的纸条，迷迷糊糊地说："我这儿……有信……"

"赶快把副团长送到后面去！"这是张百春的声音。

"担架，放在这儿，动作轻点，轻一点……"

几个人把王建国轻轻地抬起，又轻轻地放在担架上。王建国仰面朝天，只见天上一颗很亮的星星在闪烁着，这星星离他越来越远，越来越远……

三

王建国醒来,发现自己躺在老乡的土炕上。

一盏昏暗的马灯挂在墙上,补了又补的窗户纸渐渐发亮了。他觉得口渴得要命,全身软绵绵的没有一点劲,伤口火烧火燎地疼,脑子似乎麻木得不听使唤。

"这里是哪儿呀?我怎么到这儿来的?"他竭力搜索自己的记忆,想了好久,才终于明白,已住进了团卫生队的"病房"。

天越来越明亮。一个卫生员进来灭掉马灯,见他已经醒来,高兴地问:"喝水吗?"

"要。"他点点头。

卫生员用小匙给他喂水,他觉得这水真甜,沁人心脾。

"战斗有没有结束?"他边喝水边问。

"结束了。胡家洼拿下来了。"

他屏息听了一会,果然听不到枪声,只有忽高忽低、时远时近、参差错落的鸡啼,打破了清晨的宁静。

门吱呀开了。一个熟悉的身影走进来。王建国侧头一看,原来是徐深吉旅长。他想欠身坐起,徐旅长赶忙过来制止,说:"躺着别动。你现在觉得怎样?"

"没有事了。"王建国想笑,却没有笑出来,又内疚地说:"胡家洼战斗没有结束我就负伤了,指挥位置选择不当,没有完成任务,我不会指挥。"

"打仗嘛,指挥员就应该到前面去,任务紧急时,应该到突破口去,流血负伤是难免的。"徐深吉坐在炕沿上,安慰说,"内战的时候,咱们徐向前副师长是红四方面军的总指挥,一打仗就往前面跑,拉都拉他不住,到了前沿,他是从来不弯腰的。指挥员自身勇敢,才能把部队带好，在战场上杀出威风来。当然，打仗的时候，指挥员是敌人射击的重要目标，应该选择适当的位置，注意保存自己。只有把胆大和心细结合起来，才能避免不必要的损失。"

"我就是粗心大意。"王建国说，"白天已经发现，那一带有敌人的潜伏哨，夜间仍没有注意。"

"仗打得多了，就会越来越精的。"徐深吉笑笑说。

"战斗结果怎样？"

"胡家洼、五路桥两个地方都打下来了。你们团打得不错，战绩很大，抓到二百多个俘虏，其余的统统逃跑了。幸亏你们三营及时插进去阻击敌人，不然逃掉的更多。刚才得到情报，马口方面的敌人已经放弃阵地，向濮阳方向逃跑，看样子敌人要全线撤退。"

"部队伤亡怎样？"

"伤亡大了点。你们团负伤、牺牲了一百多人，没有全歼敌人，但是把敌人打垮、打跑了，也是很大的胜利。"

"七团呢？"

"七团打得很好，他们也圆满完成了任务。"

这时，王建国想起团长徐绍华在党校学习，自己又负伤，团领导只有张百春一个人，里里外外忙不过来，目前的任务又很繁重，因此向徐深吉请示说："旅长，让我留在团里养伤吧，好帮助政委照顾团里的工作。我的腿走不了，脑子还是好使的，坐在担架上也能干活，可以替政委分担一点工作。"

"我们已有安排，准备叫参谋长李茂恩下来代职，你就安心养伤，不要考虑别的了。"徐深吉说完，就起身走了。

中午，徐旅长又再次来看望，关切地询问伤口是否疼得厉害，想吃些什么东西……后来，他忽然气愤地说："石友三的汉奸面目越来越清楚了，你看他和鬼子穿连裆裤，勾结得多么紧！上次我们追得他没法，鬼子出来救驾，挡住我们的去路；这次鬼子又来给他解围了。"

"怎么啦？"王建国问。

"石友三部队驻在这里，鬼子从不来，他被我们打跑了，撤到古云集南面去了，民权、菏泽等地的鬼子就倾巢出动，要来'扫荡'这一带地方，这不是两家暗中商量好的吗！"

"打在石友三身上，疼在小鬼子心上，所以才急急忙忙出城找我们报复呢！"

"是呀！常言道：明枪好躲，暗箭难防，石友三就是一支专射八路军的暗箭，一支毒箭，如果不把它彻底解决，迟早是一大祸害！"

"咱们不是又要反'扫荡'啦？我还是留在团里，随部队一起行动吧！"

"我们已经报告司令部，等宋司令、肖政委的指示再定吧！"

两天以后，大批日军果然气势汹汹地向八路军扑来。为了避其锋芒，部队立即向北转移。这时宋任穷司令、肖华政委复电，指示王建国离开部队，到后方医院去养伤。于是，在地方党组织的精心安排下，他渡过黄河故道，到古代梁山好汉啸聚的平湖地区的一个村子里住下来。

王建国在后方医院住了四十多天。

在这期间，八路军同日寇展开激烈的战斗，粉碎了它的"扫荡"。最后，日寇一无所获，灰溜溜地缩进了县城。部队又回到马集进行休整，与盘踞在濮县附近的石友三部遥相对峙。

第十三章　鲁西苦战

一

第二次讨逆战斗以后，部队一直在鲁西地区的朝城、濮县、范县、观城一带活动。这时石友三与日寇的勾结越来越明朗化，经常互相配合，对八路军进行袭击和"扫荡"。在腹背受敌的形势下，部队不得不时时保持高度警惕，前门拒虎，后门打狼，连睡觉都得睁一只眼睛。

有一天，团长徐绍华（他已从党校学习回来）、政委张百春和副团长王建国三人，坐在马集一家老乡家里，分析研究当前敌人的动向。他们认为，不久以前石友三的暂编第一师向北开来，占据了古云集，离它的后方濮县有四五十里，是一支比较突出的孤军；应该去教训它一下，让那些家伙的头脑也清醒点，知道降敌反共是不会有好结果的。这时，侦察人员突然送来一个十分意外的消息，说石友三被他的副手高树勋处死了，目前三十九集团军四分五裂，内部乱得一塌糊涂。

"这有可能吗？为了什么？"他们陷入极度的怀疑之中。

然而，消息是千真万确的，接着就从多方面得到了证实。

原来，石友三和高树勋虽然一个是司令，一个是副司令，而且都是西北军出身的将领，却一直面和心不和，同床异梦，有着很深的隔阂和矛盾。石友三暗中勾结日寇，积极反共，制造摩擦，更引起高树勋心中的不满。前些时候，石友三在天津结识一个女人，名叫林慰君，打算娶她作姨太太。林慰君由天津来部队路过济南时,被日寇扣留,日寇要石友三亲自去济南接她。石不便前往,派了两个密使去交涉。日寇提出要石友三公开降敌,率部向大名方向靠拢,宣布与华北伪组织合流,这样,日寇就给他一个河北省省长兼治安军总司令的职务。日寇还具体提出:部队能带去多少就算多少,缺额可以补充,缺枪可以补发;行动时,发给开拔费和弹药给养,待部队开到指定地点后,立即发放一个月全饷,等等。对上述条件,石友三均一一应允,日寇才将林慰君交两员密使带回。在石友三与林慰君结婚的时候,高树勋前往祝贺,从其中一个密使的口中探知石与日寇商谈投降的经过和内容,大为愤怒,便暗下决心,一定要设法把石友三干掉!

但是,同为西北军出身的孙良诚却不知内情,以为只是他们两人的个人恩怨,便想出面从中调解。他来到石友三军中,说:"彼此都是多年共患难的老弟兄,有什么解不开的疙瘩呢?你应该主动去看望建侯(高树勋的字),和他谈谈,事情不就解决了吗!"

"好,咱们明天就去,同建侯打麻将去。"石友三答应了。

第二天,刮大风,天气很冷。石友三和孙良诚骑马来到高树勋部队驻地。高树勋心想,你不请自来,来得正好!他立即把卫队营营长找来,作了周密的布置,然后到村口迎接,把石友三和孙良诚请到自己的住处休息。这时,一些将领和幕僚也都纷纷来见,一时谈笑甚欢。石友三见高的办公桌上有笔墨纸砚,兴致勃勃地拿起笔来写大字,根本没有觉察到捉拿他的人已经在外面等着了。过了一会,高树勋借故离开,卫队营营长一声令下,几个士兵快步冲进去,把正在执笔写字的石友三拿下。孙良诚一见大为惊愕,连声问:"这是为何?这是为何?"士兵不回答,他便从屋里跑出来,高呼:"建侯!建侯!你这是干什么?有话咱们慢慢商量嘛!"

高树勋走到他面前,低声说:"这是中央的意思,你就别管了。"

孙良诚一屁股坐在椅子上，摇头叹息说："唉，这是怎么说的呢？"

石友三被扣押，起初一般人还以为是高层内斗，很快就会平息的，可是几天以后，高树勋就以叛国投敌的罪名把他处死了。

他的兄弟石友信当时正在北平，听到消息以后急忙赶回来，气势汹汹地兴师问罪。他认为孙良诚与高树勋串通起来害死他的兄长，所以便去责问孙良诚。孙大呼冤屈，石友信仍不依不饶，一个副官早就不满，当场拔枪将石友信击毙。

这样一来，三十九集团军的内部矛盾越发不可收拾，部队陷于严重的分裂状态。

徐绍华、张百春和王建国分析了三十九集团军的新情况，认为机不可失，时不再来，应该趁此机会从外部给石友三部队以沉重打击，加速它的瓦解。于是，他们迅速作出一个决定：打下古云集，消灭孟照晋的暂编第一师。

二

黄昏，新月一钩，寒星数点。七七一团的队伍悄悄地出发了。

部队在离古云集六七里的一个村庄停下休息，侦察员回来报告说：兄弟部队南下支队已经把暂编第一师包围起来，他们的指挥所设在西南面不远的小村子里。徐绍华一听就笑了，说："好哇！他们抢到咱们前头去啦。看来是不谋而合，英雄所见略同。老王，你去看看，和他们联系一下，问有没有事情要咱们协助、配合的？部队先在这里住下吧。"

王建国来到南下支队的指挥所，三间不大的土屋里，灯火通明，人影晃动，有的在研究地图，有的在接听电话，有的在交谈任务……呈现一片战斗打响之前指挥所特有的忙碌、紧张而又肃穆的气氛。

一个有三十七八岁的高个子军人接见了王建国。那人就是南下支队的赵金成司令,说一口标准的东北话。一见面他就说:"打!妈勒巴子,把古云集打下来,消灭孟照晋的暂编一师!我已经把它包围起来了。"

"赵司令,你是怎么部署的?是围困,还是强攻?"王建国问。

赵金成走到地图前,比划着说:"我把二十四团放在西边,二十一团放在东边,北面是教导队。今天夜间发起攻击,一定要把古云集拿下来。暂编第一师是个新部队,编起来时间不长,装备也不太好,打它是有把握的。"

"要不要我们帮忙?"王建国又问。

"那当然好啰!不过,部队马上就要发起战斗,来不及了,你们先作第二梯队,今晚由我们来打。"

"赵司令听说没有?石友三叫高树勋给崩了,敌人正人心惶惶哩。"

"听说了。石友三这个民族败类,他要投靠鬼子,罪不可赦,高树勋是做了一件好事。敌人越乱越好,咱们再火上浇油,让它乱得没法治。"

"祝你们顺利,等着你们的胜利消息!"

王建国告辞出来。走不多远,古云集方向就火光闪闪,传来激烈的枪声,说明南下支队已开始向敌人发动猛烈的进攻。

回到驻地,向徐绍华、张百春汇报了联系的经过,并谈了对南下支队的初步印象,徐绍华听了说:"赵司令是不是过于乐观了?把敌人估计得不足,会吃亏的。不管怎样,我们要支援他们,派一个连到古云集南边去打游击,监视濮县方向的敌人。"

果然,古云集的枪声响了大半夜,直到拂晓才沉寂下来。早晨起床后,侦察人员报告说,昨夜古云集没有打下来,攻击的部队天亮前撤了。徐绍华对王建国说:"你再跑一趟,看是什么情况,为什么没有打下来?再请示赵司令对咱们有什么指示、要求。"

王建国第二次见到赵金成司令,他披件军大衣,弯腰坐在指挥所东屋的炕沿上。一夜没有合眼，眼球布满血丝，显得十分疲惫。他一看见王建国，就点点头说："妈勒巴子，没有攻下来！"

"什么原因呢？"

"火力组织得不好，过于分散，突破口的选择也有问题，正好碰在硬钉子上，部队伤亡较大，天又亮了，只得暂时撤下来。"

"下一步怎样打算？"

"打！妈勒巴子，一定要把它拿下来！"赵金成一挥拳头，做了个坚决打击的手势，又看看王建国说："你们配合我们打，行不行？"

"怎么不行？我就是来受领任务的。"

"好，咱们马上研究一下。"

说着，赵金成从炕沿上跳下，拉王建国走到地图前，比划着说，他打算把二十一团调到古云集的北边，加强教导队的攻击力量，空出来的东边便由七七一团负责。王建国当即表示：可以，保证坚决完成任务！

王建国回来把情况向徐绍华团长作了报告。他马上通知三个营的营长、教导员来开会，分配作战任务：二营担任突击，一营作预备队，三营到古云集以南的机动地区，相机阻击从濮县开来的增援之敌，或者拦截从古云集逃窜的敌人。为了加强攻击的火力，团迫击炮连支援二营作战，以打开古云集北面的土围子。

古云集是个有一千多户人家的大村子，四周的土围子又高又厚，敌人还修了不少明碉暗堡，确实易守难攻。二营接受兄弟部队昨夜攻寨的教训，突破口避开敌人火力较强的东寨门，选择在寨门右边五六十米处。突击连带着梯子、门板等登墙用具，秘密运动到冲锋出发地。迫击炮手们在一座坟场构筑阵地，作好射击的一切准备。这时，周围一片寂静，村庄和田野都像死去似的，只有凄厉的北风在为它们哀号。晚上八时整，攻击的时刻到了。黑暗中闪亮起一团团火光，迫击炮的弹道划破漆黑的夜空，土围子里传来连续的爆炸声。村子的北面、西面，也同时枪声大作。寨墙上和寨墙外，双方所有的轻、重机枪，一齐旋风般地吼叫起来。"冲啊！"突击队员们呼喊着，从地上跃起，向敌人冲去。刚才还是被黑暗和寂静笼罩的地方，顷刻间，交织着闪电和雷鸣，刮起了惊天动地的风暴。

古云集的战斗正在激烈进行着。古云集以南六七里处的一个村子，三营正在顽强抗击从濮县开来增援的敌人。援敌有一个团，急于解古云集之围，连续向三营发起猛攻。三营长李玉楷冒着弹雨在阵地上钻来钻去，指挥部队作战，有时甚至亲手抄起机枪向冲来的敌人扫射。终于，他们一次又一次地把敌人击退了。

二营对古云集的攻击开始时不很顺利。敌人交织的火力压得突击队员们抬不起头，难以接近土围子。这时炮兵发挥了威力。迫击炮手们对准敌人的火力点开炮，几乎是一炮摧毁一个，同时又集中火力轰击土围子，炸开一个缺口，开辟了通道。突击部队再次发起冲击，很快就攀上寨墙，冲进围子，密集的枪声在古云集的街巷里响起来。

战斗打到村里以后，敌人惊慌失措了，虽然组织两次反击，但已是强弩之末，一触即溃，后来都向村南退去。暂编一师师长孟照晋起初还寄希望于濮县的援军，妄图来个内外夹击，把战局扭转过来，但是只听南面枪声响，不见救兵来，最后他终于绝望，下令部队向濮县方向突围逃跑。

清晨，徐绍华和王建国走进经过彻夜激战的古云集，到处是残垣断壁，累累弹痕，街道上有敌人遗弃的武器、衣物和尸体……受了一夜惊吓的老乡们从隐蔽的地方走出来，远远地看着战士们。他们到各处巡视，督促部队清点俘虏和缴获的武器、弹药。正走着，见三营长李玉楷迎面走来，身穿的棉衣被弹片打了几个窟窿，棉絮露在外面，满脸尘土，好像一夜之间瘦了许多，也老了许多。

"李玉楷，怎么样？"徐绍华先招呼他。

"报告团长，敌人退回去了。"李玉楷赶紧快步上来，大声说。

"好。咱们伤亡多少？"

"牺牲三十多人。"

徐绍华的脸马上沉下来，两条眉毛拧在一起，说："夜间打阻击，为啥伤亡这样大？看你，打成这个样子！你只晓得蛮干，就不会多动动脑子？"

李玉楷耷拉着脑袋，一声也不吭。等徐绍华走了，他才满腹委屈地对王建国说："副团长，我把敌人顶住了，完成了打援的任务，还要挨训！"

王建国便给他解释："团长的批评是对的。要讲究战术，爱护士兵，这点你还不明白？我们的战士非常宝贵，一次战斗就减员这样多，团长能不心疼吗？这次你们阻击敌人，完成了任务，团长不是也说了个'好'字吗？回去好好总结一下，吸取经验教训。"

李玉楷点点头，转身走了。

三

在朝城南面二十余里的雷庄、郑庄，三十九集团军的教导师被七七一团、二十团和教三旅的九团水泄不通地包围起来。

教导师的师长原来是石友信，他被打死后，段海洲接任了这个职务。他知道，自己是石友信的人，依附高树勋没有好果子吃，便决计贯彻石氏兄弟的投降路线，把部队开到聊城地区去公开投降日寇，没有料到，在朝城附近就被八路军截住了。

历史好像有意和人们开玩笑似的，经常把曾经一起出现过的人和事，以触目惊心的形式让他（它）们再次在一起出现。这大概就是所谓不是冤家不聚头吧！

第十三章 鲁西苦战

段海洲和徐深吉，是当年青年纵队的司令和副司令，后来两人分手了，走了两条截然不同的道路，以致今天却要兵戎相见，这是始料未及的。旅政治部副主任陈元龙，虽然从小在东北长大，能说一口流利的东北话，但他的原籍却是河北省安平县，和段海洲是同乡，两人过去还是换过帖子的结盟兄弟，如今再相遇时，也已反目成仇。但是，徐司令和陈副主任仍然顾念旧情，更以民族利益为重，要努力来争取他，便联名给段海洲写了一封信。他俩在信中晓以大义，说明利害，劝他把眼光放远一些，别看日寇一时猖狂，错打主意，一失足成千古恨，堕落成被人民唾弃的民族罪人。段海洲接信后，回了一函，大意是说：我们虽然走的道路不同，但目标是一致的，都是为了救国。信中还说，愚兄的苦衷，一言难尽，请元龙弟来此面叙。徐深吉看信后说："什么'曲线救国'，分明是公开卖国。咱们不去，不能上他的当，他有话到这里来说，我们保证他的安全，来去自由。"于是，又给他写了第二封信，但是此信如石沉大海，没有片言只字的回音，显然，段海洲已铁了心，要在他选择的道路上走下去了。

旅首长决定黄昏发起攻击。七七一团在雷庄、郑庄的北面，一方面攻打郑庄，一方面防备可能从朝城出来的鬼子。战斗打响以后，对方依靠有利地形，进行顽强抵抗，七七一团发动多次冲击都没有奏效，直到天亮也没有把村子攻下来，最后只得暂停攻击，撤下部队，准备晚上再打。可是，侦察人员突然回来报告，朝城的鬼子和伪军一大早就出城，正向这里扑来。徐旅长气愤地说："他们勾结得够紧的！"当即命令七七一团二营以伏击手段阻击来犯的敌人。二营长向守志接受任务后，以最快速度率部赶到郑庄北面的一个村子，选好伏击地点，立即构筑工事，等待着敌人。

这是一个寒冷的早晨。树枝上、草叶上结了一层厚厚的霜花，寒风吹透战士薄薄的棉衣，吹得战士们个个脸颊通红。但是，即将来临的战斗使大家忘记了寒冷，忘记了困倦，一个个紧握着枪，盯着前面空旷的田野。

太阳渐渐升高，大家终于看到一支队伍正向这里移动。从行进纵队的长短判断，大约两百多人。敌人越走越近，可以看清骑在马上的指挥官，以及一匹马拖着一门小炮。

"大家注意，没有命令不准开火，要把敌人放近了打！"向营长到各连的阵地上，一再嘱咐大家。

敌人大模大样地朝这边走来，那门马拉的小炮，在斜照的阳光下发出了闪光，敌人走路的脚步声也能听见了。

"营长，干吧！"一个连长小声建议道。

"再放近点！"向营长回答着，又好似自言自语："近点，再近点……"突然，他把驳壳枪一扬，大声喊出一个字："打！"

阵地上的轻、重机枪一齐开火，手榴弹嗖嗖地飞出去，在敌人的队伍里爆炸。这一突然而意外的打击，使敌人的队伍大乱，只得就地卧倒，盲目还击。

"冲啊！冲啊！"向营长喊着，最先跃出战壕，战士们也跟着他冲了出去。

大路上，二营和敌人展开了一场惊心动魄的肉搏战。刺刀闪闪发光，枪械碰撞发出叮当的响声，战士们怒目而视，激动地呼喊着。有些人倒了下去，身子翻滚着，鲜血直流……这是力量的对决，意志的较量，精神和勇气的比赛。敌人终因仓促应战，经不住这样突然的打击，纷纷向后退去。

敌人退得很狼狈。重机枪手扛走了枪身，却丢下两副枪架；拖炮的马被打死，炮被扔在路旁；那匹指挥官骑的大洋马被遗弃在地里，几个战士上去把它捉住。向营长想把那门小炮拖走，但是没有一个人懂得它的构造和操作要领，怎么拖也拖不动，最后只得把它炸掉。

第十三章 鲁西苦战

敌人后退了不远，很快就从突然打击下清醒过来，又重新组织队伍，像一只被激怒的恶兽，气势汹汹地向二营的阵地反扑过来。二营凭借坚固的阵地和刚才战斗胜利所激起的高昂士气，击退敌人一次又一次的进攻。

中午，敌人调来两架飞机，在上空呼啸盘旋，扫射投弹。有了空军的支援，地面的鬼子更加嚣张，不要命地发起攻击。根据预定的方案，二营退守村子，进行顽强抗击。

下午，二营和敌人逐屋展开争夺。太阳西斜时，大半个村子已被敌人占去。

二营战斗失利的消息使徐绍华团长非常恼火，他命令部队坚决守住，并亲自率领三营前往支援。

夕阳西沉，暮色笼罩着这个战火纷飞的小村庄。日寇非常害怕八路军的夜间进攻，所以不间断地构筑工事，巩固阵地。八路军当然不会放弃利用夜幕进行反击的绝好时机，也进行了充分的准备。天黑以后，在徐绍华的指挥下，二、三营同时发起猛烈的进攻。敌人招架不住，且战且退，最后龟缩到一座地主的庄院里，负隅顽抗。

部队清点战利品时，发现有一箱奇怪的炮弹，形状和信号弹相似，却大得多，还有一个可以点燃的捻子。大家都不认识是什么弹，只有一个工兵排长说，这是鬼子使用的毒气弹。

"他妈的！鬼子用毒气弹！"徐绍华望着前面敌人固守的院落，又说："他们用，我们也用。"

"我们怎么用？"在一旁的政委张百春不解地问。

"朝院子里扔几个进去。"

"那怎么行？"张百春不同意。

"怕啥？这玩艺儿又不是我们造的。鬼子拿这东西打我们，让他们也尝尝自己的毒气弹就不行？用！出了事我负责。"

张百春没有再坚持自己的意见。

徐绍华叫战士把毒气弹运到离敌人最近的地方，点着捻子后，甩到敌人固守的院子里去。甩了几个以后，院里果然不再射击了。但是，八路军毕竟不了解毒气弹的性能，不知道它的扩散面积多大，持续时间多久，怕过早冲进去会自己中毒，所以等了好久以后，才向鬼子院落发起攻击。出乎意料的是，这时敌人的火力点又恢复射击了。

"他妈的！什么毒气弹，顶个球用！"徐绍华气得骂起来。"下次咱们多甩它几个，看鬼子挺得住挺不住！"

可是，天色渐渐亮了，眼前的一切，树木、房舍、砖石、枪眼，逐渐显露清晰的轮廓。如果白天继续攻击，伤亡必然会大。徐绍华只得下令把敌人包围起来，准备晚上再打。

第二天上午，飞来四架敌机，在村子上空哼哼着，盘旋着，可是八路军和日寇挤在一座小村子里，相距很近，敌机既不敢扫射，又不敢投弹，兜了几个圈子，又无可奈何地飞走了。然而，根据情报，阳谷、莘县、范县等地的敌人已经倾巢出动，都是向这里扑来的，如果八路军不迅速转移，就会腹背受敌，甚至陷入敌人的重重包围。在这样严峻的形势下，徐绍华、张百春和王建国商量以后，决定放弃对雷庄、郑庄的教导师的包围，不再与被困在地主院内的朝城鬼子纠缠，立即撤出战斗，转移到别处去。

四

一九四一年的新年快要到了。

这天，徐绍华团长、张百春政委到纵队部开了一整天的会，傍晚才骑马回到驻地。趁他俩吃饭的时候，王建国在一旁试探地问："有没有好消息？"

徐绍华嘴里咬了口馒头，摇摇头说："哪有什么好消息，尽是叫人气破肚子的事儿。蒋介石这个狗日的,根本不想打鬼子,只想反共搞摩擦。他叫何应钦、白崇禧给咱们朱老总、叶挺军长拍电报,限定在年底以前,长江以南的新四军要全部开到江北去,黄河以南的八路军要全部开到黄河以北去,否则就是什么'破坏团结,破坏抗战'。明明是他们和鬼子勾结起来整我们,反而污蔑我们破坏抗战,这不是活见鬼吗?"

"最近华中的局势比较紧张,李仙洲的九十二军已经开到涡阳、蒙城附近,要进攻咱们的新四军,汤恩伯、李品仙的部队也要进攻华中和山东。"张百春补充说。

"上级有什么指示?"王建国问。

"党中央号召咱们,以自卫战斗来粉碎顽固派的反共进攻,争取时局好转。华中部队要紧急动员起来,坚持抗日阵地,随时打击顽固派的进攻;咱们华北的部队,要抽调兵力增援华中。"张百春说。

"第一批抽调五个团,过陇海路,到涡阳、蒙城去对付李仙洲的部队。上级讲了,搞好了,抗日统一战线不会破裂;如果搞得不好,国共有就此分家的可能。那也没啥了不起,咱们就夺取大别山,发展部队,几年之内发展成百万大军,一面抗日,一面反蒋,最终胜利是咱们的。哈哈!要真是这样,我又能回老家大别山去罗!"徐绍华说着,兴奋起来。

"增援华中有咱们的任务吗?"王建国又问。

"有。"张百春点点头说,"第一批增援华中的部队是咱们新四旅和南下支队。上级限咱们三星期内到达指定地点。"

"咱们的旅直属队、十团和十一团现在还在冀南,咋办?"

"他们很快就会开到鲁西来集中。"徐绍华说,"上级说,他们来时还给咱们带来一批新兵呢!"

果然,几天以后,旅直属队、十团和十一团先后来到马集附近,新四旅的部队分开了半年之久，又重新汇集在一起了。老战友们见面，格外高兴，特别是他们给七七一团带来一批冀南子弟兵，补充到各个连队，上上下下更是一片欢腾。

旅首长打算就地进行几天整训，做好思想教育工作，然后开赴华中执行新的任务。然而，整训刚进行两天，冠县、临清、聊城、莘县、阳谷、寿张等地的鬼子一齐出动，向冀鲁豫根据地扑来，一场空前紧张、激烈的反"扫荡"战斗拉开了序幕。

那天，七七一团一营在朱家庄担任警戒，掩护全旅安全转移。早晨，太阳刚冒土，从十几里以外的苏村传来隆隆的炮声，哒哒的机枪声也隐约可闻，还有四架飞机在那一带飞上飞下，扫射投弹，仗一开始就打得异常激烈。

驻守苏村的部队是教导三旅特务营的两个连，在营首长的带领下，担负着掩护冀鲁豫军区机关和后方人员安全转移的任务。面对的敌人是一个联队，约一千多名鬼子，乘坐八十多辆汽车，携带八门炮，还有从空中进行配合的飞机，敌我力量对比是多么悬殊！但是，坚守苏村的全体指战员，在强敌面前毫不示弱，以气壮山河的英雄气概，用鲜血和生命谱写了一曲中华民族的正气歌！

战斗打到中午，特务营的勇士们打退敌人一次又一次进攻，给敌以重大杀伤。鬼子调来五辆坦克，向村里冲来，一位排长身负重伤已不能行走，他把几颗手榴弹缚在腰间，埋伏在阵地前沿，待敌坦克开来，他猛拉手里的导火索，随着一声巨响，这位英雄排长用血肉之躯挡住了敌人的坦克。

特务营营长钟新铭，战斗中腹部中弹，肠子露了出来，他将肠子塞进腹内，又从棉衣里撕团棉花塞住伤口，举枪继续射击，当几个鬼子冲上来，他拉响最后一颗手榴弹，高呼"打倒日本帝国主义"，与敌人同归于尽。

激战中，一位连长用从敌人手里夺来的机枪，扒在房顶上扫射日寇，不幸中弹牺牲。该连指导员毅然爬上房顶，端起连长身旁的机枪继续向冲进胡同的一群鬼子射击。敌人打伤了他的腿，他从房上滚落下来，仍然紧紧抱着机枪，射完最后一颗子弹，也流尽了最后一滴血。

战斗进行到下午，被日寇分割包围的勇士们，三人一群，两人一伙，分散在村子的各个角落，同敌人打麻雀战。子弹打光了，就隐蔽在房前屋后，用刺刀刺，用大刀砍，消灭敌人。副教导员秦光带了三个战士转移到村西的一座小院，鬼子冲进来搜索，被他们打死两个，其余的退到院外，向里面扔榴弹，扔毒气弹。他们先被炸伤，又被毒倒。秦光苏醒过来时，见鬼子正在刀砍负伤的战士，他跃起身就往外跑，鬼子立即射击，他应声倒地，鬼子又跑来对他捅了一刀，他便昏迷过去。直到天黑，他醒了过来，从战友的遗体旁爬起身，才被几个老乡发现。他是这次战斗中唯一的幸存者，其余的一百二十三位英雄，在消灭四百余名日寇，完成掩护领导机关和后方人员安全转移的任务之后，全部壮烈牺牲。

与此同时，另一场战斗在离苏村不远的朱家庄进行。

驻守朱家庄的是七七一团的一营，他们发现，大约两百多名鬼子，在三辆轻型坦克的引导下，正向这边开来。

一营副营长夏其雨抬头看看已经升得很高的太阳，预感到今天要有一场恶仗在这里发生，便对大家说："同志们！为了掩护兄弟部队安全转移，我们一定要守住这个村子。人在阵地在，誓与阵地共存亡！"

过了不久，敌人发起攻击了。三辆坦克从村子的东南方向冲来，见树压树，见房压房，把村口的几间土房压成废墟，停在上面向一营阵地打炮。一营依靠事先构筑的工事，专打坦克后面的步兵，打得他们抬不起头，伏在地上不敢动弹。这时，坦克也不能孤军深入，只是停在那里，不时地发炮。

双方对峙着，僵持了很长时间。

敌人为何不急于进攻？他们在等待什么？在阵地前沿的副团长王建国开始很纳闷，可是到了中午，苏村方向的枪炮声逐渐稀疏，而一辆辆满载鬼子的汽车，拖着长长的烟尘，却源源不断地向朱家庄驶来。这时他恍然大悟，看样子鬼子企图结束苏村战斗以后，全力来对付朱家庄，显然，眼前的形势非常严峻。他抬头看看天，太阳已经西斜，大概是下午一点多钟。他考虑兄弟部队已经安全转移，当前是如何带领队伍突出重围的问题，所以便找到夏其雨副营长，问："咱们是马上突围，还是坚守到天黑以后再走？"

夏副营长指着从苏村方向开来的汽车，说："要突围的话，我主张越快越好。白天突围虽然有困难，但是等到天黑，敌人越聚越多，围得更紧，恐怕不容易突围出去。"

王建国同意他的意见。两人便到村子四周观察地形，确定突围的路线。他们来到村子的西北角，见这里有一条抗日沟，可以直通来官集，他们认为从这里冲出去比较隐蔽，可以减少伤亡，于是决定调两挺重机枪到这里来，以保障通道的安全。

"我在头里冲，你带队伍跟上来！"开始突围时，王建国对夏副营长说。

"是！"夏副营长答道。

王建国纵身上马，猛抽一鞭，马越过前面一堵矮墙，顺着抗日沟向村外冲去。他的身后，紧跟着四个骑兵通讯员。

两侧敌人的火力立即被吸引过来。子弹带着尖厉的啸音，从头顶飞过，有的在附近地里打起一溜白烟。

一营的两挺重机枪猛烈地扫射着，竭力巩固突围的口子，阻止两侧的敌人合拢。

敌人的炮弹追逐着王建国等人的奔马，在前前后后爆炸。他们冲出村子不远，两名通讯员就先后中弹倒地。王建国在前面飞驰，忽听得警卫员韩二朝"哎呀"叫了一声，回过头来，见他一只手按着血流如注的右腿，马肚子被染红一片。王建国大声问："小韩，怎么样？"

"没有事！"他答应着，继续策马狂奔。

王建国这时发现，自己的大衣也被子弹打穿一个窟窿，棉絮扯出很长，却没有伤及皮肉。

夏其雨带着一营的队伍也随后冲出村来。由于有人在前面吸引敌人的部分火力，减轻了对他们的压力，突围时伤亡了十几个人。部队迅速顺着抗日沟运动，携带了所有的轻重彩号，安全突出了重围。

黄昏时分，七七一团一营来到预定的集结地点，立即派人向上级作了报告。旅、团首长正在为他们的安危担心，得知他们完成掩护任务后已安全返回的消息，当然是多么欣慰和高兴！

第十四章　增援华中

一

鸡叫头遍,天还没有亮,部队悄悄地进了陈村集。

这里是敌占区,离菏(泽)巨(野)公路只有十多华里,公路上就有鬼子的炮楼。部队怕走漏消息,进村以后,就严密封锁,所有的道口都派了岗哨,准进不准出,连一条狗都不让它溜到村外去。

自从朱家庄夺围战斗以后,七七一团就以反"扫荡"的名义向南开进,一连走了两三夜,来到红船口、沈溪渡一带,才停下休整,在各级干部中进行动员,传达中央关于南下增援华中新四军的决定。现在,菏巨公路横在面前。公路南边是大片敌占区,要走二百多华里才能到达湖西根据地曹马集。八路军虽然一贯能打善走,素有"铁脚板""飞毛腿"之称,但是一夜之间无论如何也没法通过这片辽阔的敌占区。怎么办?旅首长决定十团、十一团和旅直属队停下休息,七七一团单独侦察前进,为后面部队闯出一条路来。接到这个任务后,该团便继续行军,来到这个离公路很近的陈村集。

部队进村宿营后,派侦察人员四出活动,了解菏巨公路线上敌人的兵力部署以及路南敌占区的情况。下午三四点钟,化妆成三教九流的侦察员们陆续回来了。他们有的兴奋地汇报刚侦察到的情报,有的则懊丧地报告自己的收获不大;有的绘声绘色地描绘亲自观察的敌情,有的则三言两语地讲述听来的一些传闻……把他们所了解到的全部情况综合起来，是这样的：菏巨公路的路基高一米五，路的两边有一两米宽的沟，人可以跨越，但牲口驮子难以通过；日寇在公路沿线设立了许多据点，据点之间一般相隔十华里；离陈村集最近的据点里住了鬼子一个班，由一名军曹带着，其余的都是伪军；敌人白天常在公路上巡逻，夜间缩进据点，轻易不出来活动；至于公路南边的情况，人们了解不多，只知道那里的红枪会、连庄会很厉害，外乡人根本别想进他们的村子。

果然，最需要了解具体情况的路南地区，仍然是一个没有解开的谜。太阳已经西斜，离部队出发的时间越来越近，可是，团领导还没有想出妥善的对策，如何通过这片人地两生的敌占区。这时，二营长向守志派人送信来说，他从老乡那里了解到，有咱们的一个秘密区长在附近活动，家在离陈村集只三四里的小村里。徐绍华听了，喜出望外地说："快！快去给我把他抓来！"

不久，一个二十几岁的青年人出现在徐绍华的面前。他穿件半旧的灰布棉袍，脖子上围条白毛巾，戴一顶"满头抹"的帽子，面色苍白，眼睛却黑亮有神。徐绍华请他坐下后，便讲了请他来的用意。他想了一下，说："菏巨公路容易过。敌人看得不严，即使发觉了，你们人多，他们人少，也不敢出来阻拦，所以过路问题不大。比较麻烦的是过了公路以后，路那边属城武县管，村村有红枪会、连庄会，村子四周都有土围子，很多老乡家养了狗，发现陌生人叫个不休，简直叫你寸步难行。我们几次到那边去活动，都没有站住脚，又撤了回来。"

"红枪会、连庄会对八路军的态度怎样？"徐绍华问。

"怎么说呢，不怎么友好，也可以说有点敌视。"秘密区长说，"红枪会、连庄会的头目，大多是当地的财主、绅士，同伪军的关系比较密切，有的甚至勾得很紧；另外，我们党在这个地区的工作中曾经犯过错误。

一九三八年春天,咱们的一支队伍在这里执行过左政策,扩大了打击面,损害了群众的利益,虽然后来撤走了,但从此老百姓对八路军印象不好,多有误解。你们要通过这个地区,会遇到这个问题。"

"我们不能躲着村子走?"王建国插嘴说。

"向导怎么办?谁来给你们带路?"他反问道。

"偷,偷个向导。咱们派侦察员摸进村子,偷个老百姓出来,叫他给咱们带路。"徐绍华笑着说。

"行是行。弄不好会惊动村里的红枪会,一村报警,村村联防,那样就对你们太不利了。再说,从这里到曹马集有二百多里,一夜无论如何赶不到,部队非得在敌占区宿营,怎么能避得开村庄?"

徐绍华见这位年轻的地下党区长,不仅熟悉本地情况,而且颇有军事经验,便想请他随部队走一趟,充作向导。也许他也猜到了对方的心思,主动提出:"我可以给你们找几个向导,带五十里路,再往前我们就无能为力了。"

"你们在路南有没有熟人?"徐绍华问。

"没有,一个也没有。"他摇摇头,想了想又说:"不过我知道一个人,但是并不认识他。如果你们能找到他,把他的工作做好,事情就好办了。这个人叫于良诚,红枪会的头目,又是连庄会的会长,在他周围几十个村子,基本上都听他的招呼。"

"你派的向导能带到那里吗?"王建国问。

"带不到,不过也不远了。"他说。

天黑以后,部队整装待发。徐绍华团长给大家作了动员,强调马上要通过公路封锁线,进入敌占区,一定要提高警惕,遵守纪律,行军时不准说话,不准抽烟,不准掉队,不准发出响声……他对夜间行军的速度也作了规定。

队伍很快就来到公路边。先头部队挖开路沟,填平泥土,部队成两路纵队迅速通过。几里外的据点里,聚光灯闪着鬼火似的寒光。看来,浓重的夜色掩蔽了一切,敌人根本不知道有八路军从他们的眼皮底下越过公路。一个小时以后,七七一团全团的人员、马匹和辎重都已越过公路,消失在路南漆黑的原野里。

二

马不停蹄,人不歇脚,一夜急行军,赶了七十多里。

头五十里,是那位秘密区长派人给带的路。他们回去后,再往前走就没有向导了。夜黑得伸手不见五指,又刮起了风沙,连东西南北都分辨不清,更不要说走哪一条路了。徐绍华只得命令部队停下,派侦察员到附近村子里"偷"个向导来。几个侦察员摸进村后,终于找到一个三十多岁的农民,临出村时,被红枪会发觉了。一名侦察员翻身爬寨墙,腿上挨了一刀,血流不止。那位农民见此情景,害怕战士找他算账,吓得浑身哆嗦,侦察员对他说:"你别怕,我们是八路军,打鬼子的队伍,请你给我们带一段路,然后放你回去。"他满口应承。队伍又继续前进,在向导的带领下,终于来到于良诚住的村子附近。

东方露出晨曦,晓星渐渐隐去,田野里升起淡淡的雾气。部队停下来,按战斗部署构筑简单的工事,准备应付意外情况,然后原地休息。王建国带着四个骑兵通讯员朝村子走去。于良诚是个什么样的人,他对八路军的态度究竟怎样,如果他拒绝我们的要求该怎么办……这些问题在他的脑子里盘旋着,心中不免有点忐忑不安。

"站住!站住!听见没有?叫你们站住哩。再不站住,要开枪了!"寨墙上,站着几个人,有的拿着步枪,有的扛着梭镖,在那里咋呼,指手划脚。

王建国跳下马来,把缰绳交给通讯员,独自走到寨门前,大声说:"我是来拜会于会长的。"

"你们是哪一部分的？"

"我们是八路军，我是团长。"

"好，你等着，俺们去告诉于会长，看他见不见你。"

王建国站立在那里，借着越来越明亮的晨曦，观察这座陌生而神秘的村庄。这是个不小的村子，周围的土围子有一丈多高，每隔几十米就有一座碉楼，也许发觉村外来了部队，每座碉楼都有人守卫，似乎全村都处于高度的戒备状态。但是，它毕竟是一个普通的农村，时时从土围子里传出一声声高亢嘹亮的鸡啼，还杂有牛羊的鸣叫，这些洋溢着田园气息的声音，和眼前杀气腾腾的场面太不协调了。

不大会，寨墙上出现几个携带短枪的人，其中一个身穿黑呢大衣的中年汉子向前跨了两步，俯下身子问："你们找谁？"

"我们来拜会于会长。"

"我就是于良诚。"

"于会长你好！我们是八路军，路过贵地，特地前来拜访于会长，同时，有两件小事要请于会长帮忙。"

"叫我帮忙？我能帮啥忙？"他笑着说。

"是请于会长帮忙，而且是你能够做到的。做不到的事，我们决不会叫你为难，请于会长尽管放心。"

"那……那你就请进来谈吧！"

他答应请进去谈，事情就等于成了一半。王建国马上转过身去，解下腰间挂着手枪、子弹盒的皮带，交给了通讯员，并大声吩咐他们，在这里等着，自己一人进去，很快就会出来的。这一切，于良诚站在上面当然看得一清二楚，所以说："叫弟兄们进寨！不要站在外面，怪冷的。"

"不，于会长，还是叫他们在外面等，进去不太方便。"王建国说。

"有啥不方便？进来，统统进来！"他坚持说。

第十四章 增援华中

说话时,寨门已经打开。王建国心想,看来他是个爽快人,便不再推辞,和四个通讯员牵着牲口,走进村去。

他们来到一座瓦房大院。走进黑漆大门,于良诚叫人领通讯员到厢房休息,自己陪王建国走进正房的堂屋。里面生着火炉,一股热气扑面而来,比寒气逼人的旷野舒服多了。落座以后,于良诚问:"团长先生贵姓?府上是哪里?"

"敝姓王,历城人,说起来咱们还是老乡呢!"

"你们是八路军?"

"对,我们是八路军。八路军是坚决抗日的队伍,愿意和一切爱国人士携手合作,共同抗日。凡是赞成抗战,为打击日本侵略者尽自己努力的人,我们都表示热烈欢迎。不知道于会长过去听说过没有?"

"听说过,听说过,今天才得以幸会。不过,你们要兄弟帮什么忙?"

"我们路过贵地,理应登门拜访,向父老乡亲致意!此外,部队走了一夜的路,打算在这里休息一下。现在正是数九寒天,野外实在太冷,而且不易隐蔽,如果被鬼子发现,势必要在这里打仗,对附近的乡亲们也没有好处,所以我们部队打算进村休息。"

"就是这事?好办!"他沉吟了一会说:"你们要用几个村子?"

"得四五个村子。我们部队进村不进家,在围子里背风的地方休息,老乡们卖点柴草给我们做饭就行,我们自己带有粮食。"

"为啥不进家?要进家。弟兄们为了抗日,行军打仗,流血牺牲,怎么能让大家在大街上休息?老百姓别的事情没有力量做到,让弟兄们进家来住几天还是能做到的。咱们都是中国人,咱俩还是老乡,那就更不是外人,都别见外。进家休息以后,你们也不用做饭,住到谁家,就叫谁家做饭给弟兄们吃。部队集体做饭,火旺烟多,容易被人发觉。我这就写条条,弟兄们拿了我的条条进村宿营,就没有事儿了。"

王建国惊异地打量着面前的这位老汉。他正伏在桌上,吃力地握着毛笔写字。事情这样顺利，有些出乎意外，但他又想：是啊，咱们都是中国人，这是一句包含着多么丰富内容的话，除了少数以敌为友、认贼作父的民族败类，绝大多数中国人不是已经或者正在抗日救国的旗帜下团结起来了吗？

于良诚把条子写好后，交给了王建国，并留他用早饭。王建国说要回去布置宿营，不宜耽搁过久，便告辞出来。

太阳还未升起，部队全部进了村。在各村村长的分派下，住在老百姓家，并且吃到热气腾腾的早饭。

饭后，徐绍华、张百春和王建国三人去拜会于良诚，向他表示感谢。由于早晨王建国自称是团长，徐绍华只好暂时屈居副手地位。他们一再向于良诚表示感谢，他说："不必客气，这是咱们老百姓应尽的本份，照顾不周，还望贵军海涵！"接着，于良诚向他们介绍了当地的一些具体情况。他最后说，你们部队现在住在这里，放心大胆休息好了，保证出不了事，你们走时，我找两个人给你们带路，送到单（县）金（乡）公路，一过公路，很快进入湖西地区，你们就像到了家，怎么走都行了。

"这次全靠于会长帮忙了。"王建国说，"原来我们只打算在这里住一天，今晚就走，由于部队连续行军，比较疲劳，我们打算明天晚上再走。"

"完全可以，住几天都行。"他说。

"还有一件事想麻烦于会长，不知行不行？"

"什么事？"

"我们有十几个彩号，行走不便，打算寄在你们这一带养伤，伤愈后再归队。"

"行，请放心，他们的安全没有问题。你们什么时候回来，就什么时候再把他们带走，估计到那时他们的伤也养得差不多了。"

第二天，七七一团十几个伤势较重的伤员分别寄在几户老乡家，并留下一名卫生员照料他们。王建国的警卫员韩二朝，在朱家庄突围战斗中腿部中弹，由于当时缺少药品，伤口感染化脓，右腿肿得老粗，没法走路，只得把他留下。王建国去和他告别时，安慰他好好养伤，伤好后再来接他归队。他抬起一双含着泪花的眼睛，轻声地问："副团长，我还能好吗？"

"看你想到哪里去了，大腿上的伤，不碍事，会好的。"

他点点头说："你们走吧，不要为我担心，伤好了我就回去。"

黄昏，部队集合出发了。在向导的指点下，七七一团顺利地越过单（县）金（乡）公路，直插湖西根据地。当部队到达根据地的中心曹马集，天还没有破晓。

三

曹马集，这个有七八百户人家的大村子，在一九四一年春节的晨曦中，静悄悄地苏醒过来。

村里的老百姓起床以后，打开屋门，正要互相拜年，可是举目一看，大街上坐满了子弟兵，他们的军衣、军帽上，都凝结了一层薄薄的霜。人们又是惊喜，又是心疼，年也顾不得拜了，一齐上来招呼这些远道而来的亲人。

部队宿营的时候，团首长到各处走了一圈。他们吃惊地发现，战争给曹马集的人民群众带来了深重的苦难。今天虽然是大年初一，但放花炮、敲锣鼓的习俗却由于战争的原因取消了。那些东倒西歪、颓败残破的房屋，门上没有一副春联，窗上没有一对春花，很少有过节的喜庆迹象。再看那些乡亲们，无论男女老幼，一个个面黄肌瘦，穿得破破烂烂，几乎看不到穿新衣服的。然而，乡亲们的心是热的，部队进家以后，张罗着抱铺草，烧开水，嘘寒问暖，笑语喧哗，给节日带来了欢乐的气氛。

住下以后，徐绍华、张百春叫王建国到附近的兄弟部队教四旅十团去一趟，代表七七一团拜访该团领导，向他们表示慰问、致意，并请他们介绍本地情况，以便对部队进行教育。

王建国来到教四旅十团的驻地。数九寒天，滴水成冰，好多战士竟没有穿上棉军衣，有的穿着老百姓的长袍短褂，补钉摞补钉，红红绿绿，五花八门。这充分说明，和根据地的人民群众一样，军队的日子也过得相当艰难。

在团部，王建国见到了肖明团长。他头戴单军帽，上身穿件对襟黑布棉袄，腰间束根皮带，下身是有两块大补钉的单军裤，却打着十分整齐的绑腿。按他这身打扮，根本不像正规军的团长，倒像是个不脱产的游击队的队长。

他紧紧抓住王建国的手说：“正要去看你们，你们倒先来了。欢迎欢迎，你们来得太好了！”

"希望今后多多帮助！"

"哪里哪里，今后咱们互相帮助，互相照应。伪军头目冯志固早就放出风来，说要拿下曹马集，把我们吃掉，气焰十分嚣张。他要是真的打来，希望你们支援我们一下。"

"没有问题，咱们并肩战斗。"王建国说，"你先把这里的情况给我说说吧！"

两人在炕上面对面地坐着，炕桌上放着一张简略的分县地图，肖明团长指着地图说："这就是有名的微山湖。咱们在微山湖西，所以叫湖西根据地。湖的那边就是鲁南地区。从河南、皖北到鲁南去，这里是必经的走廊。所以，国民党、日本人和我们都很重视这个地区，这里就成了兵家激烈争夺的场所……"

"怪不得根据地遭到这样严重的破坏，群众的生活异常艰难！"王建国恍然大悟地说。

第十四章 增援华中

"是啊！不过还有另外的原因，就是咱们内部出了叛徒。一九三九年，湖西地委内钻进了坏人，组织部长就是个坏蛋，他以肃托为名，杀害了大批优秀干部。金乡、沛县、单县等地的党支部书记，几乎都被诬陷，惨遭杀害。一九三九年年底，山东省委发觉这里的问题，立即派人来制止，已经晚了，这就是所谓'湖西事件'，你听说过吗？"

"听说过，中央好像为这事发过通报，我们在华北听过传达。"

"湖西事件以后，我们教四旅才开到这这里来。可是根据地已经元气大伤，一直没有恢复过来。又加上去年雨少天旱，收成很差，老百姓的生活怎能不苦？政府无法征收公粮，我们军队的吃穿也大受影响。丰县、沛县的伪军头子冯志固，越来越猖狂，扬言要踏平湖西，消灭八路，最近正蠢蠢欲动呢！"

"好大的口气！他真有狗胆进攻，就叫他有来无回。"王建国说，"不过，我们还要很快开到陇海路南去。你们同新四军有没有联系？"

"没有。我们只知道路南的萧县地区有新四军在活动，但是从来没有和他们联系过。"

"过铁路是不是很困难？"

"过路倒不怎么难，陇海路两侧没有封锁沟，据点相距也远，所以封锁并不严。"

两人又谈了根据地的一些其他情况。谈话时，肖团长几次下炕去，给干部交代事情，王建国便起身告辞。他却拦住说："不能走。今天是春节，你无论如何也得在我这儿吃顿饺子再回去。我已经叫管理员想办法搞白面去了。"

王建国见他如此诚恳相邀，只得从命，便说："那咱们一起动手包饺子吧！"

"好好好！"他嘴上应承着，却不让王建国下炕。后来王建国自己跳下炕来，要去包饺子的地方，肖团长才为难地说："实在对不起，想请你吃顿白面饺子，问遍各个连队都没有白面，部队今天吃的是高粱面掺榆树皮面的饺子。"

"那有什么关系！战士们吃啥，干部就吃啥，这是咱们八路军的传统嘛！"王建国笑着，拉他一起去包饺子。

七七一团到曹马集后，就给一二九师和新四旅发去电报，报告了行军路线和目前驻地等情况。师首长很快发来回电，要他们设法同路南的新四军取得联系，行动之前，部队原地休整，暂时不要前进。又过几天，旅直属队、十团和十一团也按照七七一团的行军路线向南开进，他们到于良诚的村子附近就停下，在那一带宣传抗日，做发动群众、组织群众的工作。于良诚一如既往，仍然给八路军以热情帮助，仗义支援。

四

七七一团在曹马集休整的时候，同新四军在萧县地区活动的部队取得了联系。新四军派出一个营到铁路以南砀山与商邱之间进行游击活动，以接应七七一团越过陇海路。

这两天，团领导多次研究部队如何越过铁路，同新四军兄弟部队相会合。曹马集离铁路有九十华里，过了铁路再走二十多里才到新四军根据地，因此，一夜之间必须急行军一百一十多里，途中不能停留，任务是够艰巨的。

八路军与新四军，是两支长期被分隔开，相距千里的部队。然而，它们的心却靠得很近，休戚与共，生死相依，任何一方的胜利都使他们同样欢欣，任何一方的失败也会使他们一样地痛心，他们是一根藤上的两个瓜，一个母亲怀里的两个孩子，是地地道道的命运共同体。今天，两支兄弟部队很快就要会面了，像经历了千难万险以后久别重逢的亲人，大家的心里真有说不出的喜悦、激动与兴奋啊！

第十四章 增援华中

　　太阳将落，天边燃烧着火红的晚霞。战士们早早地吃过晚饭，归还了借老乡的东西，上好门板，捆好铺草，打扫干净场院，一切都收拾停当，同乡亲们依依告别，而后全副武装集合在村头的空场上，待命出发。

　　张百春政委给大家做出发前的动员。他明确提出我们要开到陇海铁路以南去，执行支援华中新四军的任务，希望共产党员、革命战士认清形势，以革命利益为重，党指到那里，我们就坚决打到那里。

　　这些天来，部队一个劲地往南开拔，离开老家冀南根据地越来越远了，战士们摸不清底细，议论纷纷，猜测很多，干部只是含糊地说，是为了反扫荡的需要。有的老兵背里说："哼，哄骗人呢。咱们也不是没有经过反扫荡，哪有走这么远的，明明是有新的任务，你就等着瞧吧！"果然，今天团政委给大家讲清楚了，大家思想上的疑团消失，心中亮堂，脸上也露出开朗的笑容。

　　张百春给部队讲话时，徐绍华和王建国站在旁边，突然，译电员给团长送来一分刚收到的电报。徐绍华展开看时，电文中"外战外行，内战内行"几个字赫然跳入眼帘，他有些吃惊，赶紧往下看去。电文不长，大意是说：国民党第三战区司令长官顾祝同悍然袭击新四军军部，制造皖南反共事件；皖南新四军部队九千余人英勇奋战七天七夜，弹尽粮绝；各地八路军、新四军要提高警惕，继续高举团结抗日的旗帜，坚守阵地，随时准备迎击日寇和顽固派的进攻。

　　"他妈的！蒋介石这小子真的动手啦。"徐绍华气愤得骂道。

　　"看来，他要掀起新的反共浪潮了。"王建国说。

　　"人不犯我，我不犯人，人若犯我，我必犯人。咱们难道是好欺侮的？他反共一定要叫他自食苦果！"

　　这时，张百春已经讲完话，如果团长不作指示，部队就要整队出发了。徐绍华做个手势，要部队原地不动，招呼张百春过来。战士们开始感到惊奇，便安静地等着。连队干部跳起来指挥唱歌，顿时，广场上歌声嘹亮，此起彼伏，呈现一派生龙活虎的景象。

张百春看完电报，三人一致认为，这是一件不同寻常的重大事件，党中央对蒋介石顽固派的进攻一定会有对策，上级对我们可能还会有新的指示，因此，咱们的电台暂时不要收线关机，等一等，看看情况再作决定。

果然，不大一会，一二九师的电台便呼唤七七一团，传来师首长的命令：部队原地待命！于是，集合起来的队伍又解散，各回自己原来的驻地。

从此，一二九师的电台同七七一团的电台保持着密切的联系，关于皖南事变的具体情况也源源不断地传来。他们很快知道，皖南新四军部队除两千余人突围外，其余七千余人大部壮烈牺牲；新四军军长叶挺负伤被俘，副军长项英、政治部主任袁国平、副参谋长周子崑等遇害牺牲……听到这些触目惊心的消息，大家既沉痛，又悲愤，一个个牙齿咬得格格响，恨不能马上去狠狠打击那些反共顽固军，为牺牲的战友报仇，为全国人民解恨！

有一天，他们终于看到中央军委发布的关于重建新四军军部的命令，任命陈毅为代军长，刘少奇为政治委员，张云逸为副军长，赖传珠为参谋长，邓子恢为政治部主任。军委命令"陈代军长等悉心整饬该军，团结内部，协和军民，……为保卫民族国家、坚持抗战到底、防止亲日派袭击而奋斗！"看到这份命令，大家打心眼儿里觉得痛快，纷纷表示坚决拥护，服从命令听指挥，即使把我们改编为新四军，从此不再回冀南平原去，我们也将愉快出征，坚决消灭敌人。

可是，过了不久，七七一团又接到一二九师首长的指示，大意是说：新四军各部队在八路军南下部队的配合下，打退了反共顽固军和日伪部队的进攻，在反共高潮的狂风恶浪中，部队得到发展，根据地更加巩固。鉴于这一新的形势，你部将不再继续南下执行增援华中新四军的任务，应立即回师华北，重返原来驻地待命。

两天后，七七一团告别曹马集的乡亲们，从原路北上。

五

虽然上级说八路军南下对新四军打退顽固派的反共高潮，起了有力的配合作用，然而七七一团指战员却由于好久没同敌人交锋，心里都滋长着渴望打仗的情绪，所以，当他们再次越过了菏巨公路，徐绍华就提议把部队带到郓城城外去打一次伏击。他说："这一带是敌占区，一向没有我们部队活动，敌人非常麻痹，打伏击可能成功。咱们今天就试它一试。从这里到郓城四十里不到，我们可以在拂晓前赶到城外埋伏起来，打它个措手不及，战斗结束后马上就撤，保证成功。"

"要是敌人不出城呢？"张百春问。

"那就算咱们运气不好，没有嘴福，有肉也吃不上，可是如果敌人出来，准是块肥肉，咬一口叫你满嘴流油。"

张百春和王建国被他说动心了，觉得这真是难得的好机会，应该下决心干。于是，徐绍华带二营的六连、八连到郓城城关去设伏，大部队集结在城西预定地点接应他们。一切细节都考虑周到，就兵分两路，去执行各自的任务。

拂晓之前，徐绍华带了两个连神不知鬼不觉地来到郓城城关一家大车店附近，在房子周围埋伏起来。这里离城门近在咫尺，城墙上鬼子、伪军哨兵的说话声、咳嗽声，以及拨弄枪栓的金属撞击声，都听得清清楚楚。大家埋伏在那里，像是隐蔽在一头猛兽的身旁，不免情绪紧张，但并不惊慌，尽量保持肃静，不发出任何声响，连喘气都是轻轻的。

"哪一个？口令！"

听不清对方的回答。突然，"叭——！"裂帛似的一声枪响，划破了黎明的宁静,引得附近的家犬一阵狂吠。这时徐绍华的心都快要提到嗓子眼了,一只手紧握驳壳枪,握得手心出汗。但是,像一块石子投进平静的水面漾起一阵涟漪以后,很快又无声无息,恢复了原有的寂静。忽然,远处传来几声公鸡的啼叫,天快要亮了。

早晨,城关的街道上渐渐有人走动,关了一夜的城门也开启了。徐绍华和战士们盯着黑魆魆的城门洞,盼望有鬼子出城。但是城里却毫无动静,两个扛枪的哨兵在城门口来回走动,无聊地伸懒腰,打呵欠;一辆大车从城里出来,接着又有一辆,但大车上竟没有一个鬼子。又等了一阵,突然传来隆隆的汽车马达声,一辆、两辆、三辆卡车,上面坐满头戴钢盔的鬼子,依次从城门洞里徐徐开出,最后面是一个骑大洋马的指挥官。像潜伏已久的猎手终于发现了自己要捕捉的猎物,徐绍华和战士们的情绪顿时一振,刚才的倦意早已消失得无影无踪。一双双眼睛,一个个枪口,都随着这些敌人移动着、移动着……

三辆汽车越来越近,终于全部进入伏击圈。以后的战斗和任何一次成功的伏击战几乎相同:徐绍华一声令下,战士们立即投出一排手榴弹,在隆隆的爆炸声中,机枪、步枪子弹雨点般飞向敌人。车上的鬼子毫无精神准备,好多人没有弄清怎么回事,就被打发回了老家。那个鬼子指挥官也被最早的一批子弹击中,沉甸甸地从马背上栽下来。那匹大洋马却表现了良好的训练素质,低头站立,守着它死去的主人。徐绍华见时机已到,立即命令部队冲上去。战士们一跃而起,饿虎扑食似的冲到街上,经过短促的白刃格斗,就消灭了残余的敌人,还活捉到五个鬼子。

自始至终,城门口的敌人只是哇哇乱叫,盲目打枪,却不敢越雷池一步。

战士们收枪的收枪,搬东西的搬东西,烧汽车的烧汽车,以紧张、熟练的动作打扫完战场,迅速地撤离战斗地点。等城里的鬼子集合队伍追赶出来,他们已经离城好几里了。

这次战斗,共缴获歪把子机枪两挺,步枪四十余支,以及一部分罐头、饼干、香烟等日用品,那个鬼子指挥官的军刀、望远镜和大洋马,当然都成了七七一团的战利品。被俘的五个鬼子,其中有一名军曹,虽然全都成了八路军的阶下囚,可是那四个当兵的还对他保持着极大的敬畏。每次吃饭,要等军曹端起碗,他们才敢动筷。开始,这五个家伙害怕会被枪毙,不愿意跟队伍走,经过解释教育,消除了顾虑,才垂头丧气跟着赶路。

几天以后,新四旅又回到南下以前的驻地——朝城地区的马集附近,在那里暂住下来。

第十五章　三返冀南

一

　　一九四一年五月,组织上决定让王建国副团长到北方局党校去学习,时间是六个月。常年跟随部队南征北战,东奔西走,很少有时间坐下来读书学习,甚至有时连报纸都看不到,现在能有机会进学校,静下心来读点马列著作,用革命理论武装自己的头脑,是多么好啊!他是以一种欢欣鼓舞的心情来迎接这次学习的。

　　王建国交代了自己的工作,就积极作去党校学习的准备。临别前,徐绍华拍着王建国的坐骑说:"上山骡子下山马,你到山区去学习,骡子比马强,你换一匹好骡子吧!"徐绍华叫供给处的干部牵来一匹走骡,浑身的黑毛油光锃亮,像黑绸缎似的闪光,跑起来既快又稳,骑在它背上感觉不到在坎坷不平的土路上颠簸,好像在平坦柔软的地毯上行走。徐绍华说:"伙计,把它骑去吧!"徐绍华又叫供给处给王建国发两双千层底布鞋,说是好走山路。王建国想不到,这个打起仗来风风火火的团长,有时竟也婆婆妈妈似的对人关怀备至,体贴入微。

　　他紧紧地握住徐绍华的手,动情地说:"老徐,再见,等我学习完了,再回来给你当个好助手,咱们好好干它一场!"

　　徐绍华却摇摇头说:"难说啊,等你回来,我可能不在咱们七七一团了。"

第十五章 三返冀南

"你到哪里去？"

"我想去延安治病……"

王建国凝视着他瘦削而憔悴的面容，颧骨处有两块病态的潮红，禁不住感到心酸。几个月来，他不顾肺病缠身，没日没夜地指挥部队行军、作战，几乎要把身体拖垮了，现在应该让他去休息、治疗，不能再拖了。王建国点点头说："对，抓紧时间治病吧，身体是革命的本钱。"

出发的时间到了。去党校学习的几十名同志，有男有女，有军有民，都编了临时班排，由杨勇司令员带队。开始，由鲁西军区派部队护送，渡过了卫河，冀南军区又派新八旅二十二团接送。

王建国走过卫河上的浮桥，踏上了冀南的土地，一种回到老家似的亲切感情便油然而生。啊！冀南平原上的乡亲们，自从去年七月离开了你们，十个月过去了，别来好吗？你们巩固与发展根据地的斗争取得了新的进展吗？然而，他又很快发现，冀南根据地有了很大的变化。敌人的炮楼比过去多了，封锁沟也比过去密了，冀南平原像一个被紧紧捆绑的巨人，默默地躺在初夏灼热的阳光下，忍受着无穷的痛苦和忧伤！

那天傍晚宿营，要借锅做饭，一时却弄不到柴草。这件事使王建国非常吃惊。记得去年离开时，部队每到一地，向老乡筹粮并不困难，柴草更不用说了，可是现在却完全不同。他寻思，日寇对抗日根据地的摧残、破坏太严重了，老百姓的日子更难过了，平原上的对敌斗争也更尖锐、复杂而艰难了。

王建国的这一判断，到这年的秋季，七七一团奉命从鲁西调回冀南，就被他们所遇到的大量活生生的事实完全证实。

那已是王建国在党校学习几个月以后，一天中午，中队的通讯员跑来对他说："有人找你，正在队部等着哩！"王建国跑去一看，不是别人，原来是徐绍华团长。见到分别几个月的老战友，乐得他叫了一声，就奔过去抱在一起了。

"你怎么来的？到延安去治病吗？怎么拖到现在？家里的同志们都好吗？"王建国用拳头捶打着徐绍华的脊背，连珠炮似的发问。

"来看看你，学习怎么样？学习生活很紧张吗？身体好不好？"徐绍华没有回答，却也发出一连串的反问。

两人在学习小组的住地，一个贫农老大娘家的炕上相对坐下来。徐绍华从挎包里取出几包香烟、饼干，笑笑说："最近缴获的战利品，东西不多，来之不易。知道你在这里啥都没有，大伙叫我捎点给你尝尝。"

"嘿，太感谢了。"王建国马上拆开一包烟，点了一支，说："真带劲！你也来一支？"

"我已经戒了几个月了。"

王建国马上想到他的肺病，说："你早说要治病，怎么拖到现在？"

"没得空呀。部队回到冀南以后，一个仗连着一个仗，简直连喘息的时间都没有。"

"仗打得怎样？咱们部队的伤亡大吗？"

"打得不怎么好。今年八月，咱们旅奉命渡过卫河，回到冀南，七七一团就在大名、魏县、广平、临漳等地活动。回来时全团不到两千人，由于连续作战，一个多月就伤亡五百多。当然，我们也俘获敌人六七百，缴获了五六挺机枪，几百支步枪，得失基本相当。可是咱们伤亡的是骨干，是老战士，补充的是伪军，有的还是兵油子，虽然进行了短期政治教育，开小差的还是不少，巩固部队就是个大事。这样，部队的战斗力就大不如从前了。"

"鬼子对平原的控制，你看是不是比过去严了？"王建国又问。

"严多了。"他点点头说。"你还记得吗？今年年初，咱们要南下支援新四军，临走前都补充了新兵，那都是各地的游击骨干。大批地方武装升级，坚持根据地游击活动的力量就大大削弱了。现在看来，这种杀鸡取卵的做法非常有害。敌人趁此机会，把石（家庄）德（州）铁路修通了，咱们的冀南和冀中根据地被分割开了。敌人不仅占领县城，还占了许多乡村集镇，强迫老百姓修炮楼，筑封锁墙，挖封锁沟……现在，平原上炮楼林立，封锁沟纵横交错，密如蛛网，老百姓说：出门遇鬼子，抬头见炮楼。一点也不假。敌人还大搞以战养战，在它占领的地区掠夺粮食搜刮资财，它想把老百姓家里搞得精光，自己都饿肚子，就没有能力去供养八路军。可是，事情的发展总是和敌人的愿望相反。斗争越尖锐，形势越紧张，环境越艰苦，革命也越深入，越发展。鬼子表面上气焰嚣张，不可一世，骨子里是外强中干，处境孤立。咱们不说别的，现在有些伪军就主动靠近我们，给自己找出路。所以，鬼子扫荡时，咱们就把一些行动不方便的工厂、医院，搬到伪军的据点里去。"

"有这样的事？把工厂、医院开在伪军的据点里？"王建国惊奇地问。

"是啊，咱们的工人在那里生产，咱们的伤员在那里养伤，反而更加安全。"徐绍华说着，苍白而消瘦的脸上露出一丝得意的微笑，"根据平原斗争的新形势、新特点，上级提出：敌进我也进，敌人进到我们根据地，我们就进到敌人的背后去，造成有敌人而无敌区的形势。敌人白天出来扫荡，我们夜晚袭击敌人。建立两面政权，表面上应付敌人，实际为咱们办事。咱们在战术上也有许多发展变化。部队平时化整为零，以连排为单位分散活动，全都穿着便衣，军民不分，迷惑敌人。部队拂晓之前一定宿营，宿营后严密封锁消息；发现敌人，它不进村不打，它进村后，不进院不打，后来是不进门不打，叫做打'推门战术'……群众真是真正的英雄啊，创造出许许多多打击敌人的巧妙办法，所以我们才能在平原上牢牢地站住脚，敌人怎么也无法把我们赶走！"

徐绍华描述的这些情况，王建国感到耳目一新，十分向往，想到学习结束后，自己将重返冀南，亲自经历平原上紧张而惊险的战斗生活，精神更加振奋。

他俩又闲谈了一些别的情况。徐绍华说，他离开部队后，由杜副旅长负责七七一团的工作，二营长向守志提为副团长，进行协助；三营长黄炳奎打善乐营据点，不讲战术，蛮干，腿部负了伤；部队最近又调回沙行子，破击南（宫）巨（鹿）公路，打破敌人对沙行子中心区的封锁，仗没有打好，丢掉两挺轻机枪，部队的情绪到现在还没有转过来。

最后，他慎重地嘱咐王建国道："你学习结束回去后，一定要下工夫把部队整顿好。七七一团是一支能打仗的好部队，要使它恢复、发扬在战斗中死打硬拼、勇猛顽强的老作风，在打击日本侵略者的战争中起到应有的骨干作用。这样，我在延安也能安心养病了。"

"你放心，我们一定会不断地向你报告胜利消息的！"王建国受到对方情绪的感染，也激动地说。

太阳渐渐落到山背后去了。飞鸟投林，牛羊归村，苍茫的暮色笼罩着四周的峰峦。王建国把徐绍华送到村口，目送他骑上马背，顺着蜿蜒曲折的山间小路，回八路军前方总部的招待所去。

二

十一月下旬的一天，党校的领导突然宣布一个惊人的消息：由于日寇对这个地区，特别是对附近黄烟洞八路军兵工厂进行空前规模的"扫荡"，党校的学习提前结业，学员今天晚上就离开学校，回各自的原单位去。

事情真不凑巧。军队干部学员的牲口，今天一大早就到六七里以外的武乡地区去驮粮食,要明天才能回来。没有牲口走不了,怎么办?学校领导请示八路军副总司令兼党校校长彭德怀,他指示说:给同志们讲清楚,现在情况紧急,人员可以先走,待牲口回来以后,再去撵他们。然而,有些干部在战斗中负过伤,行走不方便,更拿不了自己的行李;还有些同志喜爱自己的牲口,虽然嘴上没说,心里却怕失去自己的坐骑。所以大家吵吵了一阵,决定派代表去见彭总,要求迟一天,等牲口回来后再走。

彭德怀住在一个普通的农家小院里。房前有两棵柿子树,枝头缀满又大又红的柿子,在西斜的阳光下特别耀眼。鸡群在草丛里捉虫觅食,小猫躺在窗台上晒太阳,一切都是那样幽静、安谧,简直使人忘记战争。代表们刚走进院子,彭老总魁伟的身影就在门口出现了。他请大家坐在柿树下的板凳上,自己坐的却是一块大青石。他微笑着看看大家,和一些熟人开了两句玩笑。从他轻松、乐观的神情里,简直难以看出他正在指挥千军万马,与大举进犯的敌人进行一场殊死的搏斗。这时,代表们真后悔为了一点鸡毛蒜皮的小事,也跑来打扰他,耽误他十分宝贵的时间。但是,他却并不着急,耐心地听完大家的意见,然后说:

"我不是说了吗?情况来得紧急,牲口赶不回来,你们人先走,等牲口回来了,再给你们送去。行李带不动,可以动员一点老乡的驴狗子,两个人一条驴,驮行李,实在走不动的也可以搭搭脚。你们中间不少同志都是经过长征的。长征的时候,爬雪山、过草地是啥滋味?难道每个人都有牲口骑?不见得吧,还不是靠自己的两条腿,一步一步走过来的呀!在困难的时候,同志们要咬咬牙,一咬牙就挺过去了。希望大家发扬艰苦奋斗的老传统,克服眼前这点困难。"

彭总的话既亲切,又中肯,大家没有意见,便告辞出来。代表们回到党校,向大家作了传达,然后收拾东西,准备天一黑就出发。

到平原去的人员编成两个中队,下面又编了若干个班,组成临时党支部，新八旅政委肖永智任党支部书记。上级规定，每个班要携带一门仿日本掷弹筒的五零式小炮，十至十五发炮弹，还有五百发子弹。每个班分编两名女同志，要保证她们的安全。这时，晋冀鲁豫边区参议会刚结束，参议员中有白发苍苍的老先生，也有裹小脚的老婆婆，他们也要过铁路回平原去，上级强调说：一定要照顾好他们，不能有任何差错，出了事儿要拿你们是问！有的人见此情景叫苦连天："天哪！尽是这些包袱，路上遇到情况怎么办呀！"但是，叫苦归叫苦，命令还是要执行。大家出主意，献计策，积极商讨如何完成这次行军任务。

　　当天傍晚，这支男女老少皆有的杂牌军，在野战部队的护送下，浩浩荡荡地向路东平原进发了。

　　夜行晓宿。次日上午，正在一个小山村里宿营，饲养员们骑着牲口赶上来了。王建国见他的饲养员牵的不是他的那匹黑走骡，便着急地问："咱们的牲口呢？谁把黑骡子换走了？"

　　"我……也……不知道，首长……叫我骑……它来找你。"饲养员结结巴巴地说。

　　"哪个首长？"

　　"他……说他……认识你。"

　　这匹骡子比原来的黑骡差远了。虽然个头不算小，但身上没有膘，一副骨头架子，走得也不快。有什么办法呢？就有这样一些只顾自己不管别人，趁火打劫的同志，他们即使在最紧张、最困难的时候也没有忘记捞外快、发洋财！王建国自从打胡家洼负伤以后，腿脚一直不太灵便，班里的两个女同志体质较弱，走路也困难，都指望那匹好走骡呢，如今愿望落空，只能骑这匹瘦骡子赶路了。

　　走出太行山，经过一夜行军，便接近平汉铁路。鬼子在路西挖了三条封锁沟。第一条距铁路二十里，刚开工挖掘，尚未完成，所以比较顺利通过了。第二条已经挖成，宽四米，深四米，加上堆在两边的

第十五章 三返冀南

浮土，有五六米深，不论是人或是牲口，都无法通过，所以大家一到沟前，便动手挖土填沟，填平以后再通过。第三条封锁沟离铁路只两三华里，大家正在填土，南北两侧的炮楼里就打枪了，护送部队迅速运动上去，把两座炮楼团团围住，进行火力压制，保证过路人员的安全。

人员越过铁路，迎接他们的冀中十六团已在路东等待他们。

看吧！在早晨阳光的照射下，铁路两边挤满了密密麻麻的人群，有的向东去，有的朝西走，潮水般漫过高高的铁道路基。南北两个方向，传来激烈的枪声，子弹在头顶呼啸飞过，护送部队正在与敌人进行激烈交火。

王建国背着一门五零小炮，和班里的两个女同志一起跑步过了铁路。又走两三里，停在路边等候后面的人员。不大一会，饲养员扛了一副皮鞍子和一件大衣，呼哧呼哧地跑来，见到王建国就着急地说："首长，咱……们……骡子被……打死了。"

"在什么地方？"

"铁……铁路上。"

"弹药呢？"王建国想起骡子驮了五百发子弹，便问。

"我……我拿不动。"

"走！咱们一起回去拿，子弹不能丢。"

王建国和警卫员、饲养员三人弯着腰向铁路跑去，到那里一看，见那匹骡子果然倒在路基上，周围是一滩鲜血。他们把子弹袋取下，分开背着，在枪弹的呼啸声中，快步朝路东跑去。

在路东整理队伍时，全中队人员到齐，没有一个掉队的，所携带的武器、子弹也都完好无缺。支部书记、八旅政委肖永智听说王建国的坐骑被打死了，和他开玩笑说："鬼子还真有眼力，偏偏打你这个'拐子'的牲口。"说着，要把自己的牲口让给王建国骑。王建国知道他在战斗中也挂过彩，便笑道："肖政委，我是拐子，你也不是好人，我不能骑你的牲口。"

在欢声笑语中，队伍继续前进。

三

王建国回到部队，在沙行子的草楼见到了徐深吉旅长。

徐旅长紧紧握住他的手，高兴地说："学习完了吗？你回来得正好。徐绍华同志走后，一直由杜副旅长暂时负责七七一团的工作。组织上已决定由你接替团长的职务。你休息一下就回团里去，把杜副旅长换回来，这阵子把他忙得够呛。"

"我不用休息，马上就回团。"

"那也不要这么急。"徐深吉坐在他的对面说，"你离开七七一团有半年了吧？这半年，咱们部队变化比较大。回到冀南以后，连续进行战斗，部队没有得到很好休整，战斗减员比较厉害，一个正规连现在只有六七十人，补充的人员伪军成分比较多，有些班、排长也不是党员。过去是什么样子？过去有不少红军战士作骨干，新兵都是根据地自愿参军的农民，连队里有百分之三十的共产党员，这样的部队像一把锋利的钢刀，真是无攻不克，无坚不摧啊！可现在呢，说得不客气点，刀有点卷刃了。你是在这种情况下当团长的，肩上的担子不轻啊！你回团后，多做调查了解工作，多同各级干部研究商量，狠抓部队的作风培养，让它保持住过去的老传统，不愧为一支敢打敢拼、能攻能守的老红军部队！"

徐旅长的谆谆教导，使王建国深受启发和鼓舞，更感到肩上责任的重大，他当即表示："我一定尽自己的最大努力，把部队带好！"

七七一团住在核桃园，王建国很快回到了团部。

杜副旅长一见面就说："你回来啦，我把部队交给你吧。"

王建国见他好像一天都不想多待的样子，赶忙说："副旅长，别忙走，多住几天，帮助我们把工作做好。部队离开冀南一年多，我又离开部队近半年，啥情况也不摸，我得先熟悉情况才能工作。"

旅政治部副主任陈元龙说："再住几天，咱俩一起回去。"

他点点头，答应了。

两天以后，突然好几路敌人同时向核桃园扑来。杜副旅长提出："部队应该跳出敌人的合击圈，转到外线去。"大家都同意他的意见。部队立即离开沙行子，到贺钊以东马桥附近的几个村子停下宿营。

次日拂晓，一阵激烈的枪声把人们惊醒。王建国坐起身，侧耳倾听，枪声像是从三营的驻地马桥那边传来的。他立即跳下炕来，提了枪就往外走，两个警卫员机警地紧跟身后，他们便迎着密集的枪声向马桥跑去。

天色麻麻亮，道路、田野和村庄在雾气里露出模糊的轮廓。他们正跑着，忽听得前面传来队伍的脚步声，渐渐看得见人影，越走越近，终于看清走在最前面的是新提拔为三营长的周日贵。

"怎么回事？"王建国迎上去大声问道。

"贺钊的敌人出来了，我们遭到了偷袭。"周日贵气喘吁吁地说。

"部队都撤出来了吗？"

"都撤出来了。"

可是，马桥村里的枪声仍然十分激烈，显然有部队在顽强抵抗，接着，那里的一所房子着火了，血红的火苗蹿得老高，映红了半边天。

"周日贵，清查各连人数！"王建国大声命令。

"是！"

不大一会，他慌慌张张跑到王建国面前，报告说："坏了！十一连的五班，没有出来！"

"什么？"王建国先是心里一惊，立即升起一股怒火，厉声说："那你怎么说都出来了？他妈的！你怕死！你现在给我带部队冲回去，把五班接出来，不然小心你的脑袋！"

他二话没说，立即转过身去，带着部队冲回马桥。

然而，已经来不及了。当周日贵带着部队赶回马桥，一阵猛打猛冲，打了个敌人措手不及，以为大批八路军援军来了，不敢恋战，仓惶向贺钊方向逃去。部队赶到五班的住地，面前却是一片冒着青烟的灰烬。

当初，五班的同志没有接到撤退的命令，在班长的带领下，英勇抗击敌人。后来敌人越来越多，把他们围困在一所老乡堆放东西的房子里。敌人对他们喊话："八路军弟兄们，你们跑不了啦！投降吧，我们也优待俘虏。"但是，战士们一声不响，敌人只要一露头，就射出仇恨的子弹。敌人见软的不行，便进行强攻，战士们毫无畏惧，用机枪、步枪顽强抗击，打中多名敌人，使之不能前进一步。敌人恼羞成怒，疯狂报复，最后放火烧着了房子。敌人以为，当烈火威胁这些八路军战士的生命时，他们一定会仓惶逃出，乖乖地举手投降的。然而，敌人错了。当火势越烧越猛，整座房子完全被大火吞没时，却没有一个战士出来向敌人乞降。他们宁可站在火中死，不愿跪在敌人面前生。他们是一群在烈火中永生的凤凰，是伟大中华民族不朽的儿子。战后收拾遗体时，见他们仍然紧握着手中的枪，有的仍是射击敌人的姿势。那位领导全班英勇战斗的班长，还紧紧抱着那挺给敌人以重大杀伤的机枪。

王建国心情沉重地回到团部，杜副旅长劈头就问："你们的仗是怎么打的？一个班叫敌人轻易地搞掉了！"

"怎么打的？部队转移宿营，作战计划，不都是咱们共同研究的？你现在问我，我去问谁？"王建国没有好气地回了一句。

"你……"他气得说不出话来。

"算啦算啦，都别说了，以后再总结经验教训。"在一旁的陈元龙副主任打劝说。

第十五章 三返冀南

"好啊，以后你们就好好总结总结吧！"

吃过早饭，杜副旅长同谁也不打招呼，竟独自骑了马回旅部去了。

仗打得这样窝囊，团长王建国又何尝不是憋了一肚子气？上午，他把三营长周日贵叫来，气呼呼地说："你是怎么搞的？警惕性到哪里去啦？部队宿营以后，为什么不派游击小组监视据点里的敌人？为什么不周密布置警戒，不做好战斗准备？部队遭到袭击后，你不指挥部队坚决抵抗，而后再相机撤退，一上来就张惶失措地逃跑，结果一个班的同志叫你断送了，你有罪啊！在烈士面前你是个罪人！"

周日贵耷拉着脑袋，脸上红一阵白一阵，连大气也不敢出。

"今天咱们不走了，要为牺牲的战友报仇，咱们去打贺钊，老子和它拼了！"王建国情绪激动地说。

这时，陈元龙副主任在一旁看不下去了，十分严肃地说："同志，要冷静点！敌情越是严重，指挥员越不能感情用事。打仗吃了点亏，要很好总结经验教训，教育部队提高警惕，今后要避免不必要的损失。你这样莽撞蛮干，能解决什么问题？不但报不了战友的仇，反而会受到更大的损失。我们要坚决、勇敢地打击敌人，但是反对那种乱碰乱撞的拼命主义！"

陈副主任的话给王建国及时敲了警钟，使他发热的头脑冷静下来。他想了想，领导讲的是对的，硬拼只会坏事，只会使部队遭受新的损失，怎么能拿战士的鲜血和生命去出气、泄愤呢？但是，这口恶气他又真难咽下去，最后无可奈何地长叹一声，对周日贵挥挥手说："回去吧！把警戒布置好。"

当天晚上，三营长周日贵不辞而别，开小差跑了。

开始大家都很生气，甚至用非常难听的话骂他，但后来一打听，他并没有脱离革命，而是跑到兄弟部队去了。这件事使王建国很受震动。周日贵这样做当然不对，不过自己对他的态度也过于简单、粗暴，耐心教育不够。王建国觉得有点对不住他,希望今后有见面的机会,向他解释一下,赔个不是,可是在后来频繁战斗的环境里,他俩始终没有再见面,当然也无从向他赔礼道歉了。

回到七七一团以后,一系列的事实使王建国深深感到,正如徐绍华团长去延安治病前所说的,平原上的斗争更加尖锐、更加复杂、更加残酷了,而我们部队的素质却不如过去,这怎么能适应新的形势,机动灵活地开展斗争,担负起保卫冀南抗日根据地的光荣任务呢?王建国把自己的想法同政委张百春谈了,他也有同感,因此两人一致认为,必须对七七一团进行一次认真的整顿,把这把有点卷刃的刀打磨得更加锋利些。但是,现在敌情如此严重,战斗这样频繁,部队如何整顿?到何处去整顿?有整顿的时间吗?……这些问题又使他们十分困惑。但是,经过多次磋商以后,他俩认为应该对部队负责,对革命负责,决定给上级写报告,正式提出自己的建议。

他们的意见得到旅首长和冀南军区领导的重视和支持。不久,上级命令七七一团越过邢(台)济(南)公路,开到军区所在地香城固、东目寨、下堡寺一带,随军区机关行动。在军区首长的直接领导下,一方面负责警卫、掩护领导机关,一方面对部队进行思想教育和作风整顿。

部队在整顿中,调整了党的组织,发展了一批经过战斗考验的新党员,补充了一批根据地群众参军的新兵,给部队输送了新的血液。在军事方面,发动全体指战员认真总结战斗中的经验教训,研究敌人近来活动的特点和规律,以便更加有效地进行反"扫荡"战斗。前后经过一个多月的整顿,部队们面貌焕然一新,士气大为提高。

此后,根据冀南军区首长的指示,新四旅的直属队和十团、十一团也开赴邢济公路以南,进行短期整顿。这样,全旅的部队又汇集在一起。

四

王建国带领七七一团在冀南平原进行反"扫荡"斗争,希望能和周日贵再见上一面,解开心结,始终未能如愿,但是无巧不成书,在频繁的转移中,却意外地遇见一个他从未料到能够再见面的人,那就是南宫焦杰三的大女儿焦其树。

那天,部队半夜来到一座村庄,团部住在一座稍大的院子里,有几个抗日中学的教员住在西房。早晨起来,一名女教员见一个身穿日本军大衣、头戴日军帽子的八路军干部在北屋进进出出,身影是那样熟悉,她仔细观察许久,便向一个战士打听:

"你们那位首长姓什么?"

"姓王,他是我们团长。"

"他是不是叫王建国?"

"是呀,你认识他?"

女教员笑着点点头,没有再说什么。

下午,她到老乡家买了一只鸡,炖了一锅鸡汤,又焖了些小米饭,然后轻手轻脚地来到王建国的面前,突然大声说:"报告首长!"王建国吃了一惊,抬头看是个女干部,以为她认错人了,但仔细一看,见她红润的圆脸,黑黑的短发,戴一副眼镜,马上愣住了,接着便惊喜地说:"你是……其树?"

"你没有忘记我?"焦其树也高兴地说。

"怎么可能忘记呢?"王建国赶忙请她坐下,又说:"南宫城里一别,几年过去了,你现在在哪里工作?"

"我在抗日中学当教员。"

"好,终于实现了你从事教育事业的愿望。你爸爸可好?"

"他仍在乡下，经常念叨你。我每次回去，他都要问我有没有见到过你，我心想根据地这样大，哪能遇见，没想到今天我们真的巧遇了。"

"真是太巧了，所以有人相信有上苍的安排。"王建国笑道。

焦其树笑着点点头，没有反对。

"你妹妹其兰现在在哪里？"王建国问。

"她呀，顽固起来了，吃不来这个苦！"

"怎么，她没有去部队，没有上前线？"王建国想起焦其兰在南宫饭桌上的激进言辞，所以这样问。

"还上前线呢，早躲到大城市的洋楼里去了。"

她似乎不愿多谈她妹妹的事，王建国也就没有再多问。她却谈了不少关于抗日中学的学习生活情况：老师和学生就像是一支游击部队的指战员，过着严格的军事生活，三天两头转移阵地，有时和鬼子相距只有几里路，住下后就上课读书，有情况打起背包再走，生活中充满了惊险、艰苦和欢乐……王建国听着她的谈话，想起最初见到她的学生模样，情不自禁地称赞："其树，你变了，变得更老练，更成熟了。"

"我哪能和你比，你都成了八路军的团长了。"她开心地笑着说。

她请王建国过去吃饭。两人边吃边谈，话语滔滔不断，都好像有许多话要向对方诉说似的。政委张百春有事找王建国，进门狡黠地笑道："老贾，你这好小子！"焦其树留他吃饭，他推托有事，给他一碗鸡汤，他一仰脖子喝得干干净净，抹抹嘴唇说："真鲜！喝这样鲜的鸡汤，老王你有福啊！"说完就笑着走了。

两人吃完饭，天渐渐暗下来，到了该告别的时候了。王建国见焦其树眼角噙着泪水，有留恋难舍之意，便安慰她："说不定哪一天我们再转移到一处，又会面了，到那时我请你吃饭！"

"那我盼着那一天！"她深情地说。

王建国站起身来，慢慢穿上他的日本军大衣，戴上那项日本军帽，说了声"再见",便转身要出门。

"建国!"焦其树突然把他叫住。

王建国回转身来,凝视着她。

"我们真的还能再见面吗?"焦其树问。

"能!一定能!"

"那……我一定等你!"

一股暖流涌上王建国的心头。他走上前去,紧紧抓住她的一只手,说:"好,好!我们都保重!"说完,便走出门,消失在黑暗的夜幕里。

当晚,部队转移驻地,抗日中学也移往别处。这两个在烽火中巧遇的年轻人,又在斗争的大潮中暂时分开了。

第十六章　特别参议

一

"邹参议，你好哇，还认识我吗？"

"你是……"他果然惊愕地愣住了。

"你忘啦？咱们不是在李景隆的参谋处……"

"哎呀，是你呀！想不到，失迎失迎，快请坐，快请坐！"这个五十多岁的老汉，慌乱地给王建国搬凳子，倒茶水，拈着胡须嘿嘿笑着，高兴得有点不知所措了。

他叫邹金山，马头镇人。"七七"事变后李景隆扯起义勇军旗号的时候，他和王建国曾同在李的参谋处共过事。当时参谋处只有三个人，另一个叫申文俊，是个中学生，后来和王建国一起参加了八路军。邹金山的年纪比他俩大得多，阅历也深得多，真所谓他走的桥比他们走的路还长，所以处处像爱护晚辈似的关心、爱护这两个年轻人。行军宿营时，睡土炕，王建国和申文俊都喜欢头朝外，枕着炕沿睡，这样空气流通，睡得舒服，邹金山却非要他们头朝里靠着墙根睡不可，申文俊不满地说："睡觉嘛，朝里朝外不都一样，哪来这么多穷讲究？"邹金山却一本正经地说："讲究大着呢！头朝里睡，出水（他用了一句土匪的黑话）快，一有情况，跳下炕就能跑。要是有人摸进屋，掐住你的脑袋，你动不了，没有办法，要是按住你的双脚，你坐起来就能给他一枪！"两个年轻人见他说得有理，就依了他。当时，大家都尊敬地称他邹参议，背后却叫他邹老头，他也不见怪。他的个子很高大，腰板挺得笔直，行军时却骑头小毛驴，不免有点滑稽可笑。王建国曾劝他换匹马骑，他却摇摇头说："你别小瞧毛驴，它走得并不慢，却是特别稳当。"他就是这样一个处处有自己人生哲学的人。后来李景隆到临清去当汉奸，他没有跟去，一直和老伴闲居在家。

"什么风把你吹来的？一别好几年，只知道你和小申都在八路军里干事，总也打听不到你们的确实消息。今天是路过这里，还是专程来的？"邹金山在王建国的对面坐下，仔细打量着他，说。

"今天特意来看看你，顺带也有些事情想向你讨教。"王建国笑道。

"什么事情？"

"家理的事，现在日本人组织什么'安清道义委员会'，活动得很厉害，也迷惑了一些人，你知道它和家理是啥关系？"

"你问那呀，说穿了，那是豆腐一碗，一碗豆腐，它和家理、青红帮是一回事，鬼子给了个委员会的名义，是为了便于控制，让一些人心甘情愿当汉奸，替鬼子干事。我和那些人不对路，从来没有来往，好多在家理的人也反对他们的做法。"他抬着下巴上稀疏的胡须，露出鄙夷的神色，后来又继续说："现时在家理的，不外乎'大、通、武、学'几辈，我听说主持安清道义委员会的是个'武'字辈的，我不认识这个人。"

"你是哪一辈的？"王建国问。

"我是'大'字辈的。"

"那你在家理是名符其实的老前辈了。你出来干点抗日的事不好吗？"

"我能干啥抗日的事？"

"做点家理方面的工作，就很有意义。"

"做家理的事？"他吃惊地瞪大双眼问，"八路军不是反对封建邦会这一套，不叫干吗？"

"单搞封建帮会那一套当然不行，不过如果为了抗日，还是可以干的。不然在家理的都让安清道义委员会那班家伙拉去了，岂不更糟？"

"人家都知道，我邹金山已经洗手不干，关了山门啦。"

"为了抗日救国，关了山门再重开山门，有何不可？"

他连吸几口旱烟，一只手捻着胡须，沉吟了好久，突然说："可以是可以，不过我一时难以筹集起这笔经费。"

"你需要多少，我替你想办法，这事好说。"

"还有一个条件，我重开山门，要打出你的旗号。"

"怎么打出我的旗号？"

"很简单，公开收你作我的徒弟。有了你这个八路军干部的小老大，我在人面前好说话。你要是愿意，咱们就干；你要是觉得为难，咱们就吹。当然，收你作徒弟是做给别人看的，月下提灯——空挂明（名），我知道你也不会真信这。"

王建国根本没有想到他会提出这样的条件，一时不知道如何回答他：答应吧，不好；拒绝吧，也不妥，真有点进退不是，左右为难，最后只得说："我现在是八路军的干部，这种事自己不能做主，要请示上级后才能答复你。"

"好，我等你回音。"他高兴地同意了。

王建国回来请示了旅首长，首长回答得很干脆，只两个字：可以。并指示他要利用这一有利条件，抓紧做好这一方面的工作，斗争愈深入发展，愈要动员一切阶层的人员参加到斗争中来，要造成浩浩荡荡的抗日大军，把日本侵略者淹死在民族解放战争的汪洋大海之中。

王建国第二次来到马头镇邹金山家。邹金山听说八路军的领导批准王建国拜他为师，喜出望外，叫老伴到街上打了半斤白酒，炒了两碟菜，说要庆祝一番。他喝了两盅，酒酣耳热，大声说："咱们就一言为定，我选个好日子，摆一次香堂，公开收徒弟，发帖子请诸位老大都来，你也好认识认识他们。"

"好的好的。"王建国点头赞成。

"哎唷！收王同志这样一个徒弟，要把俺老头子折死啰。"他老伴在一旁打趣说。

"那有啥？这是名义上的师徒，在实际工作中，我还要接受他的领导哩。"他郑重地说。

"我不懂家理的一套规矩咋办？"王建国问。

"你尽管放心，一切有我呢。"邹金山拍拍胸脯说。

接着，他一边喝酒，一边告诉王建国关于家理的一些最普通的行话和规矩。他要王建国记住，遇到别人盘问时，应该回答船帮有多少块板，船底有多少块板，船钉有多少斤重，谁是点传师，谁是引进师……最后他笑眯眯地说："你是我的徒弟，就是'通'字辈的，好多人都得叫你一声师叔哩！摆香堂那天，你晚点来，等一切礼仪都完了，你再进场，我当众人的面说一句话，你的所有礼节就全都免了。"

"记住了。"王建国点点头说。

那一天，邹金山家的门口挂了红匾，堂上点起香烛，人来人往，谈笑喧哗，附近各县、各镇的青红帮头目都应邀前来，祝贺他重摆香堂，再开山门。一时，佳客盈门，高朋满座。有穿长衫的，有著短褂的，有文质彬彬的，有五短三粗的……三教九流，一应俱全。邹金山穿一件新蓝布大衫，红光满面，喜气洋洋，在人群中跑来跑去地周旋着、应酬着。

上午十点多钟，王建国估计他们已经烧过香，磕完头，便换件长袍，戴顶礼帽，带一个便衣侦察员，径直朝他家走去。邹金山一见到他，马上站起身高声说："诸位老大请雅静！我来介绍一下，这就是王老大。

王老大今天因为有公事来晚了。"

王建国双手抱拳，微微点头说："各位老大，今后请多多关照！"

"好说好说，都是自家兄弟。"人群中乱哄哄地叫嚷着。

邹金山领着王建国和各地的青红帮头目一一见面，然后，在堂屋里坐下，和几个比较有身份的头目交谈起来。

"王老大年轻有为，一表人材，真是国家栋梁，民族先锋，将来一定前程远大，不可限量啊！"一个白白胖胖、商人模样的头目恭维说。

"哪里，哪里，过誉了！"王建国说，"国家有前途，民族有前途，咱们个人才有前途。只有赶跑了日本鬼子，咱们这些人才有出头之日。"

"那是当然。古人说，覆巢之下，岂有完卵？国家国家，先有了国，才能有家。"另一个身材瘦小的头目说。

"王老大，驱逐日寇，光复中华，是咱们大家的心愿。只是中国的国力太弱，国人又是一盘散沙，恐怕难以战胜日本这个强敌。"那个白胖的商人又说。

"这个问题要全面来看。咱们中国地大物博，人口众多，日本是个小岛国，资源也很缺乏，但是他们工业先进，咱们落后，加上团结不紧，就是你说的'一盘散沙'，所以小日本敢于侵略咱们。但是如果我们四万万同胞加强团结，齐心协力，自强不息，何愁不能打败小日本？"

"王老大说得对，我看也是这样。"一个四十来岁、满脸胳腮胡子的老汉说，"小日本没啥了不起的。鬼子兵来到咱们中国，两眼漆黑，分不清东西南北，要是没有那些卖国求荣的汉奸，他们就寸步难移！"

"这位老大说得太对了。"王建国马上接过去说，"我们要坚决铲除那些卖国贼，对他们的罪行必须进行彻底的清算；同时，还要争取那些一时糊涂失足的人，让他们迷途知返，将功折罪。总之，抗日是咱们全民族的共同事业，希望诸位老大根据自己的实际情况，有力出力，有钱出钱，为打败日本鬼子做出自己的贡献！"

"当然，当然！"

"一定，一定！"

人群中一片赞成之声。王建国这时才发现，不知从何时起，四周已围聚了不少在听自己讲话的人。邹金山更是聚精会神，听得比谁都专心。

二

邹金山重开山门，收了个当团长的徒弟，这消息不胫而走，在周围地区引起了很大反响，他的声望也因此而大大提高了。一些久不和他来往的青红帮头目，也主动找上门，与他联系，以示亲近。

八路军的目的正是如此，扶持邹金山，让他红起来，从而扩大青红帮系统内抗日爱国力量的影响。同时，要他利用各地青红帮的组织，搜集丘县、临清、平乡、曲周、鸡泽、南和等地日伪军的情况，及时向八路军报告。当他报告了几次有价值的情报后，又正式委以"冀南军区参议"的头衔，每月的津贴为一百斤小米。从此，他的情绪更高，工作的劲头也更足了。

有一天，他找到部队驻地，对王建国说，曲周辛庄有个名叫马中三的青红帮头目，是一个大有用处的人。王建国要他详细谈谈，他说：马中三今年五十多岁，是"通"字辈的，由于他为人豪放直爽，讲究义气，所以结交很广，在曲周、鸡泽、平乡、永年、南和、任县、邢台一带有徒弟两千多人，几乎哪座炮楼上都有他的人，北到邢台，南到邯郸，他可以畅行无阻。要是把他争取过来，他能给咱们很大帮助。

"上次摆香堂，他来了吗？"王建国问。

"我给他送去帖子，他没有来，托人捎话说实在对不起，因为有事没空，不能前来祝贺，希望今后多联系。"

"你和他熟吗？"

"过去见过几面，互相认识。不过，熟不熟倒关系不大，在家里的都是自己人，何况我还长他一辈呢！"

"那你去联系，做做他的工作。"

邹金山很快去了。他从辛庄回来，兴致勃勃地向王建国谈了他和马中三见面的经过。他说，老马非常热情地接待了他，首先对摆香堂没有亲往祝贺表示歉意，接着就问："听说你收的新徒弟，还是八路军的团长？"邹金山说："不错，什么时候我带他来跟你见见面，今后自家哥们也好互相有个照应。"马中三说："那太好啦，我正想见见这位小老大。"邹金山又趁机讲了一些要帮助八路军抗日的道理，说自己已被聘为八路军的参议，每月还有一百斤小米的津贴，并说："津贴不在多少，这是八路军对咱们参加抗日的一种表示，有政治意义。"说得马中三非常眼红，临走时一再嘱咐他把新收的徒弟带来见见面，大家互相认识认识。

一天夜晚，邹金山和王建国到曲周辛庄去会见马中三。夜漆黑，伸手不见五指，幸亏邹金山对这一带的道路比较熟悉，所以绕过敌人一座座炮楼，摸索着前进。过滏阳河时，要走河上的一根独木桥，他们两人都犯愁了。这独木桥不仅高，而且长，白天走在上面都提心吊胆的，这时只见黑暗里横着一根木头，下面隐隐传来哗哗的流水声，人走到桥上，如果稍有不慎，栽下去就没命了。

"咱们爬吧，为了抗日，咱们不怕羞，学一回狗爬。"邹金山笑着说。

"行，反正天黑，没有人看见。"王建国表示赞成。

于是，他们弯下腰，双手摸着木头，一寸一寸地从桥上移过去。耳边的风声，桥下的水声，使他们战战兢兢地感觉到正在作一次冒险，额头上不禁冒出一颗颗汗珠来。

到马中三家已是深夜。他们敲门后，马中三的女人手里端盏油灯出来开门，见是邹金山，吃了一惊，说："哎呀，大叔怎么这么晚？

天黑道不好走吧。"接着便对屋里喊："快起来，有远客来了。"

马中三披着衣服走出来。邹金山见了就说："中三，我今天把王老大给你带来了。"

"太好了！"马中三走到王建国面前，双手一抱拳说："不知兄弟今天要来，有失远迎！"

"哪里哪里，打扰你们了。"王建国也双手抱拳，客气地说。

"打扰什么呀？王老大是请都难请来的贵客，又是自家兄弟，怎么说见外的话？中三早就叨念你们要来，今天总算把你们盼来了。"他女人在一旁笑着说。

马中三请他们坐下后，叫他女人到厨房给弄点吃的，又转身笑道："外面这样黑，亏你们摸到这里。"

"没有啥，走夜路已经习惯了。"王建国说。

"再黑，静下心来就能看清路，难的是过滏阳河哪座独木桥……"邹金山说。

"是啊，你们是怎么过来的？"马中三问。

"不瞒你说，俺们两个今天熊了，学了回狗爬，是从独木桥上爬过来的！"邹金山越说越气愤，"这叫啥世道？在咱们自己的家门口，大白天不敢走，要黑夜走，有时还要当畜牲！"

"这种日子要到哪一年哪一月算是一站呀？"马中三也摇头叹息。

"这种日子不会久的。"王建国说，"只要全中国人民团结起来，坚决抗战，小日本在咱们头上拉屎拉尿的日子，就是兔子的尾巴——长不了！"

"中三，你信不信？你兄弟这话可不是随便说的，是有上面来头的！"邹金山一本正经地说。

"我信，我信。"马中三连连点头。"今后俺们大伙都要为抗战出力！"

"听说大哥手下的徒弟很多,一个个像孙悟空似的,神通广大,要为抗战出力是大有可为的,今后还希望你能够多多帮助照应呢!"王建国把话拉到正题上来。

"自家兄弟,今后就用不着客气。当着老头子的面,我给你直说,今后凡是用得着我的地方,你只管吩咐,没有关系。从邢台到邯郸,这一带都有我的人,有跑码头的,有做买卖的,有赶车拉脚的,也有当皇协军的……三教九流,七十二行,用得着哪方面的人,我说一句话,就不愁不为俺哥儿们出力办事。"马中三侃侃而谈,信心十足。

"那就太好了。"王建国兴奋地说,"现在,鬼子经常出来扫荡,有时进行大扫荡,你能不能找几个可靠的人,搜集这方面的情报,及时给我们通个风,报个信?"

"能行,我一定办。"马中三痛快地答应了。"走,咱们去喝一盅,没有啥菜,喝点酒驱驱寒气,暖暖身子。走,咱们边喝边谈。"

马中三邀他俩起身,朝他家的厨房走去……

回来以后,王建国把这次和马中三见面的情况向旅首长作了汇报。旅首长呈报军区领导批准,也委任马中三为冀南军区参议,待遇和邹金山相同,每月津贴一百斤小米。

后来,马中三果然帮助八路军做了不少事情。他不仅经常送来一些关于敌人动态的情报,还掩护了一些同志。有一次,王建国要到太行山根据地去,就是先到马中三家,由他派人送到曲周,坐汽车到邯郸,再找到他的一个徒弟,这个徒弟又派人赶了马车送王建国进山。在冀南平原形势最严峻的时刻,一位首长的爱人生孩子,需要找个比较安全的地方,便去同马中三商量,他满口应承:"没有问题,我来想办法。"他把孕妇安排在南和附近孔家庄的一个老乡家里。孩子生下以后,母子平平安安在那里住了一个多月,才回到部队。后来这个孩子就取名"南平"。

三

黄昏，一钩新月静悄悄地挂在西天。前面不远，就是一座黑魆魆的小村——水坡。从一些人家窗户里透出一缕昏暗的灯光，给行路人以亲切、温暖的感觉。

王建国正向水坡村走去。他的目光搜寻着村东头第三户人家，那里有一个他今天要会见的名叫展孝千的人。

展孝千是个以绑肉票为营生的土匪头子。据邹金山介绍，他手下有七八十号弟兄，"干活"时集中起来，干完事就分散隐蔽，所以很不容易被发觉。展孝千也在家理，为人爽直痛快，讲究义气，他都到远处"干活"，从不糟蹋本地群众，"兔子不吃窝边草"成了他行动的信条。不仅如此，周围的人若有困难，他还能进行一些接济，三五十元，百八十元，他毫不吝啬地送给那些有困难的人。所以邹金山建议说："他不是坏人，对俺们可能有用，你是不是见他一面？"

"干这一行的，手都是黑的，而且最忌讳'灰爪子'，能见他吗？"王建国有些顾虑。

"这个人不至于这样。"邹金山说，"要不我先去找他，探探他的口气，他要是愿意，我再来告诉你好不好？"

"好，你先了解情况后再说。"

几天以后，邹金山跑来告王建国，展孝千同意见面；见面的时间和地点，都是他确定的。王建国考虑这些人都像狐狸似的多疑，便决定单身前往，不带一兵一卒。他悄悄地走到村东第三家的院门外，正要推门，门却自己开了，迎出一个中等身材的男子，穿着长袍，露出光秃秃的脑袋，双手一拱说："是不是王老大？"

"在下正是。你是？"

"我是展孝千。"他警惕地向后望了望，说："你没有带弟兄来？"

"就我一个人，我喜欢单独活动，这样更自由些。"

"王老大真是当官不端官架子，不容易啊！"

他们走到屋里，在一张方桌前坐下，王建国一面说话，一面把腰间的手枪解下来，轻轻搁在桌面上。展孝千注意到王建国的这个动作，马上也撩起长袍，摸出一支擦得油光锃亮的驳壳枪，放在手枪的旁边。两人都心领神会，相视一笑，展孝千说："这玩艺儿带在身上就是不大舒服。喝茶，喝茶！"

王建国端起茶杯，呷了一口，说："邹老头在我面前多次提到你，说你敢作敢为，仗义疏财，是个有血气、够朋友的男子汉。我就喜欢这样性格脾气的人，所以早就想来拜访，一直因为行军、作战，没有抽出时间，今天才能得以幸会。"

"你过奖了。我展某是个平庸之辈，无名小卒，担当不起。咱们又是自家兄弟，也用不着客气。"

说着，他叫里屋的女人出来和王建国见面。女人有二十四五岁，手里抱个一岁左右的孩子，客气地招呼一声，又要孩子叫"叔叔"。王建国知道，这是展孝千把自己当作自家人的一个重要表示，所以便高兴地逗逗孩子，使气氛变得更加亲切融洽。直到他女人抱孩子回里屋去后，两人的谈话才转入正题。

王建国说："当今日本帝国主义侵略中国，要把中国人变成亡国奴，成为供他们使唤的牛马，大敌当前，每个中国人都要团结抗战，打击日寇，不知展兄是怎样想的？"

他想了一下，说："今后你们在这一带活动，把这个地区作为根据地，我保证这一带老百姓安宁无事，根据地要是出了抢劫之类的事情，你就找我展某。"

"你们打算到哪里去活动？"

"我们到鬼子占领的地区去，那里有的是主。"

"好。"王建国点点头说,"最好能到敌人的据点里去,把鬼子、汉奸作为你们的主顾,闹得他们坐卧不安,鸡犬不宁。当然,这样要担一定的风险,有相当的难度。"

"那怕什么?不是网破,就是鱼死,俺们和它拼个你死我活。"他却说得很轻松。

"邢济公路你们熟不熟?"王建国问。

"怎么不熟?一直顶到邢台的南关,都有俺们的眼线。"

"那就太好了,你们就在邢济公路一线活动,抢汉奸的商店,砸鬼子的公馆,那样要钱有钱,要货有货。你们这样做,就是打击了敌人,帮助了人民,就是参加抗战的实际行动,人民群众就会欢迎你们,尊敬你们。"

"好,今后就这样干。"他情绪激动地说。

从此以后,展孝千一伙人果然没有在根据地内活动,而是经常到敌人的据点里去"作活"。有时,对八路军的行动还能起到一些配合和支援的作用。有一次,军区医院需要人参和藏红花两种药材,但根据地内没有,便派人去找展孝千,请他想法子。他一口答应:"没有问题,包在我展某身上。"过了两天,他带人到何姑庙据点,抢了一个伪军头目开的中药铺,搞到好几斤人参;第二天,又潜入邢台的南关,砸开敌人的一爿药房,弄到半斤多藏红花。很快,他就派人把这两种中药送来,解决了医院的燃眉之急。

一九四三年秋天,展孝千终于把他的全部人马带到冀南军区三分区,集体加入八路军。从此,他们以自己特有的长处,活跃在直接打击日寇的敌后战场上。

八路军争取了邹金山、马中三和展孝千等人参加抗日,对打击日寇操纵的"安清道义委员会",及时掌握日伪军的活动情况,确实起了很好的作用。这一事实也教育了广大干部,更加增强大家坚持敌后斗争的信心。人民，伟大的人民，是一座蕴含着无穷无尽能量的矿藏。只要善于引导、开发，广大工农群众当然不用说了，就是那些被人们视为三教九流的流氓无产者，也能吸引到抗日阵线中来，发挥他们的一份光和热。这也充分说明了敌人的外强中干，空前孤立。尽管当前的形势还很困难，通向胜利的道路还十分曲折、坎坷，然而，寒冬孕育着春天，黑夜转化为黎明，由于千千万万抗日军民的不懈奋斗，事情正在不断地起着变化。

当时，王建国的主要精力仍然用于部队工作上，不可能抽出更多的时间来做这方面的事情，所以便建议上级另派专人来做。组织上接受了他的意见。十团的管理股长刘春波是冀东人，在旧军队里当营长时参加过青红帮，熟悉家理的一套规矩，组织上派他长住在马头镇，协助邹金山掌控附近的青红帮组织。不久，又将敌工科干事汪洋派到马中三家，及时了解邢台、邯郸方面的情报。从此，王建国就专心一意地带领部队，随时准备迎击向根据地进行"扫荡"的敌人。

第十七章　突破合围

一

一九四二年四月二十八日，七七一团住在马头镇西北不远的大省庄，新四旅直属队、十团和十一团住在前后大槐树、南辛庄地区；七七一团与旅部相距约二十几里路。

白天，战士们擦枪的擦枪，洗衣的洗衣，连队里呈现平时少有的轻松气氛。因为今天晚上，大家盼望已久的旅部宣传队要来慰问演出。团部通讯班的小鬼们一大早就在议论、猜测；有的估计这次宣传队会带来哪些精彩节目，有的评伦哪个演员唱得好，哪个演员演得真，哪个演员长得俊……小鬼们几乎都能叫出那些主要演员的名字，谈论时指名道姓，就像他们都是自己非常熟悉的战友似的。这个好消息也迅速传遍了全村的家家户户，群众太阳老高就吃罢晚饭，把家务活收拾停当，有的姑娘、媳妇还换件漂亮衣裳，只等部队的集合哨子一响，他们也就抱起小板凳涌到广场上去看戏。

和战士、群众中间的轻松气氛截然相反，七七一团几个领导干部思想上的弦却绷得紧紧的。此刻，几个人正坐在老乡家的土炕上，分析研究当前十分严重的敌情。

"根据最近上级的通报，我们自己侦察人员的报告，有些征候很值得我们注意。"王建国挨个地看看一张张严峻的脸，低声说，"首先，敌人调动十分频繁。邢（台）济（南）公路、邯（郸）曲（周）公路上的军用卡车来来往往，昼夜不断，比平时突然增多了好几倍，显然，敌人在部署一个重大的军事行动。然而，十分奇怪的是，丘（县）馆（陶）公路一线的敌人却毫无动静，公路上来往车辆稀少得有点反常。敌人究竟要搞啥名堂呢？一时真叫人丈二金刚摸不着头脑。"

"照我看，这是敌人搞的一个假象。"张百春说，"丘馆公路离咱们最近，敌人为了麻痹咱们，故意在这一线不露声色，所以敌人的重大行动是对着咱们来的，可千万不能上敌人的当！"

"政委说得对，我完全赞成。"王建国接着说，"不管怎样，我们应该做敌人要'扫荡'的准备，不能放松警惕，不能有一丝一毫的麻痹大意。现在我们要考虑的是，假若敌人'扫荡'，它的合击点会选在什么地方？"

"这要看敌人这次行动的规模大小才能定。"副团长向守志说，"敌人如果小规模'扫荡'，合围中心点很可能就在马头镇，假如是大规模的，那就是咱们根据地的腹地东目寨、下堡寺一带。"

"你认为哪一种规模的可能性大呢？"王建国问。

"现在咱们有四五个团的部队住在这一带，还有旅部机关和分区、地委、专署机关等，占了好大一片村庄，咱们的保密工作做得再好，敌人也会发觉的。我认为后一种规模，就是大规模'扫荡'的可能性更大一些。"向守志冷静地分析说。

"我看也是把情况估计得严重点好，要做敌人大规模进攻的准备，有备才能无患，无备必定失败，这是一条真理。"张百春支持副团长向守志的意见。

许多事情往往都是这样，在原则上大家的意见比较容易一致，遇到具体问题又会出现分歧。在讨论今天晚上七七一团要不要转移驻地时，就出现了两种截然相反的意见。一种意见认为：今晚应该转移，看完演出就走，宁可辛苦一点，也不要吃麻痹大意的亏。另一种意见认为：咱们才住到大省庄两天，看完演出都深夜十点多了，还要挪地方？那样部队太疲劳，再住一宿明晚走问题不大。

最后，大家都把目光投向了王建国。八路军有个老传统，经过民主讨论以后，不管意见一致还是出现分歧，军事问题一般都由军事主管干部作结论。所以大家都等待团长来一锤子定音。王建国开始也犹豫不定，后来冷静地考虑这几天敌人活动的情况，便下决心说："还是转移一下好。大家吃点苦，看完戏就走。我想趁今晚转移，部队演习遭遇战的战术，而后再向南走十几里，到聂楼宿营，那里靠丘县比较近，一旦有情况，也容易机动。政委，你看行不行？"

"行，我同意团长的意见。"张百春点点头说，"要给部队解释清楚，不是闹着玩儿的，我们不能存有侥幸心理，还是多跑路、勤挪窝比较好。"

就这样决定了，干部碰头会到此结束。散会后，大家说说笑笑，怀着轻松的心情到广场上和部队一起看节目。演出一结束，向守志副团长跳上刚才演戏的台子，给大家进行简短的动员。于是，干部战士背起武器和一直坐在屁股底下的背包，根本不用再回住处拿东西，就踏着朦胧的月色，悄悄地走出村庄。

二

"哒哒哒……"清脆的机枪声，在温暖而宁静的春夜里，在平原上传得多么远啊！队伍走到丘县北面十几里的聂楼，叫开老乡的门，战士们刚刚进屋休息，从丘县方向就传来一阵阵机枪声。

"这枪声好脆啊！"张百春站在门口，凝神听着。

"八成是兄弟部队袭扰丘县城里的敌人，你听，枪声并不激烈。睡觉吧，没有事。"王建国说着，一头栽倒在刚支起的门板上，呼呼入睡了。

睡得正香，突然有人把他叫醒。睁眼一看，窗户纸已经发白，室内的一切逐渐显露出模糊的轮廓。入睡时还在不停地叫着的机枪声，已被村里报晓的鸡啼代替了。

"什么事？"王建国一骨碌爬起来。

"从丘县城里来了一个人，一进村就叫哨兵查住了，他说要见王团长，有情况要报告，但是又说不上你的名字，你见不见他？"司令部的值班参谋站在面前，简要地报告了情况。

王建国想不起这人是谁，既然是从丘县城里来的，而且有情况要报告，当然应该见见面，便对值班参谋说："你去把他带来。"

不大一会，值班参谋带了一个三十来岁的男子走进来。他头戴灰呢礼帽，身穿蓝布长衫，白皙丰腴的脸上，有一对机灵的眼睛，看样子像个生意人。他一见到王建国，就双手抱拳，疾步上前，高兴地说："王老大，王团长，我可找到你们了。"

"你是……"王建国却想不起在哪儿见过他了。

"你忘啦？在马头镇邹金山的香堂上，咱们不是有过一面之缘？你还给大家讲了一番抗日救国的道理呢。"

王建国把他打量一番，觉得似乎有点面熟，便招呼道："请坐请坐，你从哪里来？"

"我从丘县城里出来，爬城墙出来的。"他坐下后说，"哎呀，好危险，差点被鬼子发现，幸亏我路熟。我有重要情况向咱们部队报告。"

"你怎么知道我在这里？"王建国还没有消除对他的怀疑。

"我不知道你在这里，只知道城北有咱们的部队，要把情况告诉他们。"他连忙解释说，"在部队里我只认识你一个人，站岗的弟兄问我，我就说是找你的，没想到这样巧，你还真在这里！"

"你有什么重要情况？"王建国问道。

第十七章 突破合围

"昨天夜里，丘县城里到了大批鬼子兵，我亲眼见的，一式坐的军用大卡车，用篷布罩得严严实实，汽车停在北门里，车头冲外，看来要朝你们这儿来的样子。"

"敌人大概有多少？"

"几十汽车呢，我估摸不少于三十辆，好长一溜，街上摆得满满的。"

"都是日本人？"

"都是鬼子，我没有见到皇协军。"他想了想又说："我来之前，西城门也开了，平时天亮以后才开城门，这次却夜里开，据说曲周方面的鬼子要来，开城门是迎接他们。看来鬼子是统一行动，要下乡'扫荡'，我就赶快出来送信，叫你们及早防备。"

一个普通的生意人，冒着这样大的风险，星夜出城，赶来给自己的部队送信，这种爱国精神是多么可贵啊！王建国紧紧握住他的手说："谢谢，太谢谢你了。"

"自家兄弟，我也是中国人嘛，应该做的。王团长，不打扰了，后会有期！"说着，就站起身告辞走了。

这确实是一个新的动向。几天来一直没有动静的丘（县）馆（陶）公路一线的敌人，偷偷地乘黑夜集结兵力，是多么狡猾、阴险啊！很有可能，它要搞一次突然袭击。七七一团领导研究确定，立即派人给旅部送信，报告这一重要情况；同时，部队马上离开这里，向鸡泽方向转移。

部队集合准备出发时，派往丘县方向的侦察员赶了回来，气喘吁吁地报告说：丘县城里的敌人出城向北来了，正向这边开来，前面是大卡车，后面还有一辆黑色小卧车。

"黑色小卧车？"王建国感到意外。

"是的，我亲眼看见的，像一只黑乌龟在卡车后面爬着。"侦察员回答说。

这个情况太不寻常了。以往鬼子出城"扫荡",一般都坐军用大卡车,从来没有坐小车的,这次如果没有高级指挥官出场,怎么会有小卧车出现在战场上呢?看来来头还不小哩,千万不能麻痹大意。于是,又临时改变行动计划:由副团长向守志带领一个营隐蔽向南运动,从敌人旁边插过去,一直顶到丘县城的西关,袭扰这座空城(当时是这么认为的),争取把出城的这股敌人拉回去,不让它去祸害根据地,袭击兄弟部队;全团的其余部队仍往西走,经大寨到滏阳河畔的辛庄一带活动。

这样,七七一团暂时一分为二:主要部队往西走,部分部队向南开去。

向守志带着三营向丘县前进,随时都有与北上的敌人迎面相遇的可能。如果说昨晚以遭遇战队形行军还只是演习,现在则需要实战了。但是,他们沉着冷静、迅速隐蔽地前进,几乎与敌人擦肩而过,听到敌人汽车的隆隆马达声,看见敌人车队行进时搅起的蔽天黄尘,敌人却没有发现他们。他们很快接近丘县城的西关,正想强袭县城,打敌人一个措手不及,侦察人员却报告说:有新的情况,丘县城里城外又来了大批鬼子。

"去看看情况再说。"向守志对三营长说。

他们两人利用地形作掩护,来到离西关不远的地方,隐蔽在一块麦田里。向城门口看去,见里里外外塞满了军用卡车,满街的鬼子声音嘈杂,人影晃动,看样子,是曲周方向来的鬼子刚到不久,正在待命休息。

他俩从原路返回,认为在这种情况下,如果按原定计划白天强袭丘县,不仅达不到预期目的,而且要吃大亏,所以一面派人给团部送信,报告这一新情况和他们的决定,一面把队伍带到离城不远的一个小村里隐蔽起来,等待合适的战斗时机。

第十七章 突破合围

三

七七一团（除三营）的队伍，顺着一条抗日沟向西疾进。

晨风轻吹，旭日初升，碧绿的麦苗闪耀着晶莹的露珠，不知名的小鸟在田间飞鸣着，天空是那样明亮、纯净……这是一个多么美好的早晨啊！然而，恰恰在这个时候，平原上战云密布，一场空前规模的"扫荡"与反"扫荡"的生死搏斗，一触就要爆发了。

大约走了一个小时，离大寨村已经不远了。突然，一个骑在马上的通讯员惊呼了一声："敌人！大寨西边，敌人的队伍……"

王建国举起望远镜，顺着他手指的方向向远处搜索。果然，大寨村西边三四里的田野上，有一支敌人的队伍，成两路纵队在前进，走在前面的像是皇协军，在后面压阵的是鬼子，从队伍的长短判断，大概有四百多人，看样子是从鸡泽的据点里出来的。

"一营长！你赶快带队伍去抢占大寨村，在村子西面阻击敌人，没有命令不准后撤。"王建国不敢迟疑，立即下了一通命令。

"是！"一营长举手一招呼，部队立即跟他跑步前进。

团直和二营的人员暂停前进，隐蔽在抗日沟里。王建国正等待张百春上来商量下一步怎么办，一个骑兵通讯员突然从后面一溜烟地跑来，到跟前翻身下马，把向守志在丘县城外写的那封信交给了他。他看完后，又给张百春看，说："这次敌人多路出动，统一行动，来势还不小呢！咱们怎样才能跳出去，转移到安全地带去？"他俩认为，既然曲周的敌人已倾巢而出，曲周必定成为一座空城，部队可以转移到那里去。但是，首先必须打退眼前这股敌人，不然无论如何是绕不过去的。

王建国抬头遥望，见一营长已经带着三个连进了大寨村，便双脚往马肚子上一磕，和两个警卫员向大寨驰去。

刚进村，遇见一些八路军战士手里拿着碗筷，正准备吃早饭，一打听，他们是八旅的教导队和宣传队，昨夜转移到大寨来宿营的。他们见七七一团的队伍紧张地奔跑过去，不知出了什么事儿，便拦住问："同志，你们上哪？"

"敌人来了。"

"在哪？"

"那不是！"王建国用手一指，"都快要进村了，你们还吃早饭？"

他们不看犹可，一看大惊失色，有的说："真是敌人来了，咱们怎么办？"

王建国对他们说："不要慌！注意隐蔽，准备跟我们一块走吧！"

一营赶到大寨村的西面，迅速占领阵地，把两挺重机枪、十几挺轻机枪一齐架起，压满了子弹。敌人非常麻痹，根本没有发现他们，继续大模大样地朝村子走来。敌人越走越近了，四百米、三百米、二百米……一营长重重地喊了一声"打"，密集的枪声突然爆发，子弹雨点似的飞向敌人，走在最前面的一批敌人应声倒下。刚才还寂静无声的村头突然火光闪闪，硝烟弥漫，枪声大作。敌人开始时完全懵了，呆立在那里挨打，后来才清醒过来，赶紧卧倒，举枪还击。双方火力对峙一刻多钟，一营把前面的敌人压在村外的平地里，上不来，下不去，连头都抬不起，只有远处的敌人用掷弹筒轰击报复。一发炮弹呼啸着飞来，在三连阵地附近爆炸，一个正伏在工事里用机枪扫射敌人的排长突然身子一歪，倒在机枪旁，头部鲜血直涌，他是这次战斗中唯一牺牲的同志。

他们考虑到四周都有敌人，如果打成胶着状态，必定会把更多敌人吸引过来，陷于不利地位，所以不能恋战，给敌人以火力杀伤以后，便让一连担任掩护，其余的迅速撤出战斗。撤出时，带上八旅宣传队和教导队的人员，而后和隐蔽在抗日沟里的部队会合，径直朝曲周方

第十七章 突破合围

向转移。

敌人遭此突然打击，死伤比较严重。七七一团撤退转移时，他们顾不得追赶，只在那里抢救伤员，往鸡泽方向运送。那些被打死的，敌人摘下老百姓的门窗，架起火来焚化，直闹到下午才离开。

七七一团来到曲周东关附近，隐蔽在一个小村子里。这里果然比较平静。当然，他们丝毫不敢放松警惕，仍然处于高度的戒备状态。

这时，东目寨、下堡寺方向不断传来沉雷似的炮声，密集的枪声也隐约可闻。看来那边的战斗打得非常激烈。大家的心，也随着一阵阵的枪炮声忽上忽下，忐忑不安。不久，天边出现四架飞机，在那一带上空盘旋扫射，俯冲投弹，看到这情景，大家更是焦急不安。显然，这次敌人经过周密准备，发动了空前规模的"扫荡"，合围的中心就在根据地的腹地东目寨、下堡寺一带，新四旅的旅首长和兄弟部队如果没有及时跳出敌人的合击圈，可能现在正和绝对优势兵力的日寇进行苦战，处境一定非常危险！

七七一团要不要立即返回去参加战斗？不行，这样无异于自投罗网，不仅不能帮助兄弟部队突出重围，脱离险境，反而会加重自己的损失。然而，眼睁睁地看着首长和战友们被敌人重兵包围，在同日寇作殊死搏斗，自己却无法伸出援手，是多么令人为难和痛苦啊！王建国和张百春两人像着了魔似的，侧耳听一会炮声，在院内乱转一阵，再停下倾听……那一声声沉重的炮声，震撼着他们的心灵，撕扯着他们的肺腑，使他们没有片刻的安宁。他们连续派出几组侦察人员到敌人合围圈内了解情况，都不见回来，最后只得把侦察参谋赵玉莲叫来，让他带两个人，亲自跑一趟，要想办法同旅首长联系上，迅速回来汇报。

猛烈的炮声几乎响了一整天。这一天的时间似乎比一年还要漫长。现在，太阳终于落山，西天血红的晚霞渐渐黯淡、消失，黄昏降临到激战后的平原，炮声也由稀疏而最终沉寂下来。大家怀着惴惴不安的心情，焦急地等待着来自战地的消息。

不久，副团长向守志带着三营回来了。他们在丘县城西隐伏了一天，没有遭受任何损失，趁黑夜安全归队，这使王建国和张百春稍稍感到宽慰。可是，侦察参谋赵玉莲他们怎么还不回来？他们会带回来什么消息呢？

"赵参谋回来了！"屋外有人说。

"在哪？叫他到这里来，赶快来！"张百春急不可耐地说。

赵玉莲拖着疲惫的身躯走进屋。他奔波一天，确实累坏了。有人给他倒一缸子水，他端起来一仰脖子，咕咚咕咚地灌了下去，然后一抹嘴唇，说："情况比较严重，咱们的损失很大。今天是临清、馆陶、丘县、曲周、威县等地和四周据点的敌人联合行动，有计划地实行'铁壁合围'。鬼子在东目寨设下埋伏，咱们部队突围时伤亡很大，损失惨重。"

"怎么惨重法？"王建国急了。

"十团、十一团和旅直属队基本上被打散了。"

"有这么严重？"王建国倒抽一口冷气。

"嗯。"赵玉莲点点头，"十团的陈团长牺牲了，十一团的桂政委牺牲了，四分区的杨司令、孙政委牺牲了，咱们旅政治部的陈副主任也……"

"陈元龙副主任也牺牲了？"

赵玉莲沉痛地点了点头。

王建国的心上像挨了刀戳。陈元龙是他的老上级、老战友，难道真的永远离开大家了吗？他想起他俩曾骑马并走在太行山的小路上，到国民党的二十四师去借军用地图；他还想起他们并肩伏在沙行子的果树林里，研究怎样跳出敌人的包围圈；他更想起不久前部队遭敌人袭击损失一个班，自己急于报复，曾受到他的严肃、热情的批评教育……

可是，在日寇残酷的"扫荡"中，这位优秀的政治工作干部却献出了自己年轻的生命，多么令人惋惜和痛心啊！

"旅长呢？咱们旅长在哪里？"张百春焦急地问。

"旅长突围了，有人看见他带了部队从东边突围的。现在他们在哪里，没有打听到。"

"敌人走了没有？"张百春又问。

"敌人没有走，都在各个村子里住下了。看样子像是要实行'住剿'，用拉网战术在根据地反复拉几遍，把被打散的人员搜捕干净才罢休呢。咱们好多打散的同志，都躲在麦田里，我们在路上就遇见好几帮，他们要跟我们走，我们因为有任务，没有带他们。"

赵参谋描述的这些情景，比大家想象中的情况严重得多，开始不知如何应对是好。过了一阵，大家才商量应该怎么办，一致认为，当前首先要想办法和旅首长联系上，尽快收拢那些失散在各地的人员，以减少部队的损失；同时，要积极侦察敌情，捕捉有利战机，主动袭击敌人，让它不得安宁，最后只得退回据点里去。

为了执行这一紧急任务，当即决定由团长王建国亲率一个连，携带重机枪一挺，出发到敌人合围的中心地区去。

四

月色凄迷，万籁俱寂。王建国带领队伍沿着田间的小路，悄悄地前进。

走进日寇白天的合围圈，就感到有一种劫后的恐怖气氛。前面不远，有一座黑魆魆的村庄，日寇在村头上烧起好几堆篝火，血红的火舌舔着黑暗的夜空，把四周的树木、房舍、井垣、碌碡等都映得通红。间或传来敌人哨兵短促粗暴的喝问声，和扳动枪栓的金属撞击声。

"砰！"一声尖厉刺耳的枪响，划破黑夜的寂静，引起一阵犬吠，使四周显得更加阴森可怖。王建国他们当然无法进村，但是仇恨和愤怒又驱使他们向前摸去，在离村一二百米的地方打一梭子机枪，引得敌人哇哇乱叫，轻重机枪一齐向外扫射，他们便悄然离去。

走了半里多地，前面沟坎上出现几个人影，月光下看不分明，好像他们在等待、寻找什么。

"什么人？"走在前面的人员问。

"你们是什么人？"对方不回答，却反问道。

当听到回答是八路军后，他们就飞奔过来，边跑边喊："自己人，自己人！可找到咱们队伍了。"

一共四个人，都是白天打散的人员。黑夜里看不清他们欣喜的表情，朦胧的月光却清楚地映出他们脸颊上激动的泪水。其中一个说："听到这个方向打枪，我就朝这里跑来，估计有咱们队伍袭击敌人，路上遇到他们三个，就一起跑来，终于把你们找到了。"

"今天怎么打得这样惨？"王建国问他们。

"敌人来得多，来势也猛，上面有飞机，下面有坦克，敌我力量过于悬殊；从指挥上说，咱们突围行动晚了，敌人的合围圈已经缩得很小，咱们怎么突得出去？"一个右臂负伤缠着绷带的人说。

"有没有突围出去的？"

"有。我看见咱们旅长亲自带领一支队伍突围出去了，可是鬼子很快又把突破口封得死死的，我们倒在那里的同志太多了，血流得一汪一汪的，大家真是前赴后继啊！"右臂负伤的人说到这里，难过得说不下去。

"附近还有跑散的同志吗？"

"多得很。"他们齐声说，"都在麦田里躲着哩，咱们往前走，就会遇见的。"

果然，队伍继续往前走时，就不断遇到那些溃散的人员，有部队

第十七章 突破合围

战士，有地方干部，也有根据地群众，无论男的女的，老的少的，一见他们，悲喜交加，有的控诉鬼子的罪行，有的讲述战友的牺牲，有的介绍自己突围的经过……一个个情绪激动，悲愤异常，都表示要找鬼子算账，讨还血债，为牺牲的同志们报仇。

是的，凶恶的日寇能够一时把咱们的队伍打散，但是它永远也无法把同志们的心打散，他们刚从血泊中爬起，重新聚集起来，又是一支坚强的队伍，并且要狠狠地还击敌人！看，不到半宿时间，就收容了一百多人，出发时是一个连队，现在人员翻了一番，变成两百多人的队伍了。

拂晓前，部队住在比较偏僻的东流善固村，准备晚上在合击圈内继续袭扰敌人，收拢失散人员。

他们昼伏夜行，在合击圈内一连转了四个晚上，收容了三百多人。第三天晚上，在离东目寨不远的地方，遇见几个旅部侦察员，他们是徐深吉旅长派来侦察情况、联络部队的。见面以后，大家都很高兴，王建国问他们："旅长现在在哪里？"

"旅长现在很安全。"一个侦察员说。

"我问旅长现在在哪里？"

"在临清西面的曲庄一带活动。"几个侦察员都笑了。

王建国马上给徐深吉旅长写了一封信，报告七七一团目前住在什么地方，以及收拢失散人员的情况，并建议他到七七一团这里来住。信交侦察员带回。几天以后，徐深吉旅长果然带着他的突围部队，与七七一团会合了。

王建国送走了旅部侦察人员，带连队游动到丘（县）馆（陶）公路的张官寨据点附近，遇见了旅部陈参谋长和政治部袁副主任。他们带着一些干部、战士，也在寻找部队。会合以后，便在一起活动，天亮之前在丘馆公路旁的一个小村子里宿营。

这天下午四点多钟，公路上走来一队伪军，押了二三十个根据地的群众，赶着四辆牛车，牛车上堆满了大包小包，一看就知道是从根据地老乡家里抢劫的财物。这支队伍在西斜的阳光下，随着老牛沉重的脚步，慢吞吞地朝丘县县城走去。

"干掉它，把老乡解救下来，怎么样？"王建国放下望远镜，对身旁的陈参谋长说。

"行，离天黑时间不长了，城里的敌人出来也没有关系，咱们干！"陈参谋长抬头看看天色，下了袭击这股敌人的决心。

战士们早就憋了一股劲，听说有战斗任务，一个个像下山的猛虎，从麦田向公路扑过去。等敌人的队伍走近，突然开火，敌人死伤一批，其余的乱作一团，几乎没有抵抗，就抱头鼠窜，四散逃命。那些被押的老乡听见枪声，不顾一切地朝自己的队伍跑来，战士们无法继续射击、追捕逃敌，只好赶快迎上去，帮老乡解开绳索，赶了那四辆装满东西的牛车，一起回到村里来。

晚上，部队仍住在这座村里。把解救的群众送走后，几个领导同志围坐在老乡家的院子里，分析研究敌情，考虑部队下一步如何活动。一个同志说："这次敌人'扫荡'，不仅出动兵力多，而且时间长，赖在根据地到现在也不走，拉网似的拉过来，拉过去，要叫咱们在这一带难以立足。我看，咱们干脆把部队拉到丘馆公路以南的三分区去活动。"

"谁的馊主意，要到三分区去活动？"院门口突然传来一个洪亮的声音。

大家抬头一看，见陈再道司令员站在那里，威严地看着大家。大家赶紧起立迎接首长。原来，陈司令带了一个骑兵排，刚从三分区视察工作回来，路过这里，便想看看大家，了解一些情况，恰巧听见了刚才这位同志主张到三分区去活动的话，所以生气地问："你们想往哪里跑？"

第十七章 突破合围

"我们没有跑。"

"你们为啥不在这里打?"

大家见他的火气很大,知道这时候和他争辩,无异于火上浇油,让他更加生气,所以便不吭声,低着脑袋听训。

"你们到三分区去,三分区就没有鬼子'扫荡'了?"

大家仍不吭声。

"你们七七一团的部队都到哪里去了?难道就剩下这点部队了?为啥会受这样大的损失?你们是怎么打的嘛!"

他连珠炮地发问,看来如果不解释清楚,他会更加不满意的。王建国便说,七七一团由于及时跳出敌人的合围圈,并没有受到任何损失,现在正在靠近曲周县城的滏阳河畔活动,寻找机会主动袭击敌人,以便把这些到根据地来"扫荡"的鬼子拉回据点里去。至于这支小部队,是派出来执行收容任务的。陈再道了解了这些情况,点点头,火气消了,口气也缓和下来:

"对,这就对了。要迎着困难上,不要逃避困难。敌人拿着枪,我们手里拿的也是武器,不是烧火棍。只有和它打,和它拼,才能打痛它,打败它。这次敌人大'扫荡',是全区性的,不光咱们冀南,冀中也是一样,时间都差不多。敌人想一举把平原上的八路军斩尽杀绝,它这是痴心妄想,白日做梦。平原是咱们中国的平原,平原的主人是世世代代生活在这里的中国人民。日本法西斯强盗永远也扑不灭中国人民反抗与斗争的烈火,这火只会越烧越旺,越烧越猛,最终把那些强盗烧死!"

陈再道司令员充满激情的讲话,鼓舞着大家,这个普通农村的老乡的院子里响起一阵平时少有的掌声。

第十八章 严惩敌寇

一

日寇"四二九大扫荡"（冀中地区"五一大扫荡"）前后，平原上的对敌斗争进入了最紧张、最残酷、最艰苦、最困难的生死关头。如果把抗日战争比作翻越一座高山，此时是攀登山巅最艰险的一段路程；如果把日寇入侵比作令人窒息的长夜，现在是黎明之前最黑暗的时刻。

还在一九四二年的春天，七七一团离开沙行子，越过邢（台）济（南）公路到冀南军区根据地进行整训之前，由于形势越来越严峻，部队必须减轻负担，尽量达到轻便、灵活的要求，就被迫把过去视为珍宝的六门迫击炮统统埋掉，把用以驮炮的二十几匹骡马也寄养在老百姓家中。

为这件事，领导上做了多少艰苦细致的思想工作啊！开始，迫击炮连的干部、战士都想不通，认为上级的决定是错误的。有几个战士甚至跑到团长王建国的住处，像给自己亲密的伙伴说情似的，苦苦哀求道："团长，为啥要把迫击炮埋掉？它们可是在战斗中为咱们出了大力、立了大功的呀！还是把它们留下吧！"

"形势不允许我们带着它呀！"王建国说。

"要是嫌这些炮用骡马驮载目标太大，不好隐蔽，那我们自己扛，我们扛得动！"一个班长拍拍自己宽厚的肩膀说。

"没有炮弹，扛着有啥用？"

第十八章 严惩敌寇

"现在没有炮弹，就永远没有啦？我们带着它，一旦得着炮弹马上就可以打呀！"

"同志们别担心，咱们只是把炮暂时埋起来，并不是毁掉它们，将来有了炮弹，再挖出来用嘛。如果我们现在不把它们坚壁起来，万一被鬼子抢去了，我们岂不要后悔一辈子！"王建国耐心地解释。

战士们你看看我，我看看你，好久谁也不说一句话，无可奈何地走了。

埋炮的时候，迫击炮连买来几口柏木棺材，战士们把火炮的零部件涂满机油，安放在棺材内，而后像出殡似的抬到狼窝村附近的野地里，挖坑埋掉。当柏木棺材被黄土吞没，大家扛着工具离开时，真是一步一回头，依依难舍啊！

"四二九大扫荡"以后，重机枪的子弹也打光了。部队转移频繁，扛着没有子弹的重机枪很不方便，经请示上级同意后，把缺少弹药的重机枪也坚壁起来。

"大扫荡"持续了二十余天。敌人在根据地内来回拉网，反复梳篦。直到五月下旬，才分批撤回县城和原来的据点。但是为了控制这片刚占领的土地，敌人又在根据地的集镇和农村，建了不少新的据点。

上级指示：要把敌人在根据地新安的据点统统拔掉，千方百计把敌人赶跑、撵走。于是，平原上的军队和群众都动员起来，主动出击，展开一场反对日寇蚕食和占领根据地的斗争。

贾寨，在丘县县城东北十余里，是根据地的边缘地区，敌人新近在这里建立据点，住了四五十名伪军。他们在村西头筑起一座炮楼，但是还没有来得及架设鹿寨，挖掘外壕。七七一团决定趁其立足未稳，去把炮楼端掉。

那天深夜，三连悄悄地摸到贾寨村外，只见炮楼里灯火通明，敌人正闹哄哄地在那里赌钱，窗户上人影晃动，不时传出阵阵喧哗之声，连门口站岗的哨兵也魂不守舍，时时朝里张望，只盼早点下岗，自己也去过把赌瘾。一切迹象表明，这里的敌人仗着离县城较近，思想上十分麻痹。

三连的两个战士趁着夜暗绕到哨兵身后，其中一个猛扑上去，哨兵只"嗯"了一声，便死猪般倒在地上。突击排飞快向炮楼冲去，踹开大门，只见里面烟雾腾腾，人影杂乱，喝令一声："不准动，举起手来！"伪军们全都傻了眼，乖乖地举起双手，有的人手里还握着纸牌不放呢！在岗楼顶层瞭望的敌人大概没有发现什么异常情况，从上面走下来，刚从侧门进屋，见到这个举手投降的场面，吓得返身就逃，一个战士眼疾腿快，追到炮楼顶上，把那个伪军捉了下来。

打开据点以后，战士们忙着收缴敌人的武器、弹药和粮食，并且以最快的速度运走。被俘的伪军官兵集中在炮楼底层，听八路军干部给他们训话。三连的政治指导员看着这些胆战心惊、垂头丧气的俘虏，神情严肃地说："你们干什么不行，为啥要给日本鬼子干事？中国人糟蹋中国人，你们还有点人性吗？"

两句话，说得那些伪军脑袋耷拉得更低了。

"我们是中国人，他们是日本人。日本鬼子侵略咱们中国，到中国来杀人放火，奸淫妇女，无恶不作，什么坏事都干。你们不和人民群众一起反抗，把侵略者赶跑，反而帮助他们干坏事，和东洋鬼子一起压迫、欺侮自己的父老乡亲，你们对得起谁？你们的良心哪里去了？你们还算不算是中国人？按照你们的罪行，统统够枪毙的资格，八路军的政策讲宽大，决定放你们回去，希望你们好好想想，今后是继续当汉奸、做走狗，还是做一个堂堂正正的中国人？"

"长官，我知罪了，今后我不当伪军了。"人群中突然有人这样说。

"我也不干了，再干就不是人！"

"中国人替鬼子办事，没有骨气，谁再干不得好死！"

……

第十八章 严惩敌寇

"这就好嘛。"三连指导员举起一只手，叫大家安静下来，大声说，"改过自新，我们欢迎，群众也会欢迎的。你们有这个决心，马上就放你们回家。只是有一条，如果有谁再当汉奸，今后落到我们手里，就不会再这样便宜他了。"

打下贾寨不久，七七一团又打下了槐桥和龙堂。这是曲周敌人在根据地新安的两个据点。开始，龙堂的伪军住在一家地主院里，白天强迫附近几个村的老乡，为他们扒房子、垒砖瓦、扛木料，在村西头盖起一座坚固的炮楼。敌人没有等挖通外壕，就急不可耐地搬到炮楼里去住。三营长带部队去打这个据点，很顺利地攻打进去，俘获了全部敌人，最后放一把火，把新修没有几天的炮楼烧成一片废墟。战士们撤离的时候，不时回头看看这映红了半个天空的烈火，一张张脸上露出胜利的喜悦，情不自禁地唱起歌来：

> 我们都是神枪手，
> 每一颗子弹消灭一个敌人；
> 我们都是飞行军，
> 哪怕山高水又深！
> 没有吃，没有穿，
> 自有敌人送上前；
> 没有枪，没有炮，
> 敌人给我们造！

二

入夏以来，久旱不雨，河道干涸，园田龟裂，火辣辣的太阳烤晒着，大片大片的麦苗没有抽穗就枯黄了。

敌人实行野蛮的"三光"（抢光、烧光、杀光）政策，城镇和乡村被洗劫得十室九空，根据地群众的生活发生了极大的困难。

人们挖野菜，野菜很快被挖光了。

人们剥树皮，能吃的榆树皮也很快被剥光了。

饥饿，像无数黑色的幽灵在平原上游荡着，严重威胁着人们的生命。

有一天，徐深吉旅长把七七一团团长王建国找去，神情严肃地说："你们知道不知道，我们目前有一千多个伤病员和医务人员，分散隐蔽在香城固、下堡寺、东西流固一带的老乡家里，现在他们没有粮食吃了。前些日子，还能喝上掺糠的稀糊糊，这几天连喝糊糊也困难。现在给你们团一个重要任务，就是要解决这些同志的吃饭问题。"

"我们来解决他们的吃饭问题？"王建国吃惊地问。

"对。"徐旅长肯定地点点头，说："我知道你们不是后勤部队，没有保障供给的任务，但现在是特殊时期，特殊时期就有特殊任务，你们应该想办法去完成！"

"你叫我到哪里去给这么多人弄粮食？眼下青黄不接，好多老乡家都揭不开锅，还要部队补助他们，咱们能向他们去借粮食？"

"你们动动脑子想想办法嘛！难道不向老乡借就没有粮食了？敌人的粮库里，不有的是粮食？"

徐旅长一启发，王建国心里豁然开朗，不禁笑了，说："你何不早说？我们保证完成任务！"

"有没有什么困难？"徐深吉却要王建国考虑得周到一些。

"部队顾了打仗，顾不上搬运粮食，这搬运任务由谁来完成？"王建国问。

"我去和四分区领导讲，叫他们动员根据地群众去搬，你们负责打开据点，掩护搬运粮食的群众。"

经过好几天侦察，七七一团基本上摸清了鸡泽南面不远的小寨子粮库的情况。这个粮库离根据地最近，看仓库的都是些伪军。据辛庄

第十八章 严惩敌寇

的马中三介绍，原来那里有一个鬼子班，后来撤到鸡泽据点里去了，剩下的清一色是伪军。粮库四周虽有外壕，但外壕不宽，外壕外面也架设了铁丝网，但铁丝网并不坚固。由于八路军不常到这一带活动，守库的敌人非常麻痹，搞一次奇袭，准能成功。然而，它离鸡泽较近，一打起来，鸡泽的鬼子会马上出动救援；它离曲周也不远，但是那里的鬼子属于另一个系统，估计不会为了救一些伪军，冒黑夜出城的风险。粮库在滏阳河西，部队从河东去，要通过一座独木桥，行走当然不便，但河水不深，只漫到腰部，即使扛了粮食，也可以徒涉过河。因此，关键是阻击鸡泽之敌，只要把鸡泽方面的敌人挡住，就能把粮食顺利地运回根据地。

黄昏，天空缀满了繁星，徐徐的凉风吹散了白日的暑气。七七一团的五个连向滏阳河前进，后面还跟着几百名拿了扁担绳索的搬运大军。根据地政府动员时说：八路军要去打据点，据点里有的是粮食，都是抢俺们老百姓的，你们去扛吧，能扛多少就扛多少，扛回来和咱们队伍分。对于遭受严重饥饿威胁的根据地群众来说，还有什么比粮食更宝贵，更能吸引他们的呢？报名十分踊跃，一下子就集合了好几百人，绝大多数是青壮年，也有少数头发斑白的老汉、十三四岁的孩子和年轻体壮的妇女。出发之前，按班、排、连组织好，要求大家遵守纪律，提高警惕。他们好多人原先就是民兵，受过军事训练，这时腰间用皮带一束，吊两颗土造手榴弹，显得威风凛凛。大家秩序井然地跟在部队后面，猛一看，简直难以分辨出是两支队伍。

淌过滏阳河，到小寨村还有二十里，部队跑步前进。为了不惊动鸡泽据点的敌人，七七一团尽量隐蔽接敌，争取做到不打枪或者少打枪。两个连埋伏在小寨和鸡泽之间，准备阻击日寇；另一个排在小寨村以南警戒曲周的敌人。攻打粮库的部队派出一个精悍的侦察排，出其不意地出现在敌人面前。

"什么人？"敌哨兵问。

"自己人。"

"口令！"

"老实点，不许动！"侦察排长的枪口已经顶到哨兵的腰上了。

战士们冲了进去。敌人从睡梦中惊醒，衣服都来不及穿，就稀里糊涂地当了俘虏。睡在小屋里的伪军队长发觉情况不对，夺门外逃，一个战士举枪将它击毙。后来把全部敌人集中在一间大屋里，由几个战士看守着。

"丁零零……"桌上的电话铃突然响了。侦察排长拿起话筒，听到对方焦急的声音："小寨子吗？我是鸡泽。刚才你们那里为什么打枪？"

"打枪？噢，一个弟兄枪走火了。"

"没有别的情况？"

"没有，没有，一切都平安无事。"侦察排长把电话筒放下了。

不大一会，群众的队伍浩浩荡荡地开来。刚到时还井然有序，一进仓库，见到堆积如山的麦子、玉米、黄豆，就蜂拥而上，此呼彼唤，你推我挤，抢着往自己的口袋里装粮食。装满口袋的，高高兴兴地扛着往外走，更多的人则从外往里挤，还有一些人一时轮不上，站在远处发急、催促：快呀！快呀！后面的人还多着哩。

夏天的夜是短暂的，早晨四点多钟，东方就渐渐发亮了。虽然大多数群众已扛着粮食离开，但仍有少数人在装粮袋。八路军战士大声说："乡亲们！天亮以前我们一定要赶过滏阳河，大家赶快装，也可以少装一点。"但是，群众哪里听话，不把口袋装得鼓起来，没有一个愿意罢手的。没有办法，战士们只得参加到装粮食的行列中来，和群众一起干，以缩短时间，尽快撤离。

终于，当天空的星星逐渐隐没，东方现出第一缕霞光时，运粮的队伍在八路军战士的护送下，兴高采烈地离开了小寨这座被掏空了的

第十八章 严惩敌寇

粮库。

过了不久,七七一团又成功地打开南和东面的一个粮库。这次由于路程比较远,只带了一支由两百多名青壮年组成的运粮群众队伍同行。打开粮库后,南和的鬼子和伪军闻讯赶来,部队便阻击敌人,掩护群众以最快的速度抢装抢运。一边是战火纷飞,一边是挥汗如雨。在返回根据地的路上,有的群众笑道:"我们这是虎口夺粮啊!"

此后,日寇逐渐察觉八路军的意图,知道根据地严重缺粮,便加强了对各处粮库的警戒,以及粮食流通市场的控制,从此根据地粮食短缺的情况更加严重了。但是,为了战胜眼前的困难,大家又想了许多有效的办法。

冀南的老百姓有一句口头语:南和、任县不靠天。说的是这一带土地肥沃,灌溉设施好,旱能浇,涝能排,不必靠天吃饭,是比较富裕的地区。现在根据地粮食紧张,部队就到南和、任县这些富裕的敌占区,向大户人家借粮食。八路军的供给人员装作贩粮的商人,白天赶着小毛驴去,傍晚就把一袋袋粮食驮了回来。

除此以外,部队尽量把伤病员分散安置,以减轻集中供应的压力。有些八路军的伤病员,甚至通过关系住到伪军的据点里去,既有安全保障,又解决了供应问题。何姑庙就是这样的一个据点。那里的伪军头目名叫张氏,也是在家理的人,邹金山、马中三给他做思想工作,他又给自己的手下人做思想工作,最后大家都表示要帮助八路军抗日,同意在他们据点里开设一个地下医院。八路军把一些伤病员送进去,愈后再离开据点返回部队,从来没有发生过意外。

日本侵略者认为:经过他们残酷的"扫荡",经过"三光"政策的摧残,加上严重的自然灾害,八路军要在平原上生存下去是不可能的。然而,在人民群众的全力支援下,在全体指战员的艰苦奋斗下,八路军在广阔的平原上不仅生存下来,而且在战斗中成长、发展、壮大,推动着抗日战争的形势走上胜利的坦途。这，对于那些侵略者来说，是永远也无法理解的。

三

七月，平原上的青纱帐起来了。高粱、玉米在灼热的阳光下一个劲地拔节生长。远远看去，像是一片绿色的湖水，不，是绿色的海洋，无边无际，汹涌起伏，那一座座村庄，像是航行在海面上的舰船，又像是耸峙在波涛中的岛屿。

每当这种时候，日寇就龟缩在据点里不敢出来，八路军却似猛虎添翼，如蛟龙得水，更加得意，更加活跃了。

敌人"四二九大扫荡"播下的仇恨种子，一直深深地埋在大家的心里，现在，这种子要发芽生长了。八路军决心趁这平原上开展游击战争的黄金季节，向那些双手沾满战友和同胞鲜血的贼寇讨还血债！

七七一团选择的第一个攻击目标，不是一般的据点，而是邢（台）济（南）公路上的重镇平乡城。

旅首长指示：在咱们冀南地区，攻城今年还是第一个，一定要做好充分的准备，保证首战必胜，一举成功。

为此，团领导对平乡城进行了反复、周密的侦察调查。四周是高高的城墙，城墙脚下是又宽又深的护城河，滏阳河在城的东北方滚滚流过，邢济公路由西到东穿城而过；这就是平乡城的地形。按照部队当时的装备，只有步枪加刺刀的轻武器，迫击炮、重机枪都坚壁掩埋起来，子弹、手榴弹也很缺乏，硬攻显然是不能奏效的，只能智取。经过多方努力，他们联系上一名在家里的伪军班长，他表示愿意为抗日效力，通过他又争取了几名伪军，他们均表示愿意作为内应，配合八路军一举攻下这座县城。

侦察人员已经进城好几趟，每次回来都作了详细的汇报，诸如鬼

第十八章 严惩敌寇

子的营房,伪军的住处,仓库的位置,监狱的设施等情况,都摸得一清二楚。与此同时,部队在马头镇紧张地进行模拟演练。怎样通过护城河,怎样架云梯攀登城墙,怎样巩固、扩大突破口,怎样向纵深发展……都演习了一遍又一遍。部队的求战情绪十分高涨,干部、战士纷纷表示:向日寇讨还血债!为牺牲的战友报仇!

然而,考虑到旅首长关于打平乡城的指示,考虑到这一仗对根据地军民的重大影响,团领导仍是放心不下,先是派政治处赵宗发副主任进城侦察,后来团长王建国决定亲自出马,去城里考察一番,以掌握更多的实际情况。

那天,王建国穿一身紫花土布单衣裤,戴顶旧草帽,提着一篮刚摘下的黄瓜豆角,扮成乡下农民进城串亲戚的模样,来到平乡城的西门口。那个家理伪军班长,事先得到通知,已在城门口等着。王建国根据接头的联络暗号,主动上前招呼说:"你是班长吗?俺给你们送瓜菜来了。"

他眼睛一亮,高兴地说:"你来啦,我在这里等你好半天了。"

他俩并排走着,边走边唠,走进城门。站岗的哨兵见是班长的客人,未作盘问。他们走了一段路,班长突然收住脚步,转身问:"你先看什么地方?"

"先看鬼子营房。"王建国说。

班长带他走街串巷,来到城的东北角,走进一爿小酒店,两人相对而坐,要了点酒菜,小酌起来。班长指着斜对面一座有高围墙的院子说:"那就是。"

王建国举目望去,见是一座独立院落,并不很大,但围墙很高,砖石垒砌,墙上有一道铁丝网;围墙角设有四方炮楼,都有两层射击孔;大门口有两座碉堡,两个鬼子哨兵相向站立,几乎是目不斜视,周围并无闲人。班长低声说:鬼子的营房把守较严,一般人不仅进不去,靠近都很困难。王建国却捉摸：墙高院深，不易攻取，但是如果用火力将前后门封死，里面的鬼子也没法出来。

离开日寇的营房，班长带王建国朝城南县政府走去。途经一座建筑，有伪军在门口站岗，班长说：这就是县监狱。继续朝南走不多远，来到伪军的营区，班长提议进去休息一下，把菜篮放好。王建国同意了。进营门时，见警卫十分马虎，哨兵坐在背阴的长凳上，枪靠在一旁，和另一个伪军在聊天，见他俩走过，呲牙一笑说："班长来客啦？"班长点点头，就直接朝里走去。此后，两人又一起去看了弹药仓库和被服仓库。这两个地方都没有坚固的防御设施，看守人员也十分麻痹大意，估计拿下这些地方都不是问题。

经过这次亲自进城侦察，王建国对平乡城内的地形、敌人的驻防情况有了进一步的了解，从而使攻打平乡的作战计划更加具体、更加切合实际了。回来以后，他向政委张百春，副团长向守志作了介绍，并且很快达成了共识。

晚上，七七一团的一、二营悄悄地出发了。战士们迈着轻快的脚步，很快就来到平乡城的西郊，除派一个连留在西边准备阻击从南和出来的敌人外，其余部队都迅速运动到城的西门附近。

突击排扛着梯子，来到西门右侧的护城河边。"啪、啪、啪"，他们击了三记掌，城墙上也传来三下清晰的掌声：暗号对上了。突击队员们悄悄地泅水渡过护城河，把梯子靠上城墙，这时才发现梯子没有城墙高，短了好大一截，人爬到顶上，仍然无法攀登上去。在城上接应的家理伪军班长等几个人也没有工具，一时急得团团乱转，后来急中生智，他们解下腿上的绑带，从城上垂下，才把突击队员们一个个吊了上去。

突击排的战士全部登上了城墙。排长让伪军班长带路，直扑西城门的哨所。看守西城门的都是些伪军，做梦也没有想到八路军会白天

第十八章 严惩敌寇

而降,一个哨兵被突击排战士拦腰抱住,还连声说"别闹,别闹",当发现和他"打闹"的不是自己人,而是八路军时,他干脆把枪一扔,双膝跪下了。很快,守卫西门的伪军全都当了俘虏。突击排把城门打开,等候在城外的部队潮水般涌了进去。

"哒哒哒……"一串串耀眼的曳光弹照亮了黑暗的夜空,城东北角的日寇营房附近传来激烈的枪声。王建国迅速赶到那里,见一营的两个连把营房团团围住,几挺机枪严密封锁了营房的前后门,战士们大声呼喊着,摆出一副要攻击据点的架势。鬼子据点的所有射击孔,都是火光闪闪,子弹泼水似的射出,纷纷打在街道的石头路面上,房屋的砖墙上,以及松软的泥土里。过了一阵,鬼子大概发觉八路军只是佯攻,并非真取,而别的地方却频频告急,便急着要从据点里冲出来,可是刚打开大门,鬼子刚一露头,八路军的机枪就扫射过去,打得它又缩了回去。如此反复几次,日寇终未得逞,后来它重新紧闭大门,死守据点,不再考虑据点外面的情况了。

团指挥所设在离日寇据点二百余米的一座民房里。大约过了半个小时,负责攻打伪军营房的连队派人来报告:战斗进展顺利,除了在营房的门口发生片刻枪战外,其余敌人都在睡梦中当了俘虏,只有少数军官在混乱中越墙逃跑。

不久,负责攻打弹药库、军需仓库的连队也来报告:仓库已经打开,凡是可以搬走的枪枝、弹药、被服、布匹等,都已装载完毕,并陆续运送出城。

负责砸开县衙门和县监狱的连队也先后报告,他们也都已经顺利完成了任务。

王建国掏出怀表一看,时间是凌晨二时许。除了围困日寇的连队仍在和敌人激烈交火外,其他各处的枪声均已沉寂。于是,他把负责指挥围困日寇的两个连长找来,交代他们如何逐步撤出战斗,防止敌人尾随追击等注意事项，便离开那里，到城里其他地方巡视了一遍，然后随部队出城。

这时，城内有几处敌人仓库的房屋烧着了。火趁风势，风助火威，越烧越旺，越烧越猛。火光映红了漆黑的夜空，映红了房舍、树木、街道，也映红了战士和老乡们一张张欢笑的脸。

这是胜利之火！它告诉平原上的人民，八路军已经从敌人残酷扫荡的打击下恢复过来，他们攻打平乡城的战斗胜利了。

这是复仇之火！它也告诉平原上的人民，敌人欠下的一笔笔血债，正在受到清算，今后将要继续受到清算，拖欠得越久，就要它加倍地偿还。

这是希望之火！它还告诉平原上的人民，抗日战争最艰难的时候即将过去，我们要用抗战的神圣烈火把侵略者烧死，我们伟大的民族将在血与火的考验中得到新生！

一轮红日从东方地平线上喷薄欲出，明净的天际涂了一层火红的朝霞。平原上弥漫着淡淡的晨雾，晨雾中村鸡啼唱，百鸟飞鸣。滏阳河在晨曦中泛着银色的光芒。这是一个多么美好的早晨！

部队撤出平乡城后，很快来到滏阳河畔。战士们一个个眉开眼笑，肩扛背负着缴获来的武器、物资，涉过清凉的河水，迈着轻快的脚步，向根据地疾进。